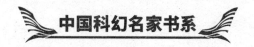
中国科幻名家书系

ALIEN INVASION
外星入侵

王晋康 等◎著

北方联合出版传媒（集团）股份有限公司
万卷出版公司

ⓒ 王晋康等 2020

图书在版编目（CIP）数据

外星入侵 / 王晋康等著 . — 沈阳 : 万卷出版公司, 2020.2
（2022.10 重印）

　　ISBN 978-7-5470-5133-7

　　Ⅰ . ①外… Ⅱ . ①王… Ⅲ . ①科学幻想小说 - 小说集 -
中国 - 当代 Ⅳ . ① I247.5

中国版本图书馆 CIP 数据核字（2019）第 053747 号

出 品 人：王维良
出版发行：北方联合出版传媒（集团）股份有限公司
　　　　　万卷出版公司
　　　　　（地址：沈阳市和平区十一纬路 25 号　邮编：110003）
印 刷 者：辽宁新华印务有限公司
经 销 者：全国新华书店
幅面尺寸：160mm×230mm
字　　数：280 千字
印　　张：16
出版时间：2020 年 2 月第 1 版
印刷时间：2022 年 10 月第 2 次印刷
责任编辑：王　越
责任校对：张兰华
装帧设计：宋晓亮
ISBN 978-7-5470-5133-7
定　　价：45.00 元
联系电话：024-23284090
传　　真：024-23284448

目 录

王晋康 ● 母亲
以爱的名誉

第一章

14797，14798，14799……

白文姬在黑暗中默默地数着，攀着安全梯，一级一级地向上爬。中微子观察站距地面 9700 米，安全梯的梯级间隔为 0.4 米，大致算来，她要攀登 24250 级才能到达地面。所以，她强迫自己牢牢记住每次的计数，用来估计自己距地面还有多远。在一次又一次令人厌烦的重复中，尤其是在极度疲劳中，保证数数不出差错，并不是一件容易的事。

14800，14801……

安全梯很简陋，用一根根 U 型钢筋直接插入岩层。也许某一级插接不牢的梯级会使她从几千米的高处坠落，结束这场艰难的搏斗。不过，直到目前她所攀过的梯级都十分坚固。记得雷教授说建造地下中微子观察站时，还曾为设不设安全梯争论过，因为有人认为"从 9700 米的地下通过安全梯逃生"的概率小而又小。不过最后安全梯还是保留了下来，今天它成了白文姬的逃生之路。

14802，14803……

眼前的黑暗是彻底的，绝对的，看不见任何东西，即使拿手指在眼前晃动，也看不到一点黑影。她在黑暗中已待了很长时间，大概有 3 天了，极端的黑暗使她产生了顽固的错觉，似乎她的四肢已经消失，只余下头颅在向上飘浮。她常常停止攀登，用手摸一摸胳臂、小腿和脚趾，以便驱走心理幻觉。

14804，14805……

她已经不停息地攀登了多长时间？据她估计已超过了 24 小时，浑身的肌肉都已经僵硬，各个关节酸痛不堪。尽管步履艰难，但她还能一级一级地向上攀登，她想这要归功于她一直坚持健美锻炼，即使生下呱呱后，她也没忘及时恢复锻炼，迅速恢复体形。

想到呱呱，这个大嗓门的女孩，她心中不由得一凛。等她爬够 24250 级梯级，回到地面后，会看到什么样的情景？她赶紧驱走这些想法，驱走心中的阴郁和不祥。人总得为自己留一点希望，如果……她也许会失去攀登的勇气，也许她会干脆跳入 9700 米的黑暗之中。

刚才数到哪儿了？14806，14807……

实在太乏了，她把左臂插在钢筋中牢牢固定住身子，右手向背囊摸出牛肉干，吃了两片，又摸出矿泉水喝了几口，然后把它们珍惜地装回背囊。从地下站开始攀登时，她没有敢多带食物，因为在 1 万米的攀登中，每一克多余的重量都将成为重负。她只带了两天的食物，如果两天后不能到达地面呢？

太疲乏了，特别是脑袋太困了，已经两天两夜没合眼了。她决定稍稍睡一会儿，便从背篼里摸出早已备好的绳子，把自己捆在铁梯上，又把左臂穿过梯级与右臂抱紧，脑袋歪在臂环上。她先在心里默诵着刚才数过的级数：14807、14807、14807……等她确认这个数字在睡醒后不致忘记，便很快进入梦乡。

不过，她的睡觉姿势太别扭了，累得她噩梦连连。几天来的往事一直在她脑海中翻腾，没有片刻停息。

11 天前她和杜宾斯基到中微子观察站值班，这是她生下呱呱后的第一次值班。她是信奉自然哺乳的，所以有一年的时间不得不留在地面。她觉得，每天为呱呱哺乳实在是一种享受，呱呱用力吮吸着，吸得她的几根血管发胀，有一种麻酥酥的快感。呱呱总是一边吮吸，一边用小手摸着乳房，仰着头，静静地看着妈妈，时时绽放出一波微笑。呱呱真是个可爱的孩子，在让呱呱断奶时，她没有大哭大闹，不过她可怜兮兮的低声哭泣也让她心中发酸。她和呱呱总算闯过了断奶关。

杜宾斯基一看见她就睁大眼睛："我的天！"他夸张地喊着，"你还是那样漂亮！魔鬼的身材！"白文姬自豪地笑了。生下孩子后她立即开始恢复体形锻炼，她曾是全国健美大赛的季军，怎么能容许自己以臃肿的体形出门？她很快恢复往日的体形，只是胸脯更丰满了一些。杜宾斯基以口无遮拦著称，曾色眯眯地说："和白文姬在 9700 米的地下值班是最痛苦的经历，因为眼瞅着如此美色而不能抱入怀中，对一个男人来说实在是最大的折磨！"他半真半假地说。白文姬知道对付他的办法：

"谢谢你的夸奖。不过我知道我是很安全的，不用在脸上涂上墨汁或诸如此类的掩护。"

"为什么？"

"因为，"白文姬微笑着，"即使在 9700 米的地下，你也是受道德约束的一个男人，而不是处于发情期的雄性动物。"

杜宾斯基解嘲地说："谢谢你对我的崇高评价。"两人在地下长期相处时（每次值班为期一个月），这个好色的俄国佬的确没有任何侵犯性的动作。不过闲暇时他会毫无顾忌地盯着她，用目光一遍一遍刷过她的身体，"你不能阻止我欣赏你，这是我作为一个绅士、一个男人的最后底线。"他宣称。

白文姬嫣然一笑，默认了他的这种侵犯，仅仅是目光的侵犯。总的说来，两人的合作倒是蛮愉快的。

位于地下 9700 米矿井深处的中微子观测站是用来观察太阳中微子的。中微子是太阳核炉中氢氦转变时所产生，它呈电中性，几乎没有质量，可以轻而易举地穿越星球，因此对它的观察十分困难。不过，出于种种原因，科学家们需要仔细观察它，比如说，观察它是否有微小的质量。如果有，宇宙暗物质的总量就要大大增加；而暗物质的多少又可以决定宇宙将一直膨胀，还是最终转变为收缩。

这个中微子观察站是先进的镓观察站（镓同位素在吸收一个中微子后转变为锗，并能够被检测出来，镓观察法可以计数低能量中微子），而不是早先的四氯化烯观察站（氯同位素吸收一个中微子后转变为一个氩原子，并放出一个电子，从而可以被检测出来，但氯观察法只能计数高能量中微子）。至于把观察站设在9700米深的地下，则是为了彻底屏蔽掉宇宙射线的影响，防止实验出现误差。

37吨价格昂贵的镓静静地待在地层深处，迎接那些穿越地层而来的太阳中微子。观察过程中需要有足够的耐心，因为多达37吨的镓每天最多只能捕获一个中微子，相比之下，足球比赛的进球是多么容易的事儿。所以，每当记录仪难得地出现一次脉冲，白文姬和杜宾斯基都会欢呼起来。

她和杜宾斯基是轮流值班，轮到她休息时，她总要给父母打几个电话（呱呱留在父母那儿），在电话中听一听小女儿口齿不清的呢喃。有时她也会给丈夫夏天风打电话，嘘寒问暖。她怕干扰工作，严禁丈夫往这儿打电话。

这几天是一个观察低潮期，整整两天，仪表上没有任何显示。那天晚上是杜宾斯基值班，但白文姬没有睡意，沐浴过后换了一件睡袍，独自到起居室看书。夜里10点，电话铃响了，她拿起听筒，按下屏幕开关，屏幕上显示的是兴奋欲狂的丈夫。她的第一个念头是，丈夫违犯了不准往这儿打电话的禁令，看来一定是出了什么大事。丈夫劈头喊道：

"文姬，发现了外星飞船！"

白文姬笑了，斜过目光，瞥了瞥自己手中的小说，那是阿西莫夫的长篇科幻小说《基地》。她问："什么名字？"

丈夫愣了："什么什么名字？"

"我问你说的是哪一部科幻影片的内容。"

"不，不是科幻影片，也不是科幻小说，这是真的。发——现——了——外——星——飞——船！"丈夫一字一顿地念道，"两个小时前刚发现的，是用光学望远镜直接观察到的，它离地球仅仅有一个月的距离。当然，这都是粗略的估算。科学家和政府首脑全都乱作一团了！"

"有多少艘飞船？"

"一艘。"

"现在在哪儿？"

"在麦哲伦星云方向，具体距离有待测算，可以肯定已经进入了太阳系。"

"尝试联系了吗？"

"还没有。要知道，没有任何国家的政府准备有应急方案！他们全都乱了方寸！"

挂上电话，电话铃又急骤地响了，这回是地面站打来的，同样的内容。放下电话，她冲进值班室，亢奋地喊：

"杜宾斯基，发现了外星飞船！有三家天文台同时发现了外星飞船！"

杜宾斯基起身，惊愕地张大嘴巴，这个蠢乎乎的表情足足定格了几十秒钟。他从白文姬的表情中看出这不是玩笑，便忘形地喊叫着，紧紧搂住白文姬在屋里转圈。

那时他们都没想到，这一天会成为地球的黑色纪念日，历史将在这儿凝固。第二天早上，他们得到的消息是：飞船离地球不是一个月的距离，而是三天的距离！原来的估算错了。这艘飞船是以半光速飞行，现在它已在明显地减速，地球天文台所以能观察到它，就是因为减速时反喷的能量束。而且，这艘飞船十分庞大，相当于一百艘航空母舰。

最重要的一点：地球和飞船没能建立起联系，地球匆忙发出的大量问询没有得到任何回音。地球人没法弄清，这艘飞船是否是一艘"死飞船"。

丈夫在转述这些消息时，眉尖微有忧色。其实，白文姬的直觉也一直在向她报警。无论如何，这艘外星飞船的造访都太过突兀，太不正常。不妨换一个角度思考：假如是地球人发现了外星文明，那么，在驾驶飞船造访之前，地球人一定会早早地发出联系的信息："我是你的朋友，是一个友好的种族，我们打算来拜访你们……"这样的提前问候是人之常情。为什么外星飞船会顽固地保持缄默？

不过，也许外星人根本没有发明无线电通信？也许外星人认为不告而来是最高的礼数？不要忘了，他们是外星人——"人"这个字眼在这儿只是借用，谁知道他们是什么样的身体结构？什么样的脾气秉性？他们靠什么能量生存？

这些都是未知之谜，所以，尽管心中隐隐不安，白文姬仍急切地盼着谜底早日揭开。

两个小时后，丈夫打电话告诉她，外星飞船的形状已经观察到了，是蜂巢形结构，很可能那是几百艘独立的飞船，在升入太空后拼合在一起。所以，这不是一艘飞船，而是一支舰队。

丈夫声音低沉地通知她，这是他最后一次电话，因为他们马上要"忙开了"。白文姬心中不由得一沉，她当然明白丈夫的意思，因为，丈夫是在武器研究所工作。

20年前，也就是2324年，小文姬已经记事了，她忘不了那年全人类欢庆的一件大事：人类经过公决，以绝对多数票通过一条法令："立即销毁各国现存的所有重武器，当然首先是核武器、生化武器及其运载工具。"这是划时代的一天，它标志着人类终于告别野蛮，步入了理性时代。武器，这个人类互相残杀的怪物，这个人人憎恶却又摆脱不掉的怪物，终于寿终正寝了。

当然也有反对意见，他们认为人类应保留太空武器，如星际导弹、太空激光炮等，以应付可能的外星侵略。但这些反对意见被另一种简单明快的推论驳倒了："如果某种外星文明能到达地球，那它必然已经超越野蛮阶段而步入高度文明，因为，高度发展的科学与野蛮是水火不容的。那么，这些外星文明就不会残忍嗜杀，不会具有侵略性，地球文明的发展不就是明证吗？"

这真是一个极具说服力的理由，关于它的正确性，几天之后的事实就给出了最明确的验证——可惜是否定的验证。

不过，人类公决时也考虑了反对意见，决定在全世界保留五个武器研究所，它们的责任是保存所有有关武器（尤其是太空武器）的知识，一旦需要，可在短时间恢复生产。丈夫夏天风是位于中国的第四武器研究所的高级工程师，白文姬常取笑他选择了一个古董职业，就像是中国古代传说中所说的"屠龙之技"，永远没有使用的机会。因此，"你尽可在那儿做一个南郭先生，不会有人揭穿你的"。

她没有想到，丈夫的屠龙之技会很快派上用场。不过，她知道已为时过晚，太空激光炮、星际飞弹都是些极度复杂的玩意儿，即使以最快的速度恢复生产，也只能在数月之后交付使用，而现在，那艘来意未卜的飞船离地球只有三天的距离了。

9700米的地下是没有日升日落的，他们只能凭借钟表来掌握时间。2344年5月26日晚上8点——历史的时钟将在这一刻停摆——白文姬值完白班。来换班的杜宾斯基满脸疲倦，他一直没有休息，守着电话一个劲儿地向外询问。他告诉白文姬，这几个小时没有任何进展。"暴风雨前的平静。"他补充道。

他的预言很快被证实。白文姬草草吃了晚饭，也迫不及待地向各处打电话。地面站的小刘告诉她一个惊人的消息："美国肯尼迪发射中心正在发射升空的'代迭罗斯号'飞船发生爆炸，8名机组人员全部丧生！""代迭罗斯号"是各国政府一致决定发射的，是人类与外星飞船联络的信使。它的爆炸也是可以理解的，因为准备太仓促。小刘还说："据小道消息，'代迭罗斯号'飞船不光是信使，它还携带核弹以伺机行事。飞船的爆炸未能引爆核弹是不幸中之万幸。"

惊人的消息接踵而来，外星飞船忽然吐出数百艘小飞船，像蝗虫一样向地球扑来。至此，外星飞船的狞恶嘴脸已暴露无遗，但地球上却是出奇的平静，各国政要不再向民众发表讲话，人们都麻木地等着蝗虫飞船逼近。地球已变成了一个完全不设防的村庄，只能坐以待毙。

爸妈打来电话，从表面上看，他们的表情仍然很平静："文姬，呱呱会说妈妈了。呱呱，喊妈妈！"呱呱咯咯地笑着，弹动着小嘴唇发出"妈妈，妈妈"的声音。呱呱外婆说："乖乖，亲亲妈妈，亲亲妈妈！"呱呱把嘴巴贴在可视电话屏幕上，乖乖地亲了几下。白文姬也透过电话亲了亲孩子，默默地，一往情深的亲吻。

她和女儿、父母道了再见，挂上电话，眼泪止不住流下来。她当然懂得爸妈的用意，一旦有了什么意外，这就是亲人之间的诀别了。

白文姬牢牢地守着专线电话，真恨地下观测站的建造者们为什么不把电视信号接下来，这样她就能及时了解事态的变化。而现在，她只能凭一台时断时续的电话，从简短的回话和有限的视野中揣测地面上发生的事情。

丈夫那儿音信全无，他们在干什么？他们已经组装出适用的武器了吧？两小时后，地面站小刘说："敌方（他们已不假思索地使用这个名字）的子飞船已进入大气层。他们是从各个位置进入大气层的，平均分布在各大洲的上空。现在全部停留在距地面3万米的高空。在这个高度，人类基本上是无能为力的，除非用火箭把它们摧毁，但为数寥寥的火箭对付不了蝗虫般的敌方飞船。"

所以，只有坐以待毙，让恐惧和悔恨咬啮着心房。现在，恐怕所有人都后悔20年前的决定，后悔不该彻底销毁保护地球的武器！

凌晨4点，离接班还有一个小时，白文姬决定少睡一会儿，虽然地球吉凶未卜，但她仍要在自己的岗位上尽责。她没有脱衣服，倒到床上立即入睡了。她梦见千千万万只蝗虫在高空振翅，用复眼死死地盯着自己。在睡梦中，白文姬忽然觉得极度不适，就像有人伸手探进她的脑袋拼命搅动，搅得天旋地转。哇的一声，胃中的食物喷射出来。在这一瞬间，她才真正领会到什么叫痛苦，似乎每一个脑细胞都在受挤压，每一个细胞都在遭受针扎，与这种痛苦相比，死亡真是太轻松了。

她没有死。

她慢慢睁开眼睛，被刚才的打击所驱散的脑细胞又慢慢归位，拼出一个模糊的神志。她仍然非常难受，头部感到炸裂般的疼痛，耳朵、眼珠和每个关节也都在阵阵发疼，稍一动弹便觉得天旋地转，恶心欲吐。

但不管怎样，她的神志总算又慢慢拼合了。面前黑漆漆的，没有丝毫的光亮。她曾以为自己是瞎了，只是后来发现某些荧光仪表还有微弱的绿光，她才敢确信不是自己眼盲，而是停电。地下室内也没有一丝声音，没有交流电的嗡嗡声，通风管道的咝咝声，以及所有平常不为人察觉的无名声响。这种过度的寂静仿佛形成一个压力场，用力挤压着她的神经。

她想到杜宾斯基，那个开朗的男人呢？她轻声喊："杜宾斯基？杜宾斯基？"喊声逐渐加大，但没有人回应。白文姬慢慢爬起来，努力克服着严重的眩晕。她摸到一堆黏糊糊的东西，那一定是刚才的呕吐物，她用被单随便擦擦，在黑暗中向前摸去。

好在她对地下室的结构十分熟悉，她慢慢摸到值班室，摸到值班椅，没有杜宾斯基。她继续顺着墙摸，在地板上摸。忽然她摸到一个身体，一个僵硬冰冷的身体，还有黏稠的液体，那一定是快要凝固的鲜血，杜宾斯基已经死了！她的眼泪唰唰地淌下来，他是怎么死的？死了多长时间？这一段空缺的细节永远不可能补上了。

白文姬坐在地上，强迫自己思考着，在头脑眩晕的有限能力下思考着。毫无疑问，地球上遭到全球范围的致命袭击。中微子地下观测站共有三条备用线路，一旦某条线路有故障，另一条会自动启用，正因为如此，地下室没有任何备用照明。现在三条线路同时断电，证明地面上的破坏是毁灭性的。

她想到电话，便挣扎着摸索过去，不出所料，电话也断了，话筒中没有一点儿声息。

绝对的黑暗、死寂、孤单和恐惧摧垮了她的思想，她疲倦地靠墙坐下，一直坐了很长时间。突然，她从假死状态中醒过来。不能在这里等死！停电必然中断通风，地下室的氧气终归要用完的，两三天之内吧，留在这儿只有死路一条。她要回到地面，寻找自己的父母、丈夫和女儿，即使他们已遭不幸，她也要亲眼证实。

怎么办？只有爬上去，顺着安全扶梯爬上去。不能指望地面站的救援了，那儿很可能已经毁灭。但是，9700米的高度！比珠穆朗玛峰还要高一千多米！我能不能爬到顶？会不会在半途中因力气用尽而摔下来？

不过，没有什么可犹豫的，因为这是唯一的生路。至于自己的体力能否坚持到底——她必须坚持到底，就这么简单。白文姬摸到厨房，在冰箱里找到一些熟食，两瓶矿泉水，找到一个背囊装起来。她坐在地上休息片刻，打开升降机房间的侧门进入升降井。这里的地形她很不熟悉，她在墙壁上慢慢摸索着，跌跌撞撞，几次差点儿摔倒。但她终于摸到嵌在岩壁上的U型铁条。心中突然涌出一股暖流——这细细的铁条就是她活命的唯一希望了。

她开始义无反顾地攀登。

白文姬从梦中醒来，一个数字首先跳入意识：14807。这是她睡觉前攀登的铁梯级数。她吁一口气，继续向上爬。

14808，14809……

那些该死的外星飞船，那些该千刀万剐的外星杂种。这是一次计划周密的突然袭击，它们使用了什么武器？从自己的感受来推测，很可能是次声波，是一次强度极高、遍及全球的次声波攻击。即使在9700米的地下，她仍能感受到这场攻击的威力。杜宾斯基受到的伤害更重，他很可能是因次声波造成七窍流血而死去。

地面上的人呢？呱呱、丈夫和父母呢？她的头脑一阵晕眩，忙用手紧紧握住铁梯。歇息片刻，她强迫自己忘掉这些想法。到地面上再说吧，到那时再去面对事实真相吧。

17323，17324……

她的精力快耗尽了，刚才那一觉所恢复的精力，转眼之间就用完了。每向上挪动一步都十分艰难，56公斤的体重似乎变成1吨重。她真担心自己爬不完最后这段路。

18621，18622……

手已经磨破了，虽然感觉不到疼痛，但从手心发黏的感觉来看，肯定是满手鲜血。每向上挪动一厘米，都会让她气喘吁吁，她的胳膊和腿再也不能把身体向上举了。不过她仍咬紧牙坚持着，用意志力代替肌肉的力量向上爬。

18710，18711……

熬过最艰难的几十级，她忽然觉得力量又回到身上。她恍然悟到刚才是运动的极点，她总算熬过了极点。此后，她的攀登就轻松多了。

当数过21000次后，她不再数数，因为她发觉，一缕轻淡的若有若无的光线已经在头顶出现。她紧紧盯着亮光所在的地方，抓紧向上攀登。没错，是光线。光线越来越亮，慢慢地，可以看清升降井的大致轮廓。胜利在望，她忘记了疲劳，加速攀登。

现在她能看清，头顶是一个四方形光圈，中间部分则黑黢黢的。是停在顶部的升降机挡住了光线，否则她早就应该看到出口了。借着从升降机四周泻下的光线，她足以看清起升井，看清起升钢索、铁梯和升降机的自动刹车机构；向下则是四方形的深井，深不见底。

在攀上升降机之前，白文姬休息了一会儿，一方面让眼睛适应光亮，一方面做一点思想准备。尽管心中不祥的预感越来越浓，她仍盼望着这是一场虚惊，也许停电只是一场机械事故，地面站的雷站长和小刘会飞跑着迎接她，说："我们急死啦急死啦！停电后我们正想办法救你们，没想到你敢从9700米的地下爬上来！"随后的电话中也能听到爸妈爽朗的笑声和呱呱口齿不清的"妈妈"……人总倾向于欺骗自己，直到蒙眼布彻底打开。

会是什么样的真相在等着她？

尽管早已有心理准备，眼前的一切仍然触目惊心。地面站的人全死光了，横七竖八地倒了一地，从倒地的方位看，他们在灾祸降临的一瞬间都是在向外跑，但没跑几步便力竭倒地。其中坚持最久的是地面站雷站长，他倒在玻璃转门之间，身后拖着一长串血迹。所有尸首都扭曲着，表情狰狞，七窍流血，将那一瞬间的极度痛苦真切地、永远地记录下来。

白文姬想呕吐，她强忍着，在尸首之间辨认。这是小刘，这是地面站最漂亮的姑娘小奚，这是幽默开朗的"大叔"老葛……他们的眼睛大都睁着，死不瞑目啊。在院里她还发现一只死猫、一只死耗子，这点特别使她震惊，因为据说耗子是哺乳动物中生命力最顽强的种群。只有苍蝇未受次声波的摧残，它们在尸体上亢奋地嗡嗡叫着，飞上飞下，为这片死人场增添一丝活气。

　　地面站仍然停电，电话也不通。白文姬无法知道父母、女儿和丈夫的情况，但想来他们也是同样的命运。她没有眼泪，泪水已被仇恨烧干了。也许，她现在是地球人类唯一的幸存者？果真如此，则她只剩下一件事要干——尽可能多杀死几个外星杂种。

　　为了女儿，为了丈夫，为了所有的亲人，为了人类。

　　夕阳快下山了，西天布满绚丽的火烧云。金红色的彩云流淌着，迅速变换着形状。天道无情，它不知道地球的生灵已经全都变成了冤魂，仍旧日落日升，云飞云停。

　　白文姬强迫自己忘掉这一切，尽快进入新的角色——一个冷血杀手，她要向外星杂种复仇。但这些魔鬼究竟是什么样子？它们是气态人还是能量人？什么武器能杀死它们？白文姬还没有一点眉目。

　　她在冰箱里找到几瓶罐头，停电三天，冰箱里已经有异味，但罐装食品还是完好的。暮色已经降临，白文姬机械地咀嚼着罐装牛肉，筹谋着明天的行动。门外忽然传来汽车行驶声，白文姬的神经猛然被扎醒——还有活人！她曾以为这个世界除了她自己再也没有活人了，但有人开汽车！

　　她立即起身，向门外跑去，但在最后关头，警觉像呼吸一样起作用了。是谁在开汽车？虽然她不大相信会是外星人开地球人的汽车，但她还是要观察一下。她走到窗前，从窗帘侧边向外窥视。

　　一辆大福特径直开进院内，停下车，车门打开，一只脚踏到地面上——白文姬心脏猛然抽紧：那只脚，或那只脚上穿的鞋子是金属制的，看起来十分笨重，泛着黑色的金属光泽。接着，一个机器人走出车门，外形颇似人类，但全身都是金属的，头上无发，脸部是由几十块钢铁组元组成的，钢铁眼窝深陷着，一双没有理性的眼睛冷漠地扫视着四周。

外星人没有在院中停留，快步向主楼走来。他身高两米，脚步声十分沉重。他是否发现了自己？白文姬迅速退到厨房，拎起一把锋利的厨刀，这把刀不会对机器人造成威胁，但至少可以用来自杀！然后她迅速藏身到一个橱柜中，透过百叶窗向外观察。

伴着铿然的脚步声，机器人走进来了，用冷漠的眼睛扫视四周后，弯腰抓起两具尸体，转身向外走去。他抓起尸体毫不费力，强劲的手指轻易地戳进尸体内。他出去了，走出白文姬的视线。听见两声闷响，他可能把尸体扔到地上了，然后脚步声又响了起来。

原来他是在做尸体清理工作，很快，屋内的七八具尸体都被扔到院子里。其后五六分钟没有响声，白文姬溜到窗户前向外偷看，见几具尸体在院子中央堆成一堆，上面撒着白色粉末。那个机器人正从汽车里拎出一支沉重的枪支，它单手执枪，对着尸体扣动扳机，一道耀眼的红色撕破暮色，尸体堆爆出明亮的火光，熊熊燃烧起来。

不知道它在尸体上撒的是什么燃烧剂，燃烧十分猛烈，白色的光芒照亮方圆百米。机器人没有多停，返回车内，汽车迅速驶离火堆，开出院门。白文姬来到院里时，尸首已经燃尽，仅在地下留下一团很小的白色灰烬。那辆汽车已经不见了，远处的夜空被照亮，几十团白亮的火焰此起彼伏。看来今天机器人在对这一带进行大清理。

白文姬立在那堆尸灰前默哀。尸首被火化了，她的同事们总算有了归宿。然后，一个疑问浮上水面。刚才那个外星人来去匆匆，她没看清楚，但有一点是没有疑问的，那就是它太"像"人。它有四肢、躯干、头颅，是否有五官不太清楚，但至少有一双眼睛和一个嘴巴。而且，从头颅、躯干和四肢的比例来看，也与人类酷似。白文姬知道一条规律：人类总是按照自己的模样去创造神灵、魔鬼和机器人。刚才她看到的无疑是外星人所造的机器人，那么，它们的主人，那些外星杂种，竟然与人类相像？

这是不大可能的，在两个相距遥远的星球上，沿着独立进化之路，竟然进化出面貌形态相当接近的两种"人类"，这种可能性几乎不存在。

那么，所谓的外星侵略是地球上某个国家或某个狂人玩的把戏？白文姬觉得浑身发冷，如果是这样，那可是一桩惊天大阴谋！不过她不相信这一点，因为，在自由、祥和、透明化的 24 世纪，根本没有这类狂人赖以存活的土壤。

她的心情十分阴郁。这是个谜，是个难解的谜，不知道在她死前这个谜团能否解开。

灯忽然亮了，屋内亮如白昼，远处的建筑物也亮起一扇扇窗户。一阵欣喜袭来——但白文姬随即悟出真相。不，不是"人类"恢复了电力供应，而是外星人。他们已着手建立正常的社会秩序了。他们用次声波杀死所有地球人，接管了完好无损的人类的物质基础。他们的如意算盘打得真精啊。

电扇在转，空调在响，电脑和电视屏幕也亮了。那场灾难造成时间上的一个中断，现在它们又接续上了。白文姬拿起电话，电话指示灯开始闪亮，耳机里有了熟悉的嗡嗡声，电话网也恢复正常了。白文姬很想向父母、丈夫那儿打一个电话，但她最终克制住自己。如果外星人掌握了电话网，他们会很容易查出这个电话的来源，也许两分钟后外星人的军队就会把这儿包围。不能莽撞，她要好好保存自己的生命，要拿它多换几个外星魔鬼。

她想去电脑网络上查一查这两天的事情，也因为同样的原因而作罢。忽然她想到电视，电视里都存有两天的节目，可以调出观看而不被外星人察觉。于是她调出两天的录像，认真地看下去。

她填补了两天的空白。

她看到那艘无比巨大的外星飞船，确实像一个大蜂巢。仔细看看，这个蜂巢是组合式的，每个组元就是一艘飞船，其模样和地球人的飞船差不多。估计是各个飞船独立起飞，到了无重力区域再组装起来，否则，它的庞大结构绝对承受不了自身的重力。

她看到那艘母船突然放出几百艘袖珍飞船，像一群野蜂，从各个方向进入地球，悬挂在外空轨道上。

她看到肯尼迪航天中心的大爆炸，那艘匆忙起飞的飞船曾是地球人最后的反抗手段。它不幸爆炸后，公众都陷于深深的绝望之中，因为，地球人已经没有任何太空武器来对付那艘蜂巢式母船和那群毒蜂。随后，联合国秘书长罗根思先生作了一次电视讲话，呼吁民众镇静，保持人类的尊严，万能的主将庇护我们。这个白发苍苍的老人实际上已向人类致了悼词。

然后，摄影镜头下的人群突然一齐扭曲身体，踉跄着，七窍流血，倒在地上。摄像镜头被摔在地上，从地面的视角继续拍摄着，这个视角使画面更为恐怖。白文姬想起自己濒死的那一刻，想起身体僵硬的杜宾斯基，她觉得那种痛楚又向她袭来，连呼吸也变得困难。

她手指抖颤着更换频道。所有频道在此刻都录下了相同的场面，中国、日本、美国、俄罗斯、智利、冰岛。死亡肯定是全球性的。60亿人，在一瞬间同时死亡。

她喘息着，关了电视。

不要再回顾过去了。过去的已经过去，不可能再挽回。过去那个白文姬也已经死了。现在活着的是一个复仇女神，她的胸膛里只剩下一种感情——仇恨。

她开始为今后的战斗做准备。首先当然是武器。到哪儿去找？外星杂种的汽车上倒有，但去盗窃危险性太大。她的生命至少要换几百个外星人，应该格外珍惜。武器研究所！她忽然想起丈夫的武器研究所。那里虽没有重武器（只保留着重武器的图纸），但所有轻武器都保留有样品。白文姬相信，在那儿一定能找到足以杀死外星机器人的激光枪、粒子枪或射线枪。对，她明天就去那儿，顺便确认丈夫的下落。

她在屋里搜索着，充实着作战背囊。食物和饮水她没有多带，因为估计这两种东西至少短时间内不会缺乏。她把厨刀也装进背囊，还有一捆尼龙绳，一把剪刀，一个日记本（她要把最后的日子记下来，然后……留给谁呢）。想起在地下所遭遇的黑暗，她又带上一支电筒，两只打火机。

然后她来到女员工休息室，放一池热水，痛痛快快地洗一个热水澡。

复仇开始后，这些正常的人类生活只怕是不能享受到了。女员工休息室是为值夜班的女员工准备的，但实际上在地下站值夜班的女性仅她一人，所以这套房子差不多成了她的领地。她是十分珍惜自身羽毛和小巢的女性，这套房子布置得十分妩媚，化妆间里，摆着唇膏、指甲油、眉笔、睫毛夹、发钳，衣橱里有漂亮的文胸、内裤、丝袜和大开领的丝质睡衣。她穿上浴衣来到镜前，擦去镜面上的水汽，端详着自己，心中酸苦。

不过她仍然像往常一样化了淡妆，而且，在满当当的作战背囊里，她还塞了两件文胸、内裤和一件睡衣。

白文姬早上四点钟起床，留恋地看看自己的小巢，同它作了诀别，然后到停车场找到自己的汽车。这个出发时间是计算好的，可以借助月光开车，免得被外星人发现。她没有开车灯，小心地上路。

到处是一片死寂，楼房都有灯光，但没有一丝声响，没有一个活物。她沿着公路飞快地开着车，警觉地注视着公路尽头。好在路上没有外星人的警戒，一个小时后她安全抵达市内，来到父母的住宅前。

在住宅前的空场上，她发现了熟悉的东西：一堆白色的灰烬。她心中一沉，看来外星人已来这里清理过了。屋内果然空无一人，墙上的照片含笑地看着她，百叶窗在微风中轻轻摆动，荧光灯吐出柔和的光芒。看着这一切，很难想象这儿曾有过一番浩劫。只有地上随便扔着的长毛熊和小碗勺，多少透露一点灾难的痕迹。

她取下镜框，爸妈仍笑得那么慈祥，周岁的女儿瞪着圆溜溜的眼睛，好奇地看着外部世界。她的胳膊又白又嫩，胖得像藕节，一个手指含在小嘴里。白文姬定定地看着，泪水模糊了视线，眼前幻化出另一种景象：父母和女儿在濒死的痛苦中挣扎，面目扭曲的尸体，一个冷血的焚尸者，一团白得耀眼的火光……她擦擦眼泪，珍重地取下几张照片，用硬纸包好，小心地塞到背囊里。

不能多停，要赶在天亮前到达丈夫的研究所。她在那堆灰烬前默哀片刻，驾车离开。月亮已经落下去了，晨色熹微，刚好能辨认道路。她飞快地开着，拐过一个街角，忽然发现远处有汽车灯光！她急忙刹住车，停靠在路边，把车内的仪表灯也熄灭。刚刚做完这些动作，那辆车飞快地掠过这儿，车内灯光明亮，机器人的金属躯体闪闪发光。白文姬庆幸自己没有被发现，此后她开得更小心了。

武器研究所的情景和地面站一样，但外星人还没来清理过，十几具尸首横七竖八摆了一地。每个人都拎着一件武器，即使死前的痛苦也没能让他们松手。靠墙的武器架上摆放着一排轻武器，都擦拭得锃亮，弹药盘或能量盒也都已就位。看来，研究所的人们已做好了战斗准备。

她找到丈夫，同样扭曲的面孔，同样凝着血迹的五官，双眼圆睁着，弯腰曲背，似乎仍蓄力待发。白文姬把丈夫揽入怀里，为他合上双眼，又撕下衣角耐心地为他揩去血迹。血早已凝结了，擦起来十分困难，她小心地擦着。

再不会有人轻吻她的额头，把她揽入宽阔的怀抱中了；再也不会有人在耳边轻轻说"我爱你"。她想起自己和丈夫对面坐在床上，脚掌对着脚掌，光屁股的小女儿在四条腿中转着圈爬着，一边咯咯地笑。这些情景像利刃一样搅着她的心。

阳光已从窗户外投进来。她放下丈夫的尸体，小心掰开他的右手，拎起那支枪。虽说女人生来不爱舞刀弄枪，但耳濡目染，她也知道不少枪械的知识。她知道这种枪是激光枪马丁 2 号，它以高能物质氮 5（即 5 个氮原子所组成的氮的异构体）作能源，每个弹药盒可以击发 10 次，射程 2 千米，在 500 米内能射穿 100 毫米厚的钢板。估计这支枪的威力足以对付外星机器人了，除非他们是不死之身。

枪上已装好弹药盒，另外 10 个弹药盒装在丈夫身后的子弹带中。白文姬取下子弹带，围在自己腰间，拎着枪直起身来。丈夫和他同事的遗体该如何处理？她想了想，决定把他们留给外星人的焚尸队。她想，丈夫不会怪罪自己的。

忽然院外有汽车声！白文姬拎着枪，迅速闪到厨房，仍旧钻到橱柜内。同样沉重的脚步声，同样的机器人躯体，同样的刻板动作。屋内的尸体都拖出去了，外星机器人还到各个房间检查一番。白文姬把枪口慢慢顺正，轻轻地扳开保险。她看见了一双闪着金属光泽的脚，不过机器人没有打开橱柜，脚步声渐渐远去。

白文姬闪到窗前，外星人正在向尸体上撒白色粉末，然后返回车内，拎出激光枪，点燃焚尸的大火。机器人对着这堆大火又看了两分钟，钢铁组元组成的面孔十分冷漠，没有一丝表情。外星人准备离去了，这时白文姬已悄悄瞄准了机器人的胸膛，一个光点在他左胸上晃动。白文姬犹豫着，不知道那儿是不是机器人的致命处，但她凭直觉做出决断：既然机器人与人类这么酷似，没理由认为这儿不是心脏。她咬着牙扳动枪机，一道耀眼的光束破空而去，噗的一声，在机器人胸前炸开一个碗口大的洞。机器人吼叫一声，枪身在空中划出一个弧形，瞄准白文姬所在的地方。机器人开火了，但此时他的身体已慢慢向后仰倒，那束光也随着在空中划着弧形，所到之处，墙壁、树干都被炸裂。机器人沉重地跌在地上，那支枪射完了能量，仍直撅撅地朝向天空。

白文姬扣着扳机，小心地走近机器人。机器人已经死了，钢铁眼窝里的眼睛还睁着，无神地望着天空，钢铁组元的面孔是惊愕的表情。胸口有一个大洞，露出一些粉红色的类似肌肉的东西。白文姬冷笑着想，这些残忍暴虐、杀人如草芥的家伙，原来也并不是不死之身啊。她很想把外星人的尸首藏起来，以免打草惊蛇，但她拖着机器人的脚掌试了试，根本不行，这具钢铁身体重逾千斤。她只好把他留在空地上。

她向丈夫的骨灰告别，匆匆离开这儿。没有开车，白天开车太危险了。她顺着住宅区内的小路，借着树林的掩护，迅速溜到了另一幢大楼，开始寻找她的下一个猎物。

白文姬就这样开始她的复仇生涯。到处是空荡荡的楼房，食物和弹药很充足，她身上的能量盒够她杀死100个敌人，用完之后还可以到丈夫的研究所去取。还有一点对她很有利——她知道到哪儿去设伏。只要发现哪儿的尸体未清理，她就可以埋伏下来，守株待兔。

天气渐渐热了，未清理的尸体已经腐烂，城市里到处弥漫着令人作呕的异味，外星人加快了他们的清理工作，到处是焚烧死尸的大火。在火堆旁边，白文姬共杀死了 8 个机器人。她的行动越来越熟练和自信。她过去所受的健美训练对她帮助很大，她行动起来敏捷轻盈，有充沛的精力。

已经死了 8 个机器人，按说该引起占领者的警觉了，但好像外星人很迟钝，他们照旧忙碌着在各地清理尸体，并没有采取什么搜捕行动，白文姬暗自庆幸。

白文姬已经不满足这种复仇了，她要找到敌方的首脑所在，给他们来一个"中心开花"。她在一所住宅里找到了一个高倍望远镜，便带上它，潜入 78 层的工商银行大楼，从顶楼向市内瞭望。市内街道上汽车寥寥，看来外星人在这个城市的人数很有限。慢慢地，她发现这些汽车的行迹构成一个蜘蛛网，而蜘蛛网的中心是市中心医院，那里肯定是外星人的巢穴。

她开始一栋楼房一栋楼房地向市中心医院靠近，在这个过程中又杀死几个外星人。到了中心医院，她发现这儿正矗立起一座 A 形的铁塔，已经建起近百米，20 多个机器人在塔上忙碌，到处是电焊的弧光。巨大的塔式起重机缓缓转动着铁臂，把建筑材料送上去。已经建成的塔身方方正正、毫无美感，甚至可以说十分丑陋。这座塔是干什么用的？很久之后白文姬才知道，这是外星人的纪念碑和凯旋门，他们以此来庆祝对地球的占领，同时向上帝（当然是外星人的上帝）谢恩。这种形状丑陋的纪念物大概是这个野蛮种族唯一的审美情趣了。

几天来的成功袭击使得白文姬的胆子越来越大，虽然是白天，她还是借着建筑物的掩护向铁塔逼近。她潜入到与铁塔紧邻的一家工厂，悄悄攀上工厂中央的大水塔，架好枪支。那群钢铁蚂蚁还在忙忙碌碌，干得十分敬业，十分投入，配合谐调，就像一台精巧的机器。白文姬仔细寻找着猎物，发现一个外星人离同伴较远，便把枪口瞄准他，扣下扳机。一道强光一闪即没，那个外星人双手一扬，从塔上摔下去，隐隐能听到凄厉的呼声。

十分奇怪，这个机器人的跌落没有引起任何反应，没人去察看和救护伤员，塔上的工作节奏丝毫未减慢。白文姬十分纳闷，她想，在阳光下，敌人未发觉激光枪的光束倒是可能的，但同伴失手跌下，至少也得去救护啊！她这会儿没心思去揣摩这个谜团，瞄准另一个开了第二枪。又是一声惨叫，那人从塔上跌下，重重地摔在地上。塔上的工作似乎迟滞了半秒，但随即又恢复正常。

白文姬愤怒地想，这真是一个残忍的种族，他们不但对地球人残忍冷酷，即使同伴的性命也视如草芥。她这次瞄准了塔式起重机的操作者，带着快意扣下扳机。操作者身子一仰，靠在驾驶室的墙壁上，慢慢倾倒。起重铁臂继续转动，吊着的重物碰弯了铁塔的构件，把另一个机器人撞得飞了起来，摔死在地面。

这时，铁塔上其余的机器人似乎得到什么号令，同时向水塔这边转身，望远镜中能看到他们冷酷的目光。然后，他们同时从铁塔上往下爬，动作十分敏捷。白文姬知道情况不妙，疾速爬下水塔，闪身到一个车间。这时天上已响起轰鸣声，几十架飞机（地球人的飞机）包抄过来，行列中有一架形状特异的外星飞行器。在这架外星飞行器的指挥下，飞机轮流向水塔开火，塔身的碎片四处迸飞，蓄水从半空中汹汹地倾倒下来。

手持激光枪的外星人也已赶来，不过他们并没有进入工厂，都在铁篱外虎视眈眈地守候。水塔轰然倒塌，飞机开始以饱和火力分区域轰炸工厂，看来他们不准备让一个活物留下。眼看着爆炸点向这边逼近，白文姬急中生智，逃出车间，找到一个下水道的铁盖，用力掀开铁盖，钻了进去。

身后是轰隆隆的巨响，红光从下水道口射进来，灼热的气浪追赶着她。白文姬快速地向前爬。下水道很宽敞，弥漫着工业废水的刺鼻气味。身后的红光远去了，她进入黑暗之中，不过这儿毕竟不是 9700 米的地下，偶尔从井盖处透进几丝光亮，使她勉强能看清前面的道路。

突然，后边轰的一声，下水道倒塌了，堵死了。现在已后退无路，白文姬便一个心思地向前摸索。下水道的微光越来越弱，已经难以辨清方向。向哪儿走？也许她会困死在迷宫一样的管道内。忽然她的脚面感到水的流动，感到水的流向。她想，只要顺着水流走，总归能走到河边。于是，她脱下鞋子，时刻用脚掌试着水的流向。管道内污水不多，可能是城市已经停止运转，没有什么生活污水，所以下水道内一直保持着足够的空气，使她不至于窒息。

她在管道里走啊，走啊，不知道走了多长时间。她已经精疲力竭了，手中的枪支重似千斤，但她始终紧紧握住它。她又饿又渴，背囊还在，但背囊中的食物和饮水不知什么时候掉落了。脚下就有水，可惜不能喝。水流的声音百般诱惑着她，她几次想趴下去喝两口，但最终克制住自己。

走啊，走啊，她的双腿已经麻木，似乎比从9700米地下爬上来时更累，但强烈的求生欲望仍支撑着她。方向显然没错，因为管道变粗了，脚下的水越来越深，水面浸到腰部，浸到胸部，现在她已不是爬行，而是游行了。

水声越来越响，水流越来越急，她在拐角处稳住身子，探头向前查看。前面，污水已经充塞管道，没有可呼吸的空间了。但前边隐隐传来亮光，传来水流的跌落声。反正已后退无路了，白文姬把枪支和背囊理好，深吸一口气，向水中潜去。水流推着她向前游，20秒钟，40秒钟，她的呼吸已经十分困难，一朵黑云慢慢向她的意识罩过来，就在她快要绝望的时候，眼前忽然一亮，她随即跌落下去。

她急忙浮出水面，这儿不是河流，而是一个巨大的池子，四周池壁高高耸立，圈出四方形的蓝天。一道铁扶梯从水下一直延伸到壁顶。她猛烈地喘息着，手足并用爬上扶梯，等她接触到坚实的地面，心神一松，便晕厥过去。

繁星在天上闪烁，流云在弦月旁流淌，夜空高远，晚风在私语。白文姬艰难地睁开眼睛，拼拢自己的意识。她是在哪儿？她睡在一座高高的墙壁上，不远处就是墙壁的边缘，夜里如果她翻个身，此刻已变成冤魂了。她心中一凛，腿脚发软，忙抓住身旁的铁栏杆。

枪支在腋下，硌得那儿生疼，她艰难地挪动着麻木的身体，把枪支顺到前边。浑身都疼，骨头像碎成千百块。周围是黑黝黝的建筑物，只有几扇窗户倾泻出雪亮的灯光。

没有人声，没有人的活动。

她已经悟出这是哪儿，城市西部紧挨河流的污水处理厂，面前是污水沉淀池。污水先在这里沉淀，随后通过生物净化和机械净化，排到河里去。这儿的工作是全自动的，所以虽然工作人员已经死光，工作程序仍旧进行着。

　　她走过天桥，经过密如蛛网的管道，来到污水处理厂的指挥室。宽敞的指挥室内，各种仪表灯仍在闪亮。没有人，也没有尸体，这里肯定已被外星人清理过了。她走进员工休息室，在卫生间的大镜子中看到自己。浑身脏污，头发锈成一团，衣服破烂不堪，两眼充满红丝，面容疲惫麻木。她苦笑一声，尽管已饥肠辘辘，但她仍先打开淋浴器梳洗一番。身上的衣服已不能再穿，背囊里的备用衣服也皱成一团，她在屋子里找到了几件男人的衣服穿上，尽管衣服很不合体，但站在镜前再度观察自己时，她又恢复了自信。

　　她在厨房里找到罐头和饮料，狼吞虎咽地吃饱，在值班床上沉沉睡去。这一觉她睡得很沉，醒来时已是朝霞满天。这儿是郊外，十几只水鸟在高高的树梢上鸣啭着，飞上飞下。这种不知名的水鸟，羽毛是翠绿色的，头顶有一片丹红，美得像一只精灵，久未见到生灵的白文姬贪婪地看着，感动得热泪盈眶。

　　又一次死中逃生的经历，再加上这几只生机勃勃的小鸟，忽然唤起她强烈的求生欲望。不，她的当务之急不是报仇，不是与敌人同归于尽，而是活下去，尽力活下去，想办法延续人类种族——她苦笑着摇摇头，如何延续人类种族？很可能这世界上已没有一个男人，而她又不会孤雌生殖，除非丈夫在她腹中留下了一颗种子。不过这一点不大可能，女儿还小，夫妻生活中，他们一直小心地采取避孕措施。现在她感到很后悔，她真不该避孕，真该留下一颗种子。

　　但是要活下去！命运既然能留下她，谁敢说没有别的幸存者？她要走遍全世界去寻找同类。即使人类只留下她一人，她仍要活下去，努力学习克隆技术，学习这种神秘得近乎巫术的技术，把人类延续下去。她要躲到荒凉的山区、沙漠或极地。外星人的数量不多，不可能控制整个地球，总会留下足以让她生存的空隙。她要学会像原始人那样的生活，茹毛饮血，保留文明的火种。

决心已定，她感到心境复归平静，同时也难以排除渗入骨髓的孤独和悲凉。她开始在污水厂各个房间里搜集生活必需品。先在门外找到一辆越野性能较好的"城市猎人"牌子的吉普，砸碎车玻璃，意外地发现启动钥匙就在那儿，这使她省去不少工夫。她把搜集到的罐头、饮料、衣物、工具一趟一趟地往车上搬，还找来几只塑料桶，把其他汽车里的汽油都抽出来，放到自己车上备用。

她发现一间女性的居室，可能也是女性员工休息室。室主人一定是一位漂亮风流的女子，因为屋内到处是昂贵的法国香水、唇膏、薄如蝉翼的名牌文胸和内裤、连裤丝袜和半透明的睡衣。那个女人的半身玉照在梳妆台上，眉眼中有无限风情。白文姬在镜中看看自己身上不合体的男人衣服，犹豫着，最终把它们脱下，换上了这位不知名女子的漂亮裙装。

以后不会有人来欣赏她的美貌，但一个女人的爱美之心是十分顽强的。

汽车开出污水厂的大门，她停下来向人类世界告别。她的心底一片空明，要活，活下去，再寻找希望！吉普车一路向西北开去，那儿是深山区。她担心在无遮无掩的公路上开车，会被外星人发现，开了半天没见有什么动静，多少放心了，也许，外星人还未能掌握地球人类的所有信息系统，比如天上的探测卫星。

她开了整整一天，没有看过地图，只管往最荒僻的地方开。先是高速公路，再是一般干道，县级公路。汽油表指到了零，她停下来下车加了油，吃了一点食物，又继续开。她进入山区，在坎坷不平的山道上颠簸。夜色沉下来，她不敢开大灯，便借着朦胧的月光向前摸索。深夜，前边路断了，视野里尽是黑黢黢的山峰和森森的树木。她停下车，在后座椅上很快入睡。

她做了一些杂乱的梦，梦见到处去找自己的丈夫，终于找到了，一夜缱绻，丈夫给她留下一颗生命的种子。梦境变换，她躺在产床上，撕心裂肺的痛苦，然后是舒适的慵懒，一个可爱的婴儿躺在她身边。一岁的女儿来了，口齿不清地唤着弟弟，她冷峻地想，如果世界上只剩下这姐弟二人，也许他们不得不做夫妻？这个选择太艰难了，她想从梦境中逃脱……

她醒了，晨色熹微，面前是陡峭的山崖，茂密的树木。汽车停在一条满布鹅卵石的干涸河道上，侧后方是一个水潭，不大，却极深，清冽的潭水汇出重重的绿色，十几只小鱼在潭水中游玩，倏然不见。

眼前的美景驱散梦中的沉重，她取出食物，坐在鹅卵石的河道上吃了早餐。清冽的河水在引诱着她。一天的奔波使她风尘仆仆，胸前腋下都是腻腻的，于是，她取出盥洗用具，随身带上激光枪，来到潭边，脱了衣服，在清冽的潭水中洗去征尘。藏到石下的小鱼儿又悄悄返回，一只螃蟹也从石下爬出来，不慌不忙地在石面上横行。白文姬用脚趾悄悄踩了下去，踩住了蟹背，螃蟹惊慌失措地举起两只大钳。她松开脚趾，螃蟹飞快地逃掉了，在水中留下一串水泡。白文姬不由得绽出一丝笑意，这是灾难来临后她的第一次微笑。

潭水太凉了，白文姬走到浅处，赤身立在山风中，就像一位风姿绰约的仙子。晨风吹干身体，她上了岸，穿上文胸，内裤——忽然她有一种悚然的感觉，她的直觉在警告，好像有人在盯着她的后背，冰凉的目光所到之处，她的皮肤微微战栗。她努力镇静着，用眼角的余光向身后看。果然有两个外星杂种！身躯比她见过的略矮一些，一男一女（女的铁壳胸部有两个凸起，使她一眼就辨出机器人的性别），他们身后的林中空地上，停着一架外形奇特的飞行器。

外星机器人没有动作，冷酷地默默注视。白文姬心中凄然，知道死神已经来了。她不慌不忙地穿好衣服，掠掠头发，忽然一个箭步向激光枪扑去，把枪支拎起来。但男外星人以不可思议的敏捷一步跨过十几米，劈手夺过激光枪，向着远处射光了能量，耀眼的红光烧灼着空气，光束所到之处，大树拦腰截断，轰轰隆隆地倒下来。外星机器人狞笑着（脸上的钢铁组元拼出这个狞笑），把枪支慢慢地拧成一个麻花，摔在她的面前。白文姬从背囊中摸出那把尖刀，明知这件武器对机器人是无效的，但她仍拼死向机器人眼睛扎去。机器人用胳臂轻轻一磕，刀刃在金属躯体上砍出一溜火花。她苦笑着停止搏斗，忽然反手一刀，向脖子上抹去。

但她未能如愿，男机器人敏捷地托住她的刀锋，夺了过去，远远扔到潭水里，溅出一片水花，然后又冷漠地注视着她。白文姬觉得自己成了猫爪下的幼鼠，没有一点反抗的余地。她叹了口气，转过身，纵身向潭中跃去。

这回是女机器人拦住她，女机器人伸出右手，慢慢扼住白文姬的脖子。白文姬觉得黑云渐渐漫过意识，在濒死的痛苦中，她反而有一种解脱的感觉。

她失去了知觉，但并没有死去。男机器人及时制止住女伴，简短地命令："把她带走。"便夹起白文姬绵软的身体走向飞行器。白文姬没有听到他说的话，否则她一定会惊骇欲绝。他的语音虽然怪腔怪调，但若仔细辨认，还是能够听懂的。

外星机器人说的是地球的语言，是英语。他说的是：

"Go with her。"

第二章

被地球佬称作是中国郑州的大都市现在是 X 星球人的临时首都，72 层的银河大厦是他们的总部，奇奇诺瓦五世就住在顶层。透过宽敞明亮的落地长窗，他每天看着 A 形塔逐日拔高，最终将要超过银河大厦。这是 X 星人的习俗，或者称作他们的宗教形式。他们每占领一个地方，都要修建一座纪念塔。塔的形状则依部族而不同，比如 A 形塔是奇奇部族的标志。100 年前在 X 星上的部族战争中，各种纪念塔频繁地毁了又建，建了又毁，直到 A 形塔最终布满 X 星时，奇奇诺瓦一世的部族胜利了，兼并了其他部族，组成了奉奇奇诺瓦一世为帝皇的部落联盟。

奇奇诺瓦五世来到地球已经 10 天，他乘着皇家飞行器看完了地球的建筑，它们都是美轮美奂的杰作，精致、典雅、动感，即使是外行也能体会到它们的精妙。而眼前这座 A 形塔却十分粗糙和丑陋，乌黑的钢铁桁架，蠢笨的造型，简直令他反胃。地球上凡驻有 X 星人的都市都在兴建 A 形塔，临时首都这座 A 形塔是最高的。奇奇诺瓦厌恶这种做法，但他没有阻止。

即使贵为帝王，他仍不能不顺应习俗。

这次 X 星人占领地球十分顺利。母飞船停留在月球轨道时，地球佬没有反击；当密密麻麻的无人飞船分布在地球的同步轨道时，地球人仍没有反击。在那个瞬间，奇奇诺瓦五世曾猜想，地球佬是不是在布置险恶的陷阱。不过，在进行次声波袭击后，地球人在一瞬间痛苦地死去，他才知道地球佬根本无力反击。

X 星球的档案库中只载有地球人 300 年前的历史，那时，数万件核武器及太空武器耀武扬威地布满地球。他绝没想到，地球人的爱好在 300 年内发生了如此巨大的变化：所有的武器都被销毁了，地球成了完全不设防的星球。他十分鄙夷这个变化，这些养尊处优的地球佬已失去年轻民族的强悍和血性，酸腐不堪，他们活该有这个下场。

从军事角度看，这次长途奔袭取得了彻底的胜利。当 5000 件次声波发生器同时启动时，地球上连一只哺乳动物也没能幸免，活下来的只是一些低等动物，如爬行动物、鸟类、昆虫等。后来，当各种迹象表明还有一个地球佬活着并在频频复仇时，他感到十分惊异。

御前会议的成员不多，帝皇奇奇诺瓦，帝后果果利加，掌玺令齐齐格吉，中书令葛葛玉成，侍卫长刚刚里斯。其中，帝后和侍卫长常常不发表意见，所以实际参加者只有 3 个人。

掌玺令报告了近日的进展。他说，已经清理出 50 座地球城市，包括郑州、纽约、莫斯科、东京、新德里……其他城市和乡村由于人手不够，只有任那儿的尸体腐烂分解。不过由于占领军战士都注射了预防针，至今无一人生病。占领军共 8 万人，只有 10 人死于地球佬的袭击，现有 79990 人。

奇奇诺瓦说："把 8 万人平均分到 50 座城市，迅速繁殖工蜂族，要求 5 年之内繁殖到 800 万人。有生育权的女贵族也要大力生育，每年必须生育一个。"

"遵旨。"

他看看帝后，帝后果果利加说："对，我也要生育。"

帝皇告诉中书令："你要尽快熟悉地球人的一切，我们过去的资料有很多缺陷，比如电视中那是在干什么？为什么懦弱腐化的地球佬这时这么狂热？"

侍卫们打开电视，调出一个画面。一群人在疯狂地用脚争一个球，满场观众狂热地欢呼。中书令说："这叫足球比赛，是一种地球佬所谓的'体育运动'。"

"什么叫体育？为什么我们过去的资料从未显示？总之，"他再次命令，"你要尽快熟悉地球上的一切。"

"遵旨。"

御前会议结束时，中书令恭敬地对帝后说："帝后，是您儿子抓到了唯一的女地球佬，他为帝皇立下赫赫功劳。"

帝后的钢铁面孔上堆出微笑："那天，波波尼亚非要乘我的飞行器出去玩耍，还有他的女友吉吉杜芝。他们两人天天吵闹，又难以分离，我想清净，就让他们去了。没料到在一座山潭边正好抓住了女地球佬。"

"是帝皇和帝后的洪福。"

奇奇诺瓦问侍卫长："女地球佬押来了吗？你领我去看看。"

"押来了，就关在68层。"

牢房门前站着双岗。守卫打开门，宽敞的屋内只有正中央放着一张床。犯人睡在床上，昏迷不醒。她穿着地球人常穿的裙子，露出白皙光滑、筋腱分明的小腿和润泽的背部，胸部非常丰满，黑发较乱，但仍显得黑亮柔软，赤着双脚，脚掌呈粉红色，双手戴着一副锃亮的手铐。

奇奇诺瓦目不转睛地盯着她。与资料中300年前地球人的服饰相比，这个女人的服饰没有太大变化。在尚武刚勇的X星人中，这种过于性感的服饰是受唾弃的。X星人的美在于强悍、勇武、钢铁的光泽与力量。不过，当他真正目睹一个地球女人的身体时，不由得泛出一种非常复杂的感情。

侍卫长说："就是她，杀死了10个X星士兵。我们已检查过卫星照片资料，从第一次袭击，一直到最后一次，都是她一人干的。我们曾对她藏身的工厂进行饱和轰炸，工厂已彻底夷为平地，不知道她怎么逃了出来。"

侍卫长的声音没有一点感情，不过奇奇诺瓦能听出他对这个女人的钦敬。X 星人是尊敬强者的。侍卫长说："王子是在她洗澡时把她擒住的。"

奇奇诺瓦严厉地说："是突然袭击？"

"不，王子等她穿上衣服才向她出手。"他说，"她非常柔弱，不堪一击。"

奇奇诺瓦向前走了一步，俯下身去，用钢铁手指摸摸她的手臂。皮肤十分光滑，肌肉富有弹性，手指修长，皮肤上有柔细的毳毛，这是个十分精致的女人。

地球女人的眼睛紧闭着，很长的睫毛盖着眼睑，眉峰微蹙，锁着深深的痛苦。奇奇诺瓦又摸摸她的脸部和鼻子，回头简短地命令：

"让她活下去！"

"是，陛下。"

他和侍卫长离开牢房。

白文姬早就清醒了，但她一直假装昏迷，不吃不喝，想以此探察一些外星魔鬼的内情。屋里没人时她微微睁眼观察，她显然被带到外星人的老巢。这是一个很常见的办公环境，似乎楼层很高，窗外的蓝天白云显得很低，右边窗户可看到一个丑陋的 A 形铁塔，与她最后一次袭击时见到的铁塔外形类似，但尺码上肯定大了好几倍。

不少人到牢房参观她，逮捕她的两个外星人也来过两次，他们很好辨认，尤其是那个男外星人，他的钢铁身体显然与一般外星人不同，做工尤为精致。其他外星人都是黑色的，而他的身体却呈典雅高贵的银白色。

最后来的显然是最高首领，这可以从守卫的恭敬态度上判断。他们观看了很长时间，用奇怪的语言叽里咕噜说着什么。那个最高首领还伸手摸了她的手臂和面部。那时，白文姬用最大的毅力控制住生理的厌恶感，没有跳起来躲避。

听这些人说话时，她常常有一个奇怪的感觉。这是种陌生的语言，声调古怪，但她常常有种似曾相识的感觉。是发音？音调？节奏？她不知道，她努力辨认和揣摩，没有结果。

但不管怎样，这种奇特的熟悉感越来越浓。直到那位最高首领说话后，这个谜团才解开。最高首领说话较慢，很威严，发音较为典雅。他临走下了一道命令，白文姬忽然从中辨认出两个英语单词。

"Let"和"Her"。

他说的是英语！他们说的是英语！尽管他们的发音十分古怪。

一旦这层窗户纸捅破，她的听力就大大提高。她听到了随从的回话。

"是，陛下。"

白文姬感到极度震惊，这些外星机器人怎么可能说英语？曾有过的猜疑再次浮上心头，也许本来就不是外星人，而是某个说英语的民族筹划了这个惊天大阴谋？这并非不可能，想想这些白人的祖辈吧，他们像屠杀牲口一样屠杀非洲人、印第安人、澳洲土人、印度人和中国人。当然那都是过去的事了，西方社会整体上早已摒弃了这种邪恶，建立了民主社会。但也许有一撮人重拾祖先的衣钵呢？

高强度的思考使她脑袋发木，她慢慢张开眼睛。有人在说："她醒了。"她一眼认出这是俘虏她的那个男机器人，他一身银亮的盔甲与众不同。白文姬是第一次在这么近的距离内观察一个外星机器杂种。他的脑袋是光的，脸部是几十块钢铁组元组成，但也有眼耳鼻口，深陷的眼窝里是和人类相近的眼白和瞳仁。他说话时，口部的钢铁组元有规律地动着。他的身体很强悍，身高约两米，四肢十分强壮——在搏斗中白文姬对此已深有体会了。钢铁四肢的行动不算笨拙，但多少带着机器般的僵硬死板，缺少人类的优雅。这是一个罪该万死的凶手，不管他是什么来路，是来自外星，还是一个狂人国家，白文姬的仇恨都不会减弱。

她目中喷着怒火，但机器人已没有昨天的敌意，显得比较平静。他招招手，守卫拎来一大筐地球食品，大多是各种罐头、方便面、饼干等。他指指食品，非常缓慢地说："食——品——你——吃。"

毫无疑问，他说的确实是英语，只是声调相当古怪，像是喇嘛在念经。白文姬已两天两夜没进食没喝水了，但她不准备吃这种嗟来之食。她目光冰凉地盯着对方，不说话，也不动弹。机器人再次重复道："你——吃。"他看懂她的蔑视，怒气像自来水一样说来就来：

"快吃！不吃——杀死！"

钢铁面孔堆出怒冲冲的表情。白文姬鄙夷地想，对于两天来以绝食求死的人，死还算是一个威胁吗？看来这个蠢脑瓜理解不了这一点。其实，死亡恐怕是自己最好的归宿，那就让他来杀死她吧。她伸手取过一瓶可乐，拉开铝环。机器人的怒容马上消失了，甚至露出胜利的笑容。这时，白文姬把可乐猛地泼到他的眼睛上。

机器人被激怒了，呀呀怪叫着，伸出一只手卡住白文姬的脖子，轻而易举地把她举起来。白文姬呼吸困难，眼前发黑，意识迅速坠落……但她没有死。那个机器人把她扔到地上，他的怒气无处发泄，呀呀怪叫着，周围所有物品都成了他的出气筒。床被劈烂，墙壁也被他杵出一个大洞。他一路咆哮着离开牢房。

白文姬坐在地上，用手抚着脖子，艰难地喘息着。她知道这些机器人都是残忍暴虐的魔鬼，原想在激怒他后，他会立即下杀手的，但他为什么中途改变主意？牢房门又开了，一个女机器人走进来。白文姬认出，她是刚才那个机器人的同伴，那天在湖边俘虏自己时她也在场。女机器人冷漠地注视着她，目光一遍又一遍地刮过她的全身。白文姬被看烦了，她抓起一个可乐瓶砸到女机器人脸上，铮的一声，碰出金属声响，但女机器人没一点反应，仍然冷漠地注视着她。

很久，她才悄然离去。

食品撒得满地都是。饥饿在白文姬胃里凶猛地燃烧，但她已决定绝食求死，追随自己的亲人。她闭上眼睛，不再看这些摆在眼前的诱惑。这些天的遭遇使她的身心极度疲惫，尽管饥火正炽，她仍靠在墙上沉沉睡去。60亿人的冤魂在她梦中奔走呼号，搅得她睡不安稳。

在 78 层楼顶，奇奇诺瓦正和他的家人吃饭，其实，吃饭只不过是一个古老的仪式，是一种宗教式的行为。因为，早在 100 年前 X 星人已摒弃自然食物而改用能量合剂。一小瓶能量合剂可以应付一天的能量需求，而喝一瓶合剂只用 5 秒钟。

奇奇诺瓦和帝后果果利加已经喝完了，但王子波波尼亚却迟迟不喝。奇奇诺瓦不解地看着儿子："今天是怎么啦?"往日他十分厌倦这种吃饭仪式，常常把能量合剂往嘴里一倒便离开饭桌。波波尼亚听到父王的问询，以桀骜不驯的目光与父王对视。奇奇诺瓦平静地说：

"你有话就说吧。"

"父王，是我捕获了那只地球母兽，唯一的一个俘虏。"

奇奇诺瓦微微一笑："那不是因为你的能干，纯粹是侥幸。不过，那的确是事实。"

"我要求奖励。"

"好的，你要什么奖励?"

"我要这只地球母兽，把她交给我。"

奇奇诺瓦略微犹豫后答应了："可以，但不能杀死她。既然上帝给我们留下一个俘虏，就让她活下去。"

"放心，我不会杀她，我对她很感兴趣。我还有第二个要求。"

帝皇皱皱眉头，帝后看看丈夫，柔声说："你说吧。"

"为了不让母兽饿死，我找了不少地球的食物。我想知道地球佬到底吃的是什么东西，所以我想尝一尝。"

奇奇诺瓦紧皱眉头。到地球前，基于中书令葛葛玉成的建议，他曾颁布一条法令，严禁 X 星人袭用地球人的生活方式。中书令说："地球佬的生活方式是腐败，是堕落，是醉生梦死。如果不加制止，它会把 X 星人很快腐蚀掉，让一个骁勇善战的强悍民族变成了只会吟诗作赋的纨绔子弟，所以要严禁!"

奇奇诺瓦不大知道地球的历史，他只会打仗和杀人。但他相信中书令，那个固执的老东西，所以他痛痛快快地批准了中书令拟就的法令。可现在呢？虽然他对儿子不苟言笑，其实心里还是很溺爱的。他不好直接同意，便看看帝后，帝后立即说：

"仅此一次！"

波波尼亚立即从身后拎过来一只小袋，里面装有品种繁多的罐头，罐头上全是四四方方的中国字，"五香驴肉""红烧鱼块""松子银鱼"之类，波波尼亚狡猾地说："我已经吃过了，吉吉杜芝也尝过了，我今天拿来请父王和母后尝一尝。"

奇奇诺瓦不想让儿子难堪，便夹了一块五香驴肉在口中咀嚼，帝后也挑了两样尝尝。他们没尝出什么味道，便摇摇头，表示要结束这顿饭。波波尼亚把剩下的食品大口吃完。"非常美味！"他大声说，"你们再尝一次就能体会到了！"

波波尼亚和吉吉杜芝在游玩途中遇到一场暴雨，暴雨实在太大了，没办法观察道路，他们只好暂停飞行。

两人蜷在飞行器内，粗大的雨柱敲击着透明罩盖，在周围地面上打出一片水花，雷声隆隆，紫色的闪电从黑云中直劈地下。他们好奇地看着这场暴雨。X星上从没有这样的暴雨，那儿的天空总是布满浓云，雨总是蒙蒙的，太阳只是浓云后边一团发亮的、边缘不清的东西；没有星星月亮，没有蓝天和彩云。因而，他们对于太空的想象从来都是阴郁的，色彩暗淡的。

暴雨结束得非常迅猛。转瞬之间，黑云飞走了，天空又恢复了干净的蓝色，几朵白云追随着撤退的黑云悠悠飘来，太阳又以火辣辣的热度照射着大地。波波尼亚重新启动飞行器，在低空沿着地形曲线灵活地上下翻飞。

波波尼亚自从来到地球后，一直驾着飞行器四处游玩。有时他不带吉吉杜芝，但大多数时间是两人一道。他对地球上的奇异风景很感兴趣，这里有蓝天，有看得清清楚楚的太阳，有各种树木，还有飞鸟和昆虫、鱼类。这些在X星上都没有，那儿只有微生物和数目稀少的几十种植物。

吉吉杜芝忽然惊奇地说："那是什么？"他扭头向后看，看到天上扯起一个半圆，赤橙黄绿青蓝紫依次排列。半圆很大，通天彻地，显得既大气又精妙。波波尼亚不知道这是什么玩意儿，看来它是一种自然现象。他努力搜索关于地球的知识，但是找不到关于它的资料。这个玩意儿确实很漂亮，两人目不转睛地盯着。波波尼亚忽然说：

"那只地球母兽应该知道的，回去问她！"

吉吉杜芝说："不，我们要朝它飞过去，我要抓住它。"她指着那个半圆说。

波波尼亚已经掉转机头踏上归程："不，我要回去。地球母兽三天没吃东西了，我不让她死。"

吉吉杜芝很气恼，她早就看出波波尼亚对女俘虏房有非同寻常的兴趣，但她没有反对，顺从地跟他回家。

整整一天时间没人来这间牢房，守卫守在门口，从不向内张望。白文姬绝食四天三夜了，已经十分虚弱。男机器人带来的食物、饮料被抛撒一地，白文姬闭眼不看，顽强地抵制着它们的诱惑。她盼着死神快来带走她的生命，不愿意在外星魔鬼的囚禁中苟延残喘。

那个男机器人又来了，守卫跟在他后边，带来更多的食物，有熏鱼罐头、袋装烧鸡、八宝粥、梨、西瓜，还有一些不能食用（或不能生食的）药材、茄子、土豆等，看来外星机器人没有这方面的鉴别能力。守卫把食物堆在她身边，悄悄退出去。白文姬冷漠地转过脸，知道男机器人又要劝她吃饭。但这次男机器人先把白文姬扯到窗边（他的神力根本无法抵挡），指着窗外急切地问：

"那是什么？"

他指的是东边天空上的一弯彩虹。衬着湛蓝的天空，这道美丽的虹显得神妙非凡。白文姬不由得扭头看看男机器人，他的钢铁面孔还是那样令人憎厌，但钢铁眼窝里的眸子中，分明是孩子般的好奇。白文姬不想理睬他，但不知为什么她还是回答了。

"这是虹，是水珠折射阳光形成的自然现象。"她用英语说道，"你们也能欣赏它的美丽？你们这群杂种！"

男机器人忙不迭地点头（他可能没听懂最后一句诅咒），又把白文姬扯回床边，指着那堆食物说：

"饭——你——吃，快吃。"

他巴巴地望着她，目光像家犬一样愚鲁和耐心，钢铁组元甚至拼凑出巴巴儿的笑容——如果这能称作笑容的话。看见白文姬没有动作，他急切地重复着：

"吃——四天——没吃饭。"

白文姬忽然受到触动。在此之前她一直认为，这个机器人让她吃饭，只是为了留一个活的战利品，留一个研究对象，看来事实并非如此。也许他是对一个孤苦伶仃的地球女俘房生出怜悯之情。一道亮光划过她的脑海，她当然不会利用他的怜悯来苟活，但这里似乎有某种值得思索的东西。她忽然改变主意，不想即刻就死，死是最容易做的事，而她应该活下去，至少要弄清这些外星人的来历，弄清地球上还有没有幸存者。她取过一瓶牛肉罐头，拉开封盖，大口大口地吃起来。男机器人显然没料到她会轻易改变主意，立即变得兴高采烈，围着她转来转去，盯着她的嘴巴傻笑，只差没有摇尾巴了。

白文姬冷眼看着他那鄙俗的动作，觉得十分悲哀。看吧，就是这些粗鲁鄙俗的外星杂种灭亡了高雅睿智的地球人，成了胜者。历史太不公平了——不过，既说到历史，她倒想起历史上有很多类似的事例，像希克索人灭了古埃及，多里安灭了古希腊……可以说，历史在很多时候就是为野蛮人书写的。

她吃完了，静等着下一步，而那个可恶的机器人确实没让她久等。他几乎是急不可待地打开了白文姬的手铐，说：

"脱——快脱——我看。"

血液一下子冲上白文姬的头顶。她从被捕后就做了最坏的打算，就是没想到在机器人中也有色狼！莫非他们也安装有性程序？这当然是可能的，否则他们不会在机器人中分出男女的差别。波波尼亚看出她的反抗，立即显出怒容，伸手来扯白文姬的衣服，不耐烦地说：

"脱——脱！"

白文姬闪开了，不愿他的脏爪子碰到自己，但她知道反抗是无用的。这些机器人的神力她已领教过了，他们可以轻易地制服一头大象。在这当儿，白文姬甚至愤恨地想：好吧，让你们这群丑东西看看地球女人的身体，让你们看吧！

她脱下裙装，脱下半透明的文胸，脱下精致的内裤。现在她昂首立在正午的阳光下，乳房挺立，柔发蓬松，腰部和臀部拼出美妙的曲线，光滑细腻的皮肤闪闪发光，脖颈细长，小腹平坦，腿部肌肉坚实，筋腱分明。波波尼亚贪婪地盯着胸部，自从在湖边见到这个地球女人的裸体，他就念念不忘。这是从基因深处泛出的本能，是自然界最强大的力量。他慢慢向白文姬靠近，脏爪子慢慢伸向那对乳房……就在白文姬反抗之前，一道黑影从牢房外闪进来。黑影的动作太快，白文姬只听见她的怒吼，辨出她是常和波波尼亚在一块儿的女机器人，随后一支强劲的铁手扼住她的颈部，她很快陷入昏迷。脖子上的压力猛然一松，她艰难地咳着，从昏迷中苏醒。醒来后她看见男女机器人像恶狼一样怒目相视，刚才肯定是波波尼亚把她从女机器人的手里救了出来，在两人的争斗中，女机器人肯定吃了亏。两个机器人僵持很久，然后，女机器人狂怒地跑了，周围的物品都成了她的出气筒，一路上尽是嘎嘎吱吱的破裂声。

是波波尼亚救了她，但这丝毫不能减弱她对波波尼亚的仇恨，她冷冷地盯着他，看他还会做出什么丑恶的举动。但波波尼亚并没有什么举动，他只是专注地盯着白文姬，目不转睛地盯着。他的手又想伸过来抚摸，但中途停止了，然后……

此后的事态发展超出白文姬的心理承受能力。波波尼亚的两只手交叉着伸到肋下，在左右腋下同时按了一下，他的身躯，不，是他的外壳慢慢裂开，先是头部裂开，露出另一副面孔，然后整个身躯裂开，另一个小身体从外壳中滑出来。

那是一个十二三岁的男孩，身高只有一米六，与粗壮强悍的机器外壳形成鲜明的反差。男孩瘦弱纤细，头颅硕大，额头很高，两只眼睛特别大。身体丑陋污秽，但分明是人形，不，分明是一个人！男孩看看白文姬，再比比自己，再看看，再比比，他的表情变得很困惑，甚至有一点羞愧，他不再是狰狞强悍的外星魔鬼了，而是一个浑身脏污、柔弱自卑的人类孤儿。

从机器外壳裂开的一刹那，白文姬的心脏突然停止跳动，开始嘎吱嘎吱地碎裂。多日的困惑解开了，为什么这些机器杂种颇似人形，为什么他们的钢铁怪脸能做出人的表情，为什么他们的枪支甚至手铐都是地球上曾经有过的样式，为什么他们能说英语——而白文姬还曾怀疑这场灾难是某个白人国家一手策划的，她曾为自己的多疑偏执感到羞愧……原来，这些外星人确实是从外星来的，但他们正是人类的后代或侧支！

他们对外展现的是钢铁躯体，实际上只是一种体力增强器。机器外壳中有强大的能源，它能把穿戴者的动作成正比地强化。这不是什么新鲜玩意儿，在地球上，20 世纪早期就已经发明了。只不过这项发明在地球科技史上只是一朵转瞬即逝的小浪花，始终没能形成大气候。倒是与体力增强器相仿的远距离操纵机械手得到长足发展，但机器外壳——谁愿意每天穿戴一副丑陋僵硬、令人难受的外壳呢。

X 星是一个无根的种族，是一个没有历史和起源的种族。

X 星是一个富饶的星球，这里有着和地球类似的大气层、温度和土壤，这儿已进化出了微生物和绿色植物，但没有高等动物，更没有人，是一个尚在沉睡中的星球。

X 星人的历史是从 300 年前一艘宇宙飞船突然降临 X 星开始的。X 星人从光盘上学到了这段历史，认识了 X 星人的上帝。上帝曾悄悄造访太阳系的地球行星，悄悄采集了足够的人体细胞，通过这艘飞船带到 X 星上大量克隆。上帝为这十万个同时降生的生命准备了相当于地球 20 世纪 90 年代的知识和生活条件，然后上帝就走了，一去不返。

上帝为什么这样做？是偶发童心？是想做一个社会进化对比试验？还

是一个深藏祸心的大阴谋？还有……上帝究竟是谁？他住在哪里？X星上从没人认真追究过这个问题。

上帝走了，十万个克隆胎儿从机器子宫里诞生。上帝给他们留下能干的电脑奶妈和机器人保姆，她们尽职尽责，向X星人传授了相当于地球20世纪90年代的知识：历史、物理、化学、生物、医学、军事……电脑奶妈的硬盘储量几乎是无限的，地球上的知识应有尽有。可惜，由于某个扇区的偶然损坏，硬盘中缺少了宗教、文学、音乐、体育的大部分知识。这一点对X星人社会心理的形成产生了致命的影响。

在富饶的X星上，在电脑奶妈和机器人保姆的看护下，这个无根种族爆炸般地增殖，一代一代地繁衍。当第一批男女克隆人成年后，也出现了男女结合的有性生殖，这些人大都成了贵族，但更多的仍是无性生殖，由无性生殖繁衍出来的群体，被称为工蜂族。这是一群毫不怜惜生命的杀人蜂，既不怜惜自己的生命，也不怜惜别人的生命，因为，作为成批克隆的"工件"，他们的生命来得太容易了。

这个种族很快达到极盛，他们成长得太快了，太顺利了，没有经历过地球人类的盛衰沧桑，艰难困苦，因而他们的狂妄和浮躁不断膨胀。他们就像是疏于管教的富家子弟，把那些需要耐性才能理解的高雅文化逐渐忘却，却畸形地发展了武器科技。他们的半光速飞船，超大型次声波发声器及激光枪，都远超过了地球人的水平。

而在其他方面，他们却在退化。X星人分成几十个好战的部族，经过70年血腥的战争，统一在奇奇诺瓦一世的麾下。他们抛弃了地球20世纪90年代的政治体制，选择了最适合他们的制度——君主制。

这个好战的部族统一了X星，下一步他们该去找谁战斗呢？电脑奶妈曾说过，太阳系中有一颗蓝色的行星，那儿有蓝天白云，绿树红花，叮咚泉水……也许是基因的作用，冥冥中有强大的力量吸引着他们，他们渴望回到梦中家乡，寻找上帝赐给他们的肥美之地。只是他们从未想过与地球人和平共处。地球人必须全部消灭，为新主人让出生存空间。

经过一代人的准备，30年前，一支武力强大的铁骑在奇奇诺瓦五世的带领下离开 X 星，乘半光速飞船杀向太阳系。

　　这些内情，白文姬很久以后才完全知道，她一点一滴地探问、收集，拼出事件的全貌。不过，当那具人的躯体从机器外壳中滑出的一瞬间，白文姬电光石火般地悟出历史的梗概。那时她至少已确定两点：第一，这些机器人肯定来自外星球，这是毋庸置疑的，他们身上带有太多的"异味"；第二，这些面貌体型与地球人酷似的外星人肯定与地球人有渊源，他们肯定是地球人的后裔或侧支。

　　她的血液在刹那间被仇恨烧沸了。从前她当然仇恨他们，但那是人类对兽类的仇恨，现在她得知，是人类失散多年的儿女忽然回来杀死家人！60 亿死不瞑目的冤魂啊。狂怒中她猛扑过去，扼住了波波尼亚的喉咙，虽然她明知自己根本不是他的对手……

　　但她想错了，失去外壳的波波尼亚十分虚弱，根本没有还手之力。他在白文姬的手中挣扎着，很快两眼翻白，身体软绵绵地垂下来。牢门开了，一道黑影扑过来，是女机器人吉吉杜芝，白文姬被揪了起来，扔到墙角，脑袋撞在水泥墙上，失去了知觉。

　　等她醒来时，波波尼亚已经不见了，连同他的外壳。不过白文姬很清楚他没有死，因为，就在自己被揪住之前，一种奇怪的感情忽然涌来，使她停止了用力。在她的手指之间，那个羸弱的身体太像一个人类的男孩，一个失去母亲照料的瘦小的孤儿，她无法下手杀死一个孩子。虽然明知道自己的想法是农夫的仁慈，但她就是下不了手。波波尼亚这会儿走了，守卫也退回去了，吉吉杜芝虎视眈眈地盯着她。白文姬已经筋疲力尽，已经倦于仇恨，她挣扎着起来，理理头发，声音嘶哑地说：

　　"快把我杀死吧，你这条母狼，为什么不动手？快来呀。"

　　吉吉杜芝没有动手，围着白文姬转一圈，又转一圈，专注地盯着她。即使是赤身裸体，即使是衰弱无助，这个地球女人仍保持着一种尊严，一种光辉，令你不得不产生敬畏。她浑圆的乳房饱满坚挺，白嫩的皮肤下是淡蓝色的血管，乳头呈暗红色，骄傲地挺立着。看着这一切，吉吉杜芝心中一个遥远的前生之梦忽然苏醒，每个婴儿呱呱坠地之时，都具备寻找乳头和吮吸的本能，这种本能不用通过父母传授，由基因密码通过种种机制转化而来，所以它是人类最牢固的潜记忆。X星人已经抛弃了自然哺乳，X星女人的乳房在机器外壳的禁锢下已经趋于退化。但基因的力量是最强大的，白文姬的裸体立即唤醒早已湮灭的潜记忆：妈妈的温暖，睡前的咿唔，富有弹性的乳房，甘甜的乳汁……

吉吉杜芝呆立着，不知道该怎么办。她以X星人的野性狂热地爱着波波尼亚王子，当然不允许别人抢走他。这段时间她早已觉察到，波波尼亚对这位地球女俘虏有一种奇特的关切。她怀着强烈的嫉妒，时刻盯着她。不过这时嫉妒心退去了，代之的是对那具完美躯体的崇拜。

吉吉杜芝犹豫地抬起双手，在自己左右肋按了一下，她的外壳也裂开了，露出一个发育不良的身体，苍白羸弱，污秽不堪。耳郭和鼻梁在外壳的长期压迫下显得平板，头发纠结呈饼状。她的身体还没发育成熟，还显不出女性的柔美身材，但胸前已有两团小小的凸起，这是一个十二三岁的年轻女孩。

那具高达两米的钢铁外壳分成两半倒在地上，吉吉杜芝很不习惯裸体站立，怕冷似的缩着肩膀，来回倒着脚。白文姬发现女机器人的目光中不再有兽性，不再有残忍，而是艳羡，是敬畏，是迷茫，是惭愧。她的小脏手胆怯地伸过来，慢慢触到白文姬丰满的乳房，白文姬不由得哆嗦一下，一道电波顺着乳头神经射进来，在心头划出一道闪光。无疑，这些半机器的X星杂种已经兽性化了，但至少他们还知道地球女人的身体是美的，女人的乳房——更确切地说，是母亲的乳房，对他们还具有感召力，他们也知道为自己在机器外壳禁锢中的肮脏身体而羞愧。

这么说，他们身上还有未泯灭的人性？

白文姬犹疑着，不知道自己该怎么办。X星杂种是人类不共戴天的仇人，他们该被千刀万剐。白文姬想起地面站和武器研究所那些身体扭曲的尸体，想起女儿，仇恨立即把她的血液烧沸，眼前阵阵发黑……她强迫自己冷静下来。她想，这些X星人是人类的直系血亲，是留存人类文明的最后希望。她当然恨他们的残忍暴虐，但是……想想人类历史吧，想想白人对黑人、印第安人和澳洲土人的伤害；想想那些足够屠杀全人类几次的核武器——那时人类算是进入文明社会了吧，可文明的政治家们为这些杀人武器编造了多少谎言！

人类还是幸运的，在艰难的发展中终于获得自我约束的力量。核武器被销毁了，所有的武器都被彻底销毁了。人类终于克服兽性，获得理智。不过这也是百年前才达到的。这些残暴的 X 星人……不就相当于几百年前的人类吗？

想想这些，白文姬的仇恨没有那么强烈了。她想，这些人性尚未彻底泯灭的 X 星人，总有一天也会告别兽性的。

吉吉杜芝不习惯于没有外壳，瘦弱的裸体在风中瑟瑟发抖。但她忍耐着，呆呆地看着白文姬。她期望着什么？恐怕她自己也不甚清楚，不过，显然是想和白文姬建立起另一层次的交流。白文姬沉默了很久很久，终于慢慢伸过手，去抚摸吉吉杜芝的头发。在她缓缓伸出手时，吉吉杜芝像一头狼崽子那样紧张地奓着颈毛，等到白文姬把手按上去，她浑身一激灵，似乎立即要蹿跳起来，但她控制住自己，慢慢平静下来。白文姬轻轻抚摸着她的脏发，问：

"你——叫什么名字？"

"吉吉，吉吉杜芝。"

"那个男孩呢？"

"波波尼亚。"

白文姬缓缓地说："吉吉杜芝，我知道你喜欢波波尼亚，知道你想变得和我一样漂亮，让波波尼亚永远喜欢你，对吗？"

吉吉杜芝狂喜地点头。

"也许，你还想做母亲，让一个胖乎乎的孩子吸着你的乳头入睡？那好，我可以教你。现在你应该去洗澡，明白吗？洗澡，沐浴，清洗掉身上的污秽，让你的头发变得光亮柔软。我会教你穿人类的衣服，穿女人的时装。时装，懂吗？就是最新样式的女人的衣服，女人的衣服绝不应该是一成不变的。

我还要教你使用香水和唇膏，教你保养皮肤，保养乳房，你很快就会变漂亮的。但你首先要下定决心，永远抛弃这具钢铁外壳。"

吉吉杜芝听懂她的话，至少听懂大意。她扭头看看地上的钢铁外壳，显然，她不愿意抛弃它，因为它已成了身体的一部分。白文姬知道她的心理，仍坚决地说：

"去吧，和波波尼亚商量一下。我还会教你们地球人的礼仪，地球人的风度，但你们不能穿着机器外壳去学这些，机器外壳与这些东西是水火不相容的。究竟该怎么办——你和波波尼亚决定吧。"

吉吉杜芝走了，很长时间没有返回。大约一个小时后，牢门忽然打开，守卫探进头，语调生硬地说：

"你——可以——出来。"

她走出牢房时，守卫已经撤走了，屋内空荡荡的。这间住宅的原主人显然是一位书画家，屋内布置得古色古香，很有情趣。正厅中挂着花鸟鱼虫四扇屏，博古架上摆放着很多古玩，屏风旁放着将近一人高的祭红花瓶。在卧室的合影相片上，祖孙三代人其乐融融地笑着。书画间里有许多已完成的书画，书案上用白铜镇纸压着一张宣纸，纸上只写了两个大字"空明"。墙上挂着七八种中国乐器，有横笛、琵琶、二胡、古筝……白文姬仿佛看到相片上那位白须飘飘的老人在挥毫作画，他的脸上浮现着恬然的、与世无争的笑容。

可惜，这种文人雅趣永远成为历史了。她怅然地取下一把二胡，调弦试音。二胡很不错，音质清亮优美，她坐下来，顺手拉出一串乐音，这是《光明行》的旋律，于是她静下心来，演奏二胡名家刘天华的这首曲子。

她听见钢铁的脚步声，眼角余光看到波波尼亚和吉吉杜芝进来，站在她身后入迷地听着。白文姬拉得很投入，一直把曲子拉完。转回头，看见两人非常惊奇地盯着她手中的二胡。波波尼亚问：

"这是——什么？"

"二胡，一种中国乐器。"

"什么是乐器？"

"乐器就是……用吹、拉、弹、拨等方式能发出乐音的东西。在 X 星上是不是没有乐器？"

"没有。"

"没有音乐？你们会不会唱歌？"

从两人迷茫的表情看，他们对这些基本的概念没有任何的了解。

"那么体育呢？打篮球，踢足球，跳高，赛跑，划船……"

两人摇着头。白文姬怜悯地看着他们，轻声叹息道："我可以慢慢教你们的，很快你们就会知道，世界上有许多事情比杀人更为高尚和愉快。不过你们首先要脱下这具铁壳，你们做出决定了吗？"

波波尼亚和吉吉杜芝肯定已商量过了，他们没有犹豫，同时伸手在肋下按了一下，机器外壳分成两半，带着沉重的声响摊在地下。现在她面前是两个裸体的少男少女，瘦弱又污秽。他们似乎没有羞怯的概念，眼睛直直地盯着白文姬，等候她的吩咐。

白文姬领他们来到卫生间，这套住宅是双卫生间，每人一个。她在浴池里放了热水，又把香皂、洗发液、沐浴液、洗澡巾找出来，耐心地告诉他们使用的方法。做这一切时，她心中觉得发酸，觉得发苦，因为这令她回忆起为呱呱洗澡的场景。

两人照她的吩咐，胆怯地跨进浴池，淹没在氤氲的水汽中。白文姬在两个浴池之间来回走动，教他们如何洗浴。波波尼亚这会儿舒服地仰卧在水中，只露出脑袋。白文姬在门外看着，心中突然起了冲动，她想冲进去按着波波尼亚的脑袋淹入水中，那样可以轻而易举地结束两人的性命。然后她将继续自己的复仇事业。她已了解外星人的真相，知道在机器外壳中是相当羸弱的肉体，她会找出机会消灭他们的……白文姬犹豫着，叹口气，放弃了自己的复仇计划。毕竟，这两个兽性十足的年轻 X 星人已显露向善之心，爱美之心，自己要做的不是杀死他们，而是教化——尽管她知道这种教化比杀人更为困难。

她到衣柜里为两人找到尺码合适的衣服，给吉吉杜芝预备的是一件露背连衣裙，一双襻带很细的中跟皮凉鞋，内裤和文胸。为波波尼亚准备的是一双网球鞋，白色运动裤，T恤衫。两人都洗完了，连身子也不知道擦，湿淋淋地来到客厅，等待白文姬的安排。白文姬让他们回到各自的卫生间，她去帮他们穿戴齐整。

她的主意是对的，当波波尼亚和吉吉杜芝看到焕然一新的对方时，眼中都露出惊喜的表情。他们穿着衣服还很不习惯，动作显得僵硬，但无论如何，这和洗浴前那两具污秽的躯体不可相提并论。现在，少男少女的性器官都被掩盖住了，但这种掩盖反倒更能引起神秘的想象。白文姬拍拍手，把他们的注意力唤回：

"好，我不想耽误时间，马上就开始我们的教程。第一课是教你们如何走路——像地球男人、女人那样优雅地走路。随后教你们健美操，使你们的身体变得强健而优美。我还会教你们乐器，教你们各种知识……现在我们开始吧。"

第三章

转眼半年时间过去了，皑皑白雪代替了夏天的林木葱茏。X星人在地球牢牢扎下了根，他们接管和控制了原来的电力系统、交通系统、邮电系统，当然也包括最重要的食物生产系统。不过他们对食物生产系统作了改造，那些现代化的食品加工厂不再生产火腿、牛肉罐头、三明治、饼干、可乐等，而是纯一色地生产能量合剂。地球太富饶了，生产的能量合剂足够300亿X星人食用，所以自从他们在地球安家之后，工蜂族便以几何级数爆炸般地增殖。

不过，一种颓废、无所事事的风气迅速蔓延开来。在长途奔袭地球之前，X星人曾作了最坏的打算（想想光盘上所显示的地球上的发射井、太空激光武器、电磁炮和杀手卫星吧），他们曾打算把战争进行 10 年，打算死去十分之九的战士。但他们没想到地球人会如此不堪一击。现在——他们干什么？敌人已全部消失了，自动化生产线源源不断地送出能量合剂，而他们一天只能喝一瓶，如此而已。他们还能干什么？那具强健的机器外壳还有什么用？

不过，X 星人很快找到了寄托——酒。原来世界上还有这么美妙的东西，可以让人忘掉一切烦恼，沉浸在虚幻的神奇的幻境中。酗酒之风在 X 星人中迅速传开，茅台、五粮液、二锅头、法国威士忌、雪利酒、青岛啤酒……街上到处是步履不稳的行人，地上横躺着拎着酒瓶的醉汉。

还有些 X 星人则是寻找另一种寄托。他们大多是贵族子弟，是波波尼亚的朋友和伙伴。他们看到波波尼亚形体上的变化，更看到吉吉杜芝和白文姬的魅力——天哪，原来女人还能有如此的魅力！于是他们也逐渐加入白文姬的学生队伍。他们大都舍不得完全丢弃钢铁外壳，不过他们很识趣地把外壳留在白文姬的门外，穿着地球人的服装走进教室。白文姬对此佯装不知。

紧张的教学对白文姬也是一种麻醉，可以让她少去想失去的亲人。有时她会陷于深深的怀疑和自责，不知道自己的所作所为是不是对地球人的背叛。她所尽力教化的是些什么人？个个是双手沾满地球人鲜血的刽子手啊，不过她必须克服这种怀疑和自责，她相信自己干的是唯一正确的事，她要使这些杀人狂脱胎换骨，延续地球文明。

但她无法排除心中的孤寂。她常常想起一位与自己同名的古人蔡文姬，她在战乱中陷身于匈奴人中，有家难回，食膻闻腥。蔡文姬是著名文学家蔡邕的女儿，本人也具有极高的文学修养，这和匈奴社会的野蛮构成强烈的反差。在痛苦中麻木不算痛苦，在痛苦中能自省才算是真正的痛苦啊。蔡文姬把有家难回的悲愤凝于她的名作《胡笳十八拍》中，昭示于后人。

白文姬想，比起蔡文姬来，她要更为不幸。蔡文姬身边还是人类，而她周围的 X 星人很难称作同类。在对他们授课时，她总是不能排除心中的仇恨，有时，她会把一片杀气带到乐曲中。她在这种极度矛盾的心境中煎熬着。

　　春天来了。这天白文姬停止授课，让学生们离开，她带着波波尼亚和吉吉杜芝去郊外春游。田野里生机盎然，杨柳枝头是新生的嫩叶，桃花夭夭，梨花赛雪，无人耕种的田野里仍然铺着绿色的麦苗，麦苗是去年散落在地的麦粒长出来的，显得杂乱无章。燕子也已归来，在没有主人的空宅里衔泥做窝。路过一片松林时，白文姬忽然急喊刹车，她跳下去在松枝间搜索着，很久才怅然回到车上。刚才她似乎看见一只松鼠在树间探头，但下车后没找到，也许它是被行人惊跑了。如果她没看错，那它就是次声波袭击后唯一存活的哺乳动物。

　　看来，大自然在这次浩劫后开始恢复元气了。

　　山路上行车不多，偶尔会看见一辆车停在路边，一个醉醺醺的机器人卧在汽车旁。白文姬还见过一辆汽车中有一对不穿外壳的男女，他们是她的学生，也是来春游的——现在白文姬的一举一动都是他们模仿的对象。不过他们没来打扰老师，远远地开到另一条岔路上。

　　后来三人发现，有一辆汽车始终跟在他们后边，波波尼亚放慢速度，等那辆车追上来。驾车人是中书令葛葛玉成，穿着机器外壳，目光冰冷地盯着这边。这时中书令也放慢车速，与他们保持着一定距离，不过他似乎并不在意波波尼亚已经发现他的跟踪。

　　白文姬疑惑地看看波波尼亚，波波尼亚不在乎地说："是葛葛玉成，他一直反对我和吉吉杜芝跟您学习。"

　　"他今天来干什么？"

　　"不管它，他只是一个工蜂族，敢找麻烦我就……"

　　他想起白文姬不喜欢听粗野的话，把后三个字咽到肚里。

　　他们来到山中一块平地，绿草如茵，开满不知名的小黄花和小紫花，蝴蝶和野蜂在花丛间穿行。波波尼亚和吉吉杜芝把车上的食物、桌布搬了下来。看着他们的背影，白文姬不禁感叹道，少年是幸福的，他们有一具不受陈规束缚的自由之身。仅仅不到一年的时间，波波尼亚和吉吉杜芝从形体上已完全摆脱机器人的僵硬，他们衣着光鲜，动作潇洒轻盈。尤其是吉吉杜芝，长发柔滑光亮，胸脯也变得丰满，很难把她同一年前那个野性十足的女机器人联想在一起。

中书令葛葛玉成也把汽车停在旁边，下了车，又开双腿坐在草地上，虎视眈眈地盯着他们。波波尼亚和吉吉杜芝没有理睬他，又从车上搬下来简便炊具。虽然今天是野餐，但白文姬准备得十分丰盛，各种佐料、配菜满满摆了一地。她对波波尼亚和吉吉杜芝说：

"你们去玩吧，我来准备午饭。"

两个孩子跑走了，白文姬点燃炉灶，开始炒菜。她干得十分专心，一点也没注意几米之外那个叉着双腿的家伙。她在绿茵上铺好桌布，把一盘一盘炒好的菜摆放上去，菜香向四周弥漫，然后她喊孩子们回来吃饭。

波波尼亚和吉吉杜芝急不可待地伸手去抓菜，"真香！"白文姬制止了他们，让吉吉杜芝去请中书令入席。吉吉杜芝去了，但葛葛玉成冷漠地摇摇头，从怀中取出一瓶能量合剂一饮而尽，然后仍目光冰冷地盯着这边。吉吉杜芝走回来，恼怒地说：

"不要理他，那是个老顽固，决不会改变食谱的。"

白文姬递过去刀叉，自己则使用筷子。两个孩子大吃大嚼，说："真香！这些菜都叫什么名字？"白文姬介绍说："这一盘是糖醋鲤鱼，这一盘是手抓羊肉——可惜用的羊肉是罐头肉，如果用鲜肉才好吃呢，只是地球上的羊都在那次袭击中丧生了……这一盘是金钱发菜，这一碗是龙井竹荪汤，都是山珍野味。这些菜肴与你们的能量合剂相比怎么样？你们还会喝能量合剂吗？"

波波尼亚和吉吉杜芝笑着摇头——这是真正的笑容，不是钢铁组元拼成的怪笑——说他们永远不会再喝那令人作呕的能量合剂了。

"那么，机器外壳呢，你们还会再穿吗？"

两人心虚地互相看看，没有回答。白文姬一月前曾发现两人偷偷穿上机器外壳，当强大的力量又回到身上时，两人都狂喜地叫喊着，用力踢着墙壁，拗断铁椅，发泄着力量的快感。白文姬没有制止他们，叹息了一声离开了。她相信两人一定听到了她的叹息。半个钟头后，脱了外壳的波波尼亚和吉吉杜芝又回到教室，闭口不提刚才的事，白文姬也佯装不知。

在那之后，波波尼亚和吉吉杜芝没有再穿过机器外壳，他们毕竟年轻，很快就抛弃了 X 星人的野蛮和残忍。白文姬在开始教化他们时，只是一种无奈的选择，也带着从"内部瓦解敌人"的阴谋，但现在她开始真正喜欢这两个孩子了。

野宴十分丰盛，尽管两人狼吞虎咽，餐桌上还剩下不少食物。波波尼亚忽然端起一盘牛排向葛葛玉成走去，白文姬听见他死缠烂打地非要葛葛玉成尝一口，但中书令态度威严地一再拒绝。最后，波波尼亚无奈地回来，低声骂道：

"我如果穿着机器外壳，非把这根牛排捅到他喉咙里，这个老东西！"吉吉杜芝怕白文姬生气——她知道白文姬一直讨厌提机器外壳这几个字——担心地看看老师。白文姬没有生气，扭头看看阴郁恼怒的中书令，笑了起来。波波尼亚和吉吉杜芝也开心地笑了。

葛葛玉成知道笑声是冲着自己来的，愤怒异常。X 星人，尤其是奇奇部落的战士是不允许这样放肆的，他们只能规行矩步，目不斜视。他们应该喝先人造出的能量合剂，而不应该吃这些乱七八糟的东西。葛葛玉成是工蜂族，按说是没有可能位居高官的，但帝皇奇奇诺瓦赏识他的才干，把他从卑微的工蜂族中破格提拔，才有了他的今天。所以他对奇奇帝皇感恩戴德，忠贞不贰。

他比任何人都更敏锐地看到白文姬的危险。不错，她只是小王子的一个女奴，是地球人唯一的幸存者，她即使有再大的力量，再深的心机，也无法让地球人和地球社会死而复生！帝皇奇奇诺瓦就是这样看的，当葛葛玉成向他进言，要约束波波尼亚和吉吉杜芝的行为时，帝皇付之一笑，把这看成是小孩子的胡闹。

不，不能再让这个巫婆留在波波尼亚和吉吉杜芝身边了，她已经在悄悄改变 X 星年轻人（首先是贵族青年），也许某一天，她会把所有 X 星战士都变成只会穿衣打扮、吃喝玩耍的废物。

葛葛玉成站起来，怒视着那个美貌的地球女人，上车走了。

第二天，白文姬正在健身房里领孩子们训练，侍卫长刚刚里斯忽然来了。他站在大厅入口处，一言不发，盯着这群赤身露体的青年。慢慢地，青年们发现他，也看见他的怒容，便一个个悄悄溜走了。只有波波尼亚和吉吉杜芝留下来，跟着白文姬把这节课做完。

三人用毛巾擦拭着汗水，向刚刚里斯走去。刚刚里斯恼怒地转过脸，不愿意看他们半裸的身体。他们（波波尼亚和吉吉杜芝）竟然不穿外壳，穿着这么短的衣服，裸露出肌肉丰满的四肢，女人露出丰满的半个胸部，在他们身上还能看到 X 星人的样子吗？难怪葛葛玉成那个老东西要向帝皇进言。刚刚里斯是帝皇的家臣，波波尼亚和吉吉杜芝是在他眼皮下长大的，他不忍心两人被盛怒的帝皇处罚，于是偷偷跑来送信。

但是很奇怪，尽管他认为白文姬的穿戴打扮是邪恶的，仍忍不住想看。她的身躯凹凸有度，拼成美妙的曲线。她的动作潇洒轻盈妩媚，一举一动，一颦一笑都让男人动心，而且这种动心不光是肉欲方面的，它含有更深层次的内容。刚刚里斯是个纯粹的武士，没有什么深刻的见地，但他分明感到对白文姬的敬畏，虽然心中有怒气，但是礼节上仍不敢怠慢。

波波尼亚说："刚刚里斯，你来干什么，也想参加我们的训练吗？"

刚刚里斯瞪他一眼，愠怒地说："葛葛玉成已经把你们告下了，帝皇勃然大怒，估计很快就会召你们进见，你知道帝皇的脾气，怒气上来时他是不会念及父子情分的，你们要赶紧想办法。"

波波尼亚眼中顿时闪出杀气："这只老工蜂！我现在就去穿上外壳，赶去宰了他。"

白文姬生气地喊："波波尼亚！"

"老师，没关系的，他是工蜂族，王子杀死工蜂族是不会受处罚的。"

白文姬痛心地说："你忘了我的话？你还想穿上外壳？在我心目中没有什么工蜂族，杀人都是罪恶！"

波波尼亚怒气未消，但顺从地停住了。刚刚里斯再次交代："快想办法！"他不能在这儿多停，匆匆离去，吉吉杜芝走近白文姬，低声说：

"老师，让我们穿上外壳，万一……我们能保护您。"

波波尼亚说："对，穿上外壳，我和吉吉杜芝保护您！"

四只眼睛望着白文姬，等她的吩咐，白文姬沉思片刻，嘴角绽出微笑：

"不，不必，不要穿外壳，相反，要穿上最漂亮的衣服，打扮好，用最好的风度去见你们的帝皇！"

波波尼亚和吉吉杜芝很担心，他们知道帝皇奇奇诺瓦暴戾的性格，也许这次的公开顶撞会让三人都送命。但既然白文姬老师已经决定，他们自然要听从，X星人是从不珍惜生命的。

三人梳洗打扮，换好衣服，帝皇派来的侍卫也到了。侍卫宣读了诏令，又悄悄对波波尼亚说，帝后让转告他们，这次见帝皇一定要穿上外壳。波波尼亚威严地说："知道了，你先回去复命，我们马上就到。"

侍卫走后，白文姬请波波尼亚稍待一会儿，她走进自己的卧室，在一张全家合影前点上一束藏香。青烟袅袅上升，屋内弥漫着浓烈的异香。波波尼亚和吉吉杜芝跟进来，不解地盯着那束香，白文姬低声解释：

"这是地球人悼念死者的礼节。我的家人去世快一周年了，我不知道周年来临时我还能否回来，所以把纪念提前。"

她说得很平静，她的悲伤已经被消磨，没有尖锐的刺痛。波波尼亚和吉吉杜芝互相看看，赧然垂下目光。一年前，X星人突袭得手后，他们像所有X星人一样兴高采烈，那时他们从没想到，60亿地球人的死亡是很痛苦的事。现在他们感到内疚，但两人拙于世故，不知道该如何安慰白文姬，只有尴尬地沉默着。

白文姬看到他们的样子，心中涌起一股暖流。看来她的决定没有错，至少在波波尼亚和吉吉杜芝身上，已显示出人性复苏的迹象。她抛掉悲伤，对两个孩子说：

"走吧。"

帝皇奇奇诺瓦跟前仍是御前会议的老班子。帝后担心地看着盛怒中的丈夫，不知道那只老工蜂进了什么谗言，但显然丈夫十分震怒。说实在话，她对波波尼亚和吉吉杜芝也很不满，来到地球近一年来，他们完全被那个地球女人迷住了。他们公然脱掉外壳，穿着奇形怪状的地球佬的衣服；他们不再服用能量合剂，吃那些名堂繁多的地球佬的饭菜；他们甚至不常回到母亲身边，却一天天泡在地球女人那里。但尽管不满，波波尼亚毕竟是她的儿子，刚才她暗地嘱咐侍卫传了话，现在她担心地等待着。

波波尼亚和吉吉杜芝来了，帝后果果利加惊慌地发现，他们不仅没穿外壳，反倒穿着更为光鲜的地球佬的衣服。波波尼亚穿着浅色长裤，紧袖绣花衬衣，吉吉杜芝穿着背带式短裙，皮凉鞋，两人手拉手含笑着走进来。果果利加无法形容他们的步态，但她不得不承认，这种步态很轻巧，很好看，与 X 星人那僵硬的机器人步伐完全不同。

这么多天来，她第一次仔细观察波波尼亚和吉吉杜芝，发现两人的体格变化了，头发蓬松光洁，胸部和胳膊变得丰满。甚至连他们的目光也变了，变得自信聪敏，没有了 X 星人的愚鲁和残暴。

在他们之后是那个地球女人，她穿着一件洁白的露背晚礼服，衣裙曳地，面含微笑，走起路来就像在水面上漂浮。她的乳胸十分丰满，把衣服顶得胀鼓鼓的。纵然以一个女人的眼光，她也看出了白文姬绝顶的漂亮。白文姬紧紧吸引着帝皇、掌玺令、侍卫长的眼光——甚至中书令也逃不脱她的吸引，不过他用仇恨把这种吸引力抵消了。

奇奇诺瓦阴沉沉地盯着白文姬，白文姬则坦然地迎住他的目光，屋内气氛紧张。很久，奇奇诺瓦才冷冰冰地问：

"是你教唆王子和吉吉杜芝不穿机器外壳？"

白文姬平静地说："对，他们有这么漂亮的体形，为什么要禁锢在机器外壳中呢，毕竟，你们在 X 星的祖先，即第一批地球的移居者——并没有穿外壳。"

"你一直在教他们学一些乌七八糟的地球佬的东西？"

"我在教他们学很多东西，至于是不是乌七八糟，你们可以让王子和吉吉杜芝演奏乐器、唱歌、做健美操，然后再给出评价。"

奇奇诺瓦沉默了很久，突然问："你想让他们变成彻头彻尾的地球佬——以此来实现你的复仇？"

波波尼亚和吉吉杜芝的心猛地悬起来：这话说得够重了，它足以构成杀人的理由。但白文姬并没显出惊恐，她悲凉地说：

"一年前，我的亲人和 60 亿地球人在一夕之间死于非命。为此，我曾杀死 10 名 X 星人为他们报仇，如果可能，我会杀死所有的 X 星人。但后来我的想法变了，我想，让 X 星人脱离野蛮，继承地球文明，这才是我最该做的事，毕竟你们也是地球人的后代啊。"

波波尼亚不知道这些话会不会惹恼父王，他紧张地观察着。帝皇冷着脸沉默了很久，忽然换了话题：

"你还教唆波波尼亚和吉吉杜芝食用乌七八糟的地球食品？"

白文姬微微笑了，知道胜利已经在望："对，那是些非常美味、非常丰富多彩的食品。我相信只要你们尝一尝，就会厌弃那刻板的能量合剂。地球上一位古人说过，'夫人情不能止者，圣人弗禁'。你们为什么要禁止人们口腹的享受和精神上的享受呢。"她继续大敢地说，"请帝皇允许我为大家做一顿饭菜，大家吃完后再做结论吧。"

满屋的 X 星人为她的话感到吃惊，他们想帝皇马上就要勃然大怒了。但帝皇只是沉默着，很久才说："好，你去做吧！"

满座皆惊，白文姬则欣慰地笑了，知道自己的策略已经胜利。她并不是没一点把握地冒险，在此之前，她已经知道波波尼亚曾让父王吃过地球的食品，而这位帝皇并没表示反对；还有，在帝皇与她在牢房的第一次见面中，白文姬从他的目光里看出了对美的爱慕。所以她知道奇奇诺瓦并不是一个顽固透顶的家伙，从某种程度上说还是比较开明的。

帝皇派侍卫去白文姬家里取来各种食品原料和作料，白文姬换下礼服，开始到厨房里掌厨。在准备饭菜时她交代波波尼亚和吉吉杜芝为大家演奏乐器，两个孩子都相当聪明，仅仅学习一年时间，乐器演奏已游刃有余。白文姬在厨房里忙碌时，能听到波波尼亚的笛子独奏——《鹧鸪飞》；吉吉杜芝的小提琴独奏——《梁祝》。他们的演奏还不流畅，时有凝滞之处，但足以让人享受到音乐的美感。

她很快炒了十几盘菜，由于原料全部取自罐头，菜肴的色香味难免打点折扣，但总的说来还算一应俱全，有拔丝山药、鱼香肉丝、蟹羹、枸杞竹笋、松仁玉米、回锅蹄髈、葱爆三样、扣三鲜等。侍卫临时找来一个大饭桌，把菜摆上去。白文姬从厨房出来时，见厅堂里紧张的气氛已消除，波波尼亚和吉吉杜芝依偎在帝后的钢铁身躯旁，正讲解着各种乐器的名称，而帝皇、帝后乃至掌玺令、侍卫长都很感兴趣地听着，只有中书令十分恼怒——那个钢铁面孔上的怒容看起来真滑稽！但他却无可奈何。

白文姬为波波尼亚和吉吉杜芝发了筷子，为其他人发了刀叉，微笑着请大家进餐。大家都盯着帝皇，帝皇终于用叉子叉起一片竹笋，放在嘴里慢慢咀嚼，面孔上没有什么表情。帝后、掌玺令和侍卫长也都拿起了刀叉，只有中书令脸色阴沉地干坐着。

吃了一会儿，波波尼亚调皮地问父王：

"父王，白老师炒的菜好吃吗？"

帝皇哼了一声，没有回答，他把注意力引向中书令："葛葛玉成，你也吃！"

中书令倔强地说："我决不吃地球佬的食物！"

帝皇的脸色慢慢变了："你敢违抗我的命令？"

"我宁可违抗你的命令，不愿坏了祖先的规矩！"

周围的人为他捏了一把汗，帝皇怪异地笑笑，说："好，我成全你。来人！"

两个钢铁侍卫应声赶到，把中书令夹在中间。眼看饭局就要变成杀人场，白文姬皱着眉头向帝皇转过脸，尽管讨厌中书令，她也不想中书令为此丢掉脑袋。但帝皇已经下令了，不过这个命令是那么匪夷所思：

"来人，撬开他的嘴巴，把饭菜往里面塞！"

两个侍卫兴高采烈地执行命令。中书令和他们同属于工蜂族，但他们素来对这个鼻孔朝天的老家伙没有好感。他们起劲地撬开他的嘴巴，抓起菜肴往里硬塞，很快就把中书令弄得狼狈不堪。

中书令大声喊："别塞了，我吃！我吃！"侍卫住手了，中书令气愤填膺地喊道："我吃！坏了祖宗规矩，罪不在我！"

他恼怒地闭上眼睛，把菜肴胡乱往嘴里填。奇奇诺瓦哈哈大笑，周围的人也都笑了。

饭毕，帝皇命令侍卫随中书令回家，要监督他食用地球佬的食物至少三天，不吃就照这样处理。然后，他像是随意地宣布了一条诏令：

"从今天起，不再限制 X 星人食用地球食物，也不再明令禁止 X 星人脱去外壳，毕竟战争已结束了。"

白文姬望着帝皇，感触万千。她知道这道命令的意义，X 星人幸而有了这么一位开明的君主，今后一定会慢慢脱离野蛮，接受丰富多彩的地球文明。她确信，X 星人会在地球牢牢地扎下根，对此，她不知是应该高兴还是悲伤。

又是一年过去了。奇奇诺瓦所捅开的小小蚁穴已经变成滔滔洪流。几乎所有年轻的 X 星人都脱去了钢铁外壳，穿着地球人的时装，吃着地球人的食物，唱着地球人的歌曲，学习着地球人的社交礼节。在所有方面，他们都如饥似渴地向地球人学习。白文姬知道这并不是她的一己之力造成的，而是因为地球文化的力量。与 X 星人的半野蛮文化相比，地球文化博大精深，它的诱惑力是无法抵挡的。

当然，白文姬本人也大大加速了这个过程。

X 星人都是直接从地球信息库中去学习。当然，在书籍、音像资料不足以说明的地方，他们也常常请教白文姬。白文姬总会戏谑地说"自己成了八十万禁军总教头"。一般来说，X 星人的问题还没难住过她，因为这些问题大多是常识性的东西。

白文姬太忙了，以至于忘掉悲伤，亲人死亡的第二个纪念日在平静的气氛中度过。

这一天,侍卫长刚刚里斯突然造访。他穿着钢铁外壳,这说明他在轮值,因为平时他也把外壳脱去了。他的身材很魁梧,脱下外壳几乎没使他身高降低,他非常年轻,是一个英俊的方脸大汉。自那次御前会议之后,他对白文姬十分敬畏,也许仅次于对帝皇的敬畏。他常来找白文姬请教一些问题,这个勇猛彪悍的汉子在白文姬面前竟然十分腼腆,常常红着脸,垂着目光,说话显得有点慌乱。

白文姬清楚刚刚里斯对自己的情意,她很珍惜这一点。

但刚刚里斯今天表情紧张,急迫地说:"白老师,帝皇正在开御前会议,他要废掉帝后!"

"废掉帝后?"白文姬吃惊地说,"为什么?"

刚刚里斯没有答话,直视着白文姬。白文姬知道了,不由得苦笑。这一年来,帝皇常常召她去,或者轻车简从地来到她的住室长谈,贪婪地询问地球的各种知识。他也脱去机器外壳,个子矮小,又黑又瘦,一双眼睛炯炯有神,充满自信。他的思维十分明晰,虽然他和白文姬总是站在不同的角度上去思考,但对一般问题常常有着相同结论。几次长谈后,两人已建立起很深的默契。

也许这种默契里包含了一个男人对一个女人的爱意,白文姬能看出这一点,却从来没深想过。她在努力帮助 X 星人摆脱野蛮,继承地球文明。她相信自己这样做是正确的,但是,毕竟他们是些双手沾满鲜血的野蛮人,怎么可能同一个野蛮人谈婚论嫁呢?

她没想到事态会发展到这一步。这是典型的奇奇诺瓦的处事方式,他从没向白文姬表白过爱意,但他要废掉帝后,然后捧着帝后的桂冠来向她求婚!白文姬苦笑着,简短地说道:

"快带我去御前会议,快一点!"

今天御前会议的人数扩大了,有几个人白文姬并不熟悉。屋内气氛紧张得快要爆炸,白文姬进去时,掌玺令正在侃侃而谈。侍卫长悄悄告诉白文姬,他属于帝后的果果部族。

"我们以果果部族之名，再次请求帝皇收回成命。帝后并无失德之处，突然把她废掉，恐怕人心不服。"

奇奇诺瓦冷冷地说："我意已决，不要多说了！"

掌玺令平时十分老成，但今天像是换了一个人，他冷笑着说："帝皇废后，是为了那个地球……女人吗？"他原想说"母狗"，但平时他其实对白文姬也是十分敬重的，便临时换了词。

帝皇根本不理不睬，帝后也在座，她的目光中蕴含着愤怒和屈辱。不过她看白文姬时，目光中并没有多少敌意，因为她知道这不会是地球女人的主意。

掌玺令双目喷火，声色俱厉地喊道："帝皇！您是想逼果果部族的战士穿上钢铁外壳吗？"

帝皇勃然大怒，恶狠狠地说："你想威胁我吗？来人！"两名穿着机器外壳的侍卫迅速上前，架住掌玺令的双臂，"把他架出去宰了，我要叫你没有机会穿上铁壳！"

掌玺令愤怒地喊："果果部族的血是不会白流的！"

帝皇恶毒地笑了，简短地吩咐："停下！就在这儿掐死他，不要让他流血。"

侍卫毫不犹豫地掐住他的脖子，很快，他的面庞变得青紫。帝后噌地站了起来，另两名侍卫迅速扑过去，阻挡住她。

千钧一发之际，白文姬高声喊道："住手！"

几名侍卫都住手了，扭头看看帝皇并没有做什么表示，便乖巧地退下去。白文姬把快要昏厥的掌玺令扶到椅子上，悲愤地说：

"你们已经杀死60亿地球人，还不满足吗？还要自相残杀吗？"

这句话说得很重，把大家震住了，包括奇奇诺瓦。他暗自后悔，今天处事过于鲁莽了。白文姬又走到帝后那儿，扶她坐下面带微笑说：

"帝后，我早就想找您商量一件事。波波尼亚在我那儿已经学了两年，十分聪明可爱，我想收他为义子，您答应吗？"

帝后从怒火中清醒过来，明白了白文姬这些话的含意，默默点头。白文姬回头走向帝皇：

"那您就是我的义兄了。义兄，我替波波尼亚求个情，不要废掉他的母后，不要杀害他的舅舅掌玺令，行吗？"

奇奇诺瓦暗暗感激白文姬为他挽回大局，他也知道"封白文姬为帝后"的打算是不可能实现了。从白文姬的所作所为看，她绝不会同意。于是，他果断地点点头。

白文姬笑容灿烂："很高兴一场误会消除了，喂，掌玺令，还有你的事情呢。波波尼亚已经 18 岁了，是否该为他选妃了？我看吉吉杜芝就很合适。你说呢，要不要在这次御前会上讨论一下？你们开会吧，我该退场了。"

帝皇过来拉住她，心怀感激，但没有形之于色，"我宣布，从今天起，白老师成为御前会议的固定成员。你坐下吧。"

白文姬没有推辞，微笑入座。周围的人都以尊敬的目光看着她。

第四章

白文姬在 X 星人社会中生活了近 50 年，赢得社会的普遍尊重。作为御前会议的一员，她一般不大发表意见，但只要她发表意见，常常就是会议的定论。她的学生数以万计，而"白老师"便成为一个专有称呼了。

不过她的心境并不平静，每年 5 月 26 日，她会在亲人的灵前上香，悼念自己的父母、丈夫和女儿，也悼念 60 亿地球人的冤魂。这时，内心深处常常出现一个声音："你以德报怨，帮助双手沾满鲜血的 X 星人脱离野蛮，进入文明时代；你帮他们避免自相残杀，在地球上牢牢站住脚跟。你的所作所为对得起 60 亿冤魂吗？"

她相信自己做着正确的事，但她无法消除这种自我谴责。

她还常常感到渗入骨髓的孤寂，虽然她桃李遍天下，虽然波波尼亚和吉吉杜芝一直待她如生母，虽然她与奇奇诺瓦、果果利加、刚刚里斯都是要好的朋友，但她仍免不了这种孤寂之感。毕竟，她是唯一的地球人，而X星人尽管在迅速融入地球文明，毕竟他们是外来者，他们身上还带着深深的X星烙印。

她在这种矛盾的心境中生活着。不过，她从没懈怠过自己的工作，直到75岁那年她撒手人寰。

人寰，这个词儿没用错，因为在她去世时，X星人已基本融入地球文明。年轻人衣着入时，弹奏着施特劳斯、莫扎特、李斯特、刘天华和阿炳的琴曲，吟着济慈、泰戈尔、李白的诗句。沙滩上，女郎们尽情展露她们迷人的曲线，婴儿们趴在母亲的乳房上尽情地吮吸。工蜂族几乎在一夜之间消失了，他们全都恢复了自然生殖方式。X星人贪婪地学习地球人的一切知识，当然也包括历史。在X星人的历史书上，坦率地记录下那个血腥的时刻，并把它视作新地球人的原罪。不要奇怪他们的变化如此之快，他们只不过是向岔路上走了一段后，又回到本来的人生之路罢了。

白文姬去世半年后，年迈的奇奇诺瓦也去世了，波波尼亚继任为奇奇诺瓦六世。登基后他立即颁布一道诏令，追封白文姬为国母，千秋万代地享受新地球人的祭祀。她是新地球人的始祖，是新世纪的女娲。地球上原先建造的A形纪念塔被拆除了，代之以白文姬的塑像。奇奇诺瓦六世还把诏令发回X星，在母星上也建造了白文姬的雕像。

雕像是以50年前的白文姬为模特，那也是波波尼亚第一次见到白文姬的时刻。一尊裸体的母爱女神，饱满的乳房，美极了的胴体，遥望着远方，平静的目光中微含凄凉，似乎在召唤远方的孩子……只有一点与塑像的基调不大符合——她的手腕上戴着一副银光闪闪的手铐。

新地球人是以这种方式表示永远的愧疚。

礼物
燕垒生
在崇高与卑微之间

她就是我的所有，安妮·洛丽，

为了她我愿将一切放弃。

——苏格兰民歌《安妮·洛丽》

"妈妈，我还可以再看一会儿卡通片吗？"

听到安妮的声音，斯坦芬妮的手抖了一下，那只杯子差点摔在地上。她连忙把杯子握得紧了些，回过头。安妮穿着睡衣，正站在卧室门口看着她。她说："不可以，马上就要到灯火管制的时间了，快睡觉吧。"

"可是爸爸还没回来。"安妮显然有点不高兴。

斯坦芬妮把杯子放到柜子里，尽量用平静的语调说道："爸爸马上就要回来。如果他回来时你还没有睡觉，他会很生气的。"

听到爸爸会生气，安妮不再坚持了，低着头道："是。"

斯坦芬妮走过去抱起她，柔声道："小乖乖，早点睡吧。"

安妮在斯坦芬妮的脸上亲了一下，被妈妈抱上了床。当斯坦芬妮给她盖好被子要出去时，她突然小声道："妈妈，明天爸爸会给我礼物吗？"

"会的。"斯坦芬妮没有回头，拉灭了灯走了出去。掩上门时，她突然觉得浑身都失去了力量，只能靠在门框上才让自己不坐倒在地。

应该不是人造器官老化的缘故，斯坦芬妮想着。虽然她全身有百分之六十二都是人造的，但人造肺和人造肾的技术十分完善，完全可以使用3年以上；左腿的腿骨和右臂的腕骨虽然换上的不是钛合金之类的高级材料，但制造商也一再保证高强度塑料骨骼可以无障使用5年以上，而且这一年来自己也没有什么超负荷的体力活动，那段人造骨骼起码总还有4年寿命。然而斯坦芬妮还是觉得身上发冷，身体就像一只破了的袋子一样，力量在一点一滴地流走。她看了看柜子里的杯子，又喘息了两下，这才过去要把电视机关掉。

"国事委员会提醒全国公民：根据狄奥皮鲁将军第三号指令，最后申报期限为2132年12月31日。请无机成分超过百分之五十的公民于2133年1月1日前在就近登记点登记立案……"

电视里的怀旧卡通片突然被切换成一个端庄而俏丽的黑人女播音员，她正面带微笑地播送着这条通知。这条通知每到整点就会播出一次，几乎无处不在，超市、加油站、停车场，凡是有人的地方都会有，她已经听了不下几百遍，完全可以不差一个单词地背出来，可是现在这几句话却像一股熔化的铅水一样灌入她的耳朵，沉重而灼热。她张了张口，喃喃地跟着黑人女播音员念着："……否则将纳入失踪人口，您的社会福利卡号也将被删除，并将受到法律制裁。"

删除社会福利卡号的后果就是无法领取救济面包，以后只能在黑市上去购买粮食了。更可怕的是，安妮会因为自己的缘故，得不到义务教育，无法享受医疗保险，直到她成年后也无法找到一份体面的工作。斯坦芬妮不由得打了个寒战，不敢再去想象这样可怕的场景。至于自己要受法律制裁，她倒没有想过。这个多灾多难的南半球国家，原本是个富裕而安宁的地方。十几年前，由于当时的总统在大选中涉嫌作弊，结果闹得全国动荡不安。开始是在野党组织示威游行，很快，情绪激动的游行者与前来弹压的军警发生了激烈冲突，造成流血事件后引起了更大的骚乱……事情越闹越大，没出几个月，打着各种旗号的地方武装相继出现，内战愈演愈烈。

这一场内战一打就是十年……斯坦芬妮叹了口气，关掉了电视，站到窗前看着外面的街。已经到了灯火管制的时间，街灯正一盏盏熄灭，空荡荡的长街上也见不到几个行人。用不了半小时，这里就会变得死寂一片，一如沙漠。

她叹了口气。汤姆说过他会很快回来的，看来又成了一句空话。只是她也习惯了，在这个时代还能相信谁？能信的也只有小安妮了吧。可即使是安妮，她也不知道能相信她多久。等安妮渐渐长大，胸脯像花苞一样膨胀起来时，一样也不能相信了吧。其实不要说某个个人，就是现在这个政府，可信度还剩下多少？当狄奥西鲁将军还是上校的时候，他提出的口号就是"一切权力归于广大百姓"，"造福人民"这几个字喊得比谁都响。可是当他夺取了政权后仅仅几年，那些话就如同雨中的布告一样，已经渐渐消失了，没有了痕迹。

斯坦芬妮不禁苦笑起来。她拉上窗帘，从抽屉里摸出一支蜡烛点燃了。烛火跳动着，屋子里却显然越发阴冷。再过两个多月，自己连"人民"这个称号都要失去了吧……

持续了 10 年的战争使得这个国家千疮百孔，但人造器官的发明却又使死亡率一直维持在一个相对较低的水平线上。不过，即使是体现了现代医疗最高水平的人造器官，仍然不能与真正的人体器官相提并论，所以器官买卖在黑市中一直屡禁不止，而人造器官的应用更加泛滥。三号令的颁布，据说是专家鉴于国内领取救济金的人员过多——因为身体中有超过百分之二十的人造器官后，就基本上失去了劳动能力。按照旧时法律，这些人可以获得救济金。狄奥西鲁将军的政府成立以来，一直为这笔越来越庞大的开支而苦恼，专家不失时机地进言说正是这条法律助长了器官黑市交易，使得出卖器官成了一桩有利可图的生意，所以必须对全国人口进行一次彻底清查，杜绝此项弊端。除了因功获得荣誉芯片者，其余身体组成部分超过百分之六十者都将被取消公民权，这样一来，那些刁民就不会再钻法律的空子——一方面出卖器官以助长非法黑市交易，另一方面又不劳而获，享受救济补贴了。这条建议立刻得到了苦于国家开支过大的狄奥西鲁将军的赞同，并以极高的效率付诸实施。

看着烛火，斯坦芬妮的嘴角爬上一丝苦涩的笑意。

门铃突然响了。斯坦芬妮走到门边，可视门镜里映出的是一个披着大衣的男人身影。

是汤姆回来了。她一直都在等着，可是真的看到汤姆的身影时，她又不禁犹豫了一下。

"快开门啊，"汤姆在楼下跺着脚，"外面好冷。"

她打开了门。楼道上响起"砰砰"的脚步声，汤姆的身影出现在了门口。他还没进门，就从怀里摸出一个大大的纸盒，向斯坦芬妮扬了扬，笑着说："斯坦芬妮，看我带了什么回来？这是给安妮的生日礼物。"

那是个很大的芭比娃娃，包装得十分精美。可是斯坦芬妮一下子停住了呼吸，这个昂贵的玩具几乎抵得上她一家几周的家用！一想到这，便又激起了她的怒火，斯坦芬妮几乎要控制不住自己。她深深吸了口气，让自己尽量平静下来，不至于失态。

"这个娃娃可真是贵，小安妮一定喜欢。"他掩上门，把大衣脱下，小心地挂在椅背上，翻来覆去地看着手中这个玩具。盒子里，芭比正带着甜美的笑容，隔着一层玻璃纸看着他。斯坦芬妮定定神，从橱柜里拿出那个杯子，平静地说："是的，她一定会很喜欢的。"

"怎么了？你好像不太高兴。"

她哼了一声："你这样花钱，明天该怎么办？"

他仍然笑眯眯地看着那个娃娃："你和小安妮两个人的生日一年也就这一次嘛，明天的事，明天再说吧。"

他还记得自己的生日！斯坦芬妮正拿出酒瓶，这句话让她不由得怔了怔。她倒了大半杯酒，道："是啊，明天就没事了。"

汤姆看到她手里的酒瓶，把那个芭比娃娃放在一边，乐呵呵地说道："哈，你还准备了威士忌，那种番薯酒可真难喝得够呛。斯坦芬妮，别想那么多，你也喝一杯吧。"

她像被针刺了一下，道："不，我不喝，你喝吧。"

他把那杯威士忌一饮而尽，在椅子上抻长了身体，说道："斯坦芬妮，别怪我，为了给你们准备礼物，我都好几个月没喝酒了。不过你也不用急，存款撑过这个月还有得多，怕什么。"

还有得多？她想要苦笑。存款已经没有了，不过这件事当然不能告诉他，否则自己一定又要挨一顿揍。

也许是喝到了好酒后心情也好了许多，汤姆将身体靠在椅背上，轻轻哼唱起来："在麦斯威尔顿的山坡上……"

他的声音并不怎么动听，有些沙哑。但斯坦芬妮像被毒蛇咬了一样，伸手在桌上重重一拍，厉声道："别唱了！"

汤姆停住了哼唱，惊愕地看着她："怎么了？"

斯坦芬妮这才省悟到自己的失态。她掩饰地说："没什么。来，再喝一杯吧。"

他想了想，伸出杯子道："好吧，再来一杯。这酒劲头可真不小，我都有点晕了，嘿嘿。那支歌，《安妮·洛丽》，你忘了吗？"

> 在麦斯威尔顿的山坡上，
> 清晨的露水流淌。
> 那里住着安妮·洛丽，
> 她给我真诚的诺言。
> 她给我真诚的诺言，
> 我永远都不会忘记。
> 她就是我的所有，安妮·洛丽，
> 为了她我愿将一切放弃。

怎么会忘？这支苏格兰民歌是当初她最喜爱的歌。那是她十七岁生日的那天，在树林里，汤姆羞怯地拿出一个非常精美的八音盒，八音盒里发出的就是这支歌，也正是在歌声里，她给了汤姆自己的初吻。

想到那个八音盒，斯坦芬妮觉得自己的眼眶又有些湿润，许久没有的泪水仿佛又会流出来。为了掩饰，她低下头，又在汤姆面前的杯子里倒满了酒，道："早忘了。"

汤姆没再说什么。他把酒放到嘴边，刚要喝时突然又放下了，道："斯坦芬妮，其实我给你也准备了一个礼物。"他顿了顿，叹道："我也没什么送给你……"

大概是一瓶酒吧。她有些厌恶地想着，打断他的话道："明天再给我吧，明天才是我的生日。"

"对，对，"他又把酒一饮而尽。放下杯子，打了个酒嗝，他有点迷糊地说道："斯坦芬妮，我想过了，这些年我对你也真不太好。"

这个暴躁的男人难得的温情仿佛触动了她心里最柔软的一块，斯坦芬妮差点要落下泪来。她长长地吸了口气，道："还要说这些干什么，也没几年了。"

"是啊，"他的眼睛已经快要睁不开了，"其实……"

还没来得及说出其实什么，他一下趴在了桌上，杯子也被震得"砰"地跳了一下。

"汤姆。"

斯坦芬妮试探着叫了他一声，他趴在桌上纹丝不动。她试了试汤姆的鼻息，这才舒了口气，站起身来走到门边拿起了电话。

在将要拨号时，她又犹豫了一下，回头看了看睡死过去的汤姆。这个男人看上去虽然块头不大，其实浑身上下有百分之八十三的机械部分，而且全部是那些笨重然而质量优异的军用人造器官，除了大脑、胆囊和皮肤，他就和一个机器人没什么两样。本来她还有点担心涂在杯子里的麻醉药不足以让汤姆失去知觉，但显然自己是过虑了，当麻醉药随着酒精进入他的血液后，对脑神经的影响却和拥有百分之百肉体的人完全一样。她不再多想，伸手拨通了那个号码。

电话很快就有人接了。老化的屏幕上出现了一个穿着过于讲究的矮个子秃顶男人，他坐在办公桌前，两脚搁在桌面上懒洋洋地说着："哈喽。"

那是桑德斯，一个黑市医生。斯坦芬妮又深吸一口气，道："桑德斯医生吗？我是跟您预约过的斯坦芬妮。"

桑德斯一下来了精神，坐端正了说道："在下正是桑德斯。您就是预约九点的那位尊贵的斯坦芬妮·泰勒女士吗？"

这个称呼几乎从来没有听到过。斯坦芬妮定了定神，道："是我。现在您可以过来吗？"

桑德斯取出一个记事本翻了翻，道："佛朗门哥大街7幢903，是吧？我立刻过来。"

斯坦芬妮看了看伏在桌上的汤姆，放低了声音道："已经晚了，你能够尽快赶来吗？"

"OK，当然可以，10分钟之内赶到。"

桑德斯没有吹牛。仅仅过了5分钟，斯坦芬妮就通过门上的可视窗看到一辆车无声地停在了楼前。又过了1分钟，穿了一件黑色外套，戴着一个颇不合时宜的大礼帽的桑德斯拎着一个皮箱出现在了门口。

一进门，桑德斯就摘下礼帽，近乎夸张地行了个礼，小声道："尊贵的斯坦芬妮·泰勒女士，在下桑德斯很高兴为您效劳。"他看了看靠在桌上的汤姆，问道："这位就是尊夫托马斯·汉姆里克先生吧？"

"是的。"斯坦芬妮小声说道。

桑德斯没有多问。桑德斯是一个相当有名的黑市医生，当然他的名气只是流传在那些有求于他的底层人物之间。他的业务无所不包，从给枪战中受伤的黑社会头目治疗创伤到器官交易，他几乎没有不做的。而作为一个游走在法律边缘的人物，桑德斯可以为顾客绝对地保守秘密，即使那笔业务足以让他被判处绞刑，而这也是他最大的卖点。他打开皮箱，先取出一支注射器，在汤姆的后颈打了一针，又取出一辆折叠式拖车，有点费力地把汤姆放在上面，用皮带固定住，道："走吧。"

斯坦芬妮拿起围巾，又走到卧室门口，小心推开门，小安妮正静静地躺在床上，睡得很香，被子有一角被蹬开了。斯坦芬妮走过去掖了掖被角，这才回到门边，吹灭了蜡烛，小声道："走吧。"

桑德斯已经在那辆小拖车上罩了一个布套，现在看起来也完全是一件寻常的行李而已。其实这根本没什么必要，这幢大楼住的全是些每天都要担忧衣食的人，这个时候都已经睡熟了。不过桑德斯还是探出头去看了看，确定外面没有了人，才拖着拖车下楼。那辆拖车可以在台阶上拖动，不过要搬下九楼仍然不是件容易的事，桑德斯个子虽然矮小，力气却不小，搬得并不那么吃力。

斯坦芬妮跟在他后面，在黑暗中听着拖车的轮子在台阶上发出的轻微的撞击声，她突然感到了一阵刺骨的寒意，耳边仿佛又听到了那首《安妮·洛丽》。不是现在的汤姆那种沙哑的嗓音，而是很久以前那种既浑厚又不失清脆的少年的声音。那是她和汤姆最喜爱的歌，虽然她并不叫安妮，也不姓洛丽。

斯坦芬妮把围巾裹得紧了些，可是这阵寒风却是无孔不入，还是让她冷得发抖。她觉得自己的步子越来越沉重，几乎要迈不动步子了。还想这些做什么？她想。一切都已经消逝了，消逝得无影无踪。她不再是那个常常感到害羞的少女斯坦芬妮·泰勒，而汤姆也早就不再是那个名叫托马斯·汉姆里克的温柔少年了。然而即使她在用这样的话来安慰自己，那阵温柔的歌声却仿佛穿过悠远的时空，依然回响在耳边。

正当斯坦芬妮觉得自己没有勇气走完这条长长的楼道时，桑德斯回过头来道："尊贵的女士，请您帮我一把。"

已经来到了大门口。由于大门口的台阶要比楼道里的高一些，小拖车不太好搬。斯坦芬妮怔了怔，一时还没回过神来，她差点就要叫道："不，让汤姆回去吧。"可是这话到了嘴边还是咽了下去。她抓住拖车，看着桑德斯把这辆拖车塞进那辆小车的后备厢里。

"好了，尊贵的女士。"桑德斯锁上后备厢，"上车吧，得快点干完。"

小车无声无息地开动了。在小巷子里拐了不知多少个弯，驶进一个小院子里。那里有个车库，桑德斯的车子一进来时，车库的门就无声地开启了，小车停到了里面。桑德斯等车库门关上，扭过头来笑道："欢迎来到我的王国。"

这个车库出乎意料的大。左角上用玻璃隔出了一个小间，里面是一个手术台。斯坦芬妮做梦一样看着桑德斯把汤姆放到手术台上，一声不吭。

"对了，您知道尊夫的荣誉芯片植在哪个部位？"桑德斯问。

斯坦斯妮摇了摇头，道："我不知道。"

荣誉芯片主要颁发给那些机械部分超过百分之五十的退伍残疾军人或阵亡者的直系家属，有了这个，就可以按月领取一笔救济金，直系子女也可以在升学、工作上得到一定的优惠。这种芯片是军方专用，号称"不可破解"的密码编程，事实上也的确没有人能够破解。不过由于战争持续得太久了，而荣誉芯片又是不断发放的，留底资料大多在战争中流失，因此管理相当混乱。原则上仅限一次性使用，可现实中却往往是父亲死了，儿子不去报告，找个黑市医生移植到自己身上。不过等三号令正式生效，这一切都不再可能了，所以现在在黑市里荣誉芯片的价位越炒越高。

"那得麻烦一些了。"桑德斯开始除去汤姆的衣服。衣服都很旧了，不太干净，每一件都有补丁。看着那些补丁，斯坦芬妮就想起自己在给汤姆补衣服时的情景。在补那件衬衫时，汤姆因为找不到能做的工作而在家里大发雷霆；而补肘下那个破口时，他的心情又很不错，抱着牙牙学语的安妮，跟她说着些笨拙的笑话。看着桑德斯近乎粗野地撕扯着，斯坦芬妮突然有种心痛，说："你轻一点吧。"

桑德斯愕然地抬起头，眼里闪着一丝嘲弄："尊贵的女士，我以为您应该很恨他。难道您后悔了吗？"

恨吗？斯坦芬妮的心里只有茫然。在桑德斯这样的局外人看来，自己这种黑寡妇一样的妻子一定会极端痛恨丈夫的，可是斯坦芬妮自己也说不上自己是不是恨汤姆。应该恨吧，汤姆的脾气很坏，喝醉了酒以后就更坏，自己的一条腿也是被他打断的，人工肾也被他打坏过一次。可是她仍然找不到自己对汤姆的恨意，想到更多的倒是他那些难得的温情。正因为难得，所以更难忘，只有那时她才从汤姆身上发现许多年前那个温柔而羞涩的少年的影子。

可是……

她低下头，低低地说："不，我不后悔。"

桑德斯把一个探头拉过来，在汤姆身上移动着，道："虽然与我无关，不过我倒是对您与尊夫的故事很感兴趣。可以跟我说说吗？反正还有点时间。"

要说吗？斯坦芬妮的喉咙里像是堵上了什么。她从来没有和人说过，但这些话一直在心里，憋得太久了，总盼望着能一吐为快。她喃喃地说道："那时……"

那时，汤姆和她刚订婚。正当他们满心喜悦地勾画着未来的轮廓时，内战开始了，汤姆走上了战场。

"等着我，我马上就会回来。"

斯坦芬妮还记得汤姆走时的那句话。可是这个"马上"却延长到了十年。城市屡次易手，主人和口号也三番五次地变化，百业萧条，毒品和黑市却异样地兴盛起来。在那痛苦的十年里，她的父母、汤姆的父母都死去了。失去了家人的斯坦芬妮在这个城市里流浪，被强暴，被敲诈，被驱逐，无奈之下只得进入了胡安夫人开的那家"男人天国"。即使在"男人天国"里，她也没能待上几年，就因为怀孕被赶了出来。

幸好，即使是在那段最黑暗的时间里，上帝也没有抛弃自己，他给了自己小安妮。

斯坦芬妮想着，嘴角的笑意里透出了几分慈爱。因为发现怀孕时已经太晚，所以当她要去做堕胎手术时，那个黑市医生建议她不如生下来，这样胎儿的器官就可以卖出好价。安妮出生那天正好是她的生日，可是没有生日蜡烛和蛋糕，也没有礼物，她躺在阴暗寒冷的阁楼里，同样是站街女的罗莎蒙德手忙脚乱地为自己接生，血像泉水一样止不住地流淌，她以为自己一定活不下来了。可是，当听到黑暗中传来了那个八音盒里发出的音乐，她又不知从哪里来了勇气。这个八音盒她一直带在身边，即使是在走投无路的时候也没有拿去卖掉。当这个红彤彤的小东西在撕裂一般的阵痛中离开她的身体时，斯坦芬妮发现宁愿自己死也不会把这个孩子当成一件可以出卖的商品。在这个孩子身上，她看到了久远以前的自己。

一定要让她有一个美好的未来。

在那个阴暗的阁楼里，坐在一片被血浸透了的破布上，从罗莎蒙德手里接过小安妮时，斯坦芬妮就这样发誓。为了这个渺茫的未来，她什么都做，洗衣，卖淫，偷窃，甚至有一次还杀过一个玩弄了她的身体后还想要抢夺她身上仅有的几块钱的流氓。而她的眼睛、右肺、心脏和左肾，就是那段时间里在黑市上换成了面包、黄油和奶粉的。和这几年相比，在"男人天国"的那几年也许真的可以称得上是在天国里，可她还是坚持下来了。为了安妮，为了汤姆。这两个念头苦苦地支撑着她，让她跟跄地走着，一步步地走下去。

直到战争快要结束的那一年，重新遇到了汤姆。

斯坦芬妮的笑容消失了。

那时她正在街上拉客。作为一个浑身有百分之五十多的机械成分的卖淫女，要拉到客也不是一件容易的事。当她拉住一个喝得醉醺醺的男人，听到他突然大叫着"斯坦芬妮"时，她几乎要晕过去。

汤姆也变了。

"我们是无畏的钢铁战士，

为了人民，奋勇向前。"

汤姆是唱着这支军歌走上前线的。现在的他不再是战士，却真的几乎成了钢铁。在战争中，他陆陆续续地失去身上的一切。左手、右手、左脚、心、肺、脾、肾。现在的汤姆除了大脑和胆囊，其他部分全部都换成了人造器官。是为了人民吗？那也成了一句笑话。唯一值得庆幸的是汤姆加入的是狄奥西鲁将军的阵营，否则他连这种钢铁战士都做不成。

那天他们在阁楼里抱头痛哭。汤姆一边哭，一边喝着酒，一边用拳头狠狠揍着她，直到她的腿骨和腕骨后来也换成了合成塑料的。汤姆一边打她，一边骂她是一个下贱的婊子，为什么不去死，即使死了也比现在这样好，至少还让他有一个可以回忆的梦。斯坦芬妮什么也没有说，只是默默地流泪，仿佛把一生的泪水都在那一天流干了。

那天的辱骂与殴打直到小安妮睡醒了哭叫起来才停止。

当汤姆听到孩子的哭叫，竟想要把她从小床上揪起来时，斯坦芬妮疯了一样扑到孩子身上，任由汤姆沉重的拳头打在她的后背和头上。当汤姆酒醒后发现斯坦芬妮奄奄一息地躺在地上，又痛苦地抓着自己的头发，打着自己的耳光。好在汤姆还有一笔退役金，靠着这笔钱，斯坦芬妮身上的机械组成部分又增加了近十个百分点后，才重新活了下来。

从那一天起，斯坦芬妮就不再上街。她养伤的那几个月里，汤姆对她关心得无微不至，甚至斯坦芬妮决定要原谅他了。只是在她伤势好后，汤姆的脾气又变得极其暴躁，有时喝醉了酒后为了一点点微不足道的小事就动手打人。虽然事后又会对斯坦芬妮关怀体贴，为她调换老化受损的人造器官，可是这笔开支使得他那并不丰厚的退役金更加缩水，日子过得更为拮据，而汤姆的脾气也更坏了。幸好汤姆退役时得到了荣誉芯片，每月能领到一笔勉强糊口的救济金，而斯坦芬妮时常接一些诸如缝补和裁剪的工作，尽管报酬极为微薄，日子总还过得下去。甚至，在斯坦芬妮的精心安排下，他们每月还能有一点节余，可以应付小安妮生病之类的急用。

直到狄奥西鲁将军颁下了三号令。

三号令还规定，荣誉芯片只能归个人拥有，不得继承，不得转让。斯坦芬妮第一次听到三号令的内容时，是在超市里买打折蔬菜。当她听清了内容后，差点晕了过去。根据第三号令，自己这种机械成分超过百分之六十的人将要被剥夺公民权。假如隐瞒不报被查出后，连汤姆的荣誉芯片也将被剥夺。她不相信自己仅剩的这个梦在一瞬间被毁掉了，可是等她清醒过来，却不得不承认这个梦已经到了尽头。

她不敢去诅咒狄奥西鲁将军，也不敢质疑这种措施的合理性。事实上，对此她也完全无能为力，只能接受，况且如果是狄奥西鲁将军的对手获胜的话，她连现在这一切都得不到。她所竭力要做的，就是不让这个梦彻底破灭。

她曾经去黑市上打听过荣誉芯片的价钱。虽然它本身只能给主人带来一点微薄的救济金，现在却可以让人逃过三号令，使得人造器官超过百分之六十也能拥有公民权，这使得以前对此不屑一顾的富翁垂涎三尺。由于管理混乱，荣誉芯片本来就是黑市上的抢手货，三号令颁布后，身价更是扶摇直上。以斯坦芬妮和汤姆这几年那一点微不足道的积蓄，想要买荣誉芯片实在是一个让人笑不出来的笑话。

这时那个嗡嗡作响的探头忽然沉寂下来。桑德斯拍了两下，把那个探头一扔，吹了下口哨道："真是个悲哀的故事，尊贵的女士，我的心都在颤抖。算了，这东西老掉牙了，女士，您确认他身体里确实有荣誉芯片吗？"

他的心当然不会颤抖，这个轻佻的男人根本不知道这是怎样的悲哀。被打断了的斯坦芬妮有些恼怒，但她还想再说下去。这些话一直憋在心里，太久了，也许将来不会再有一个倾诉的机会，尽管对象只是这样一个轻佻又丑恶的男人。

"是的。"话没能说完，总还说出了一些，斯坦芬妮心里多少好受一些了。汤姆躺在手术台上，张着嘴，嘴里那些金属牙齿映着灯光，泛出铅灰色的光。

什么时候自己有了这样的念头？她想着。其实，她第一次有这个念头是因为另一个城市发生的一件新闻：某个相当体面的绅士，杀了一个身无分文的残疾士兵。因为那个绅士有个儿子，自幼体弱多病，有百分之六十三的器官不得不换成了人造。那个绅士爱子心切，用的人造器官都是最为昂贵先进的，结果三号令颁布时，连他都买不起荣誉芯片。绝望之下，他不顾一切杀了那个穷困潦倒的退役士兵，想从那人体内得到一块荣誉芯片。正当他在那些残肢断体里拼命翻检的时候，被过路的巡警发现。更不幸的是，后来他才知道那个士兵当初属于狄奥西鲁将军敌对派系的，他体内由那个敌对派系植入的荣誉芯片其实只是一块废物。

这个既血腥又可笑的新闻被人们当成茶余饭后的谈资，却提醒了斯坦芬妮。她不相信当自己不在人世后汤姆还会对安妮有多好。也许……不，肯定，在安妮还没有发育成熟的时候，就会被这个整天喝得醉醺醺的继父卖到"男人天国"去做雏妓吧。现在的汤姆也已经是一个废物，什么事都做不了，每天只靠一点救济金度日，顶多把一点剩余的钱交给她，让她去超市买一点因不新鲜而打折的蔬菜和肉。没有了自己，他会这样关心这个与他毫无血缘关系的女儿吗？

不会的。眼前这个由一堆笨重的军用人造器官堆砌起来的怪物，已经不是汤姆了！斯坦芬妮这样想着。在斯坦芬妮发现了那个一直都没有丢掉的八音盒被汤姆偷偷拿出去时，这个念头越发坚定。他一定是拿去换酒喝了。连这个凝固了最美好记忆的信物他都能卖掉，那么这个人就已经不是汤姆！她终于下定了决心，偷偷去打听能做这一类手术的黑市医生，既要靠得住，又要能够不留痕迹。这样的人并不好找，所以当斯坦芬妮找到桑德斯时，觉得上帝再一次眷顾了自己。桑德斯的要价不低，正好是她手头那笔存款的两倍，但斯坦芬妮不再犹豫，卖掉了自己的右肾后凑足这笔钱。可是，当一时的冲动过去后，她听到心里总像有个人在对自己说："这是汤姆，他是汤姆啊。"

不，决不能后悔，斯坦芬妮想着。安妮，这一切都是为了你。她就是我的所有，安妮·洛丽，为了她我愿将一切放弃。在斯坦芬妮的耳边，仿佛又回响起这两句歌来，却是汤姆那种沙哑的声音。

"好了，我们开始吧。"

桑德斯洗了洗手，戴上手套，又取出一个盒子。正当他要去拿手术刀时，斯坦芬妮忽然道："等一下！"

桑德斯的手停住了。他看着斯坦芬妮，有点不耐烦地道："尊贵的女士，我要提醒您，即使您取消委托，我也只能退还您百分之五十的手术费，另外百分之五十可是作为违约金的。"

斯坦芬妮深深地吸了口气。她觉得喉咙口像堵了块什么东西，快要喘不过气来了，只是她也知道那并不是人造肺的故障。她小声道："他会觉得疼吗？"

桑德斯干笑了两声。这个笑话虽然冷了点，却让他真的感到好笑："尊贵的女士，他已经完全失去知觉了。如果您还不放心，那首先切断他的脊髓吧，什么疼痛都感觉不到了。"

桑德斯的手术刀一下插入了汤姆的脊柱。斯坦芬妮觉得这把刀像是插在自己的身上一样，感到了一阵难忍的刺痛。她一把抓住了围巾，指甲也深深掐入了皮肉里，一下闭住了眼。等她再睁开时，桑德斯正以极其纯熟的手法割开汤姆的胸腔。由于汤姆体内的器官大部分都换成了人造器官，血流得并不多。只是看到那些殷红的血迹，斯坦芬就觉得一阵眩晕。

桑德斯已经把汤姆的胸部全部切开了。像打开车前盖一样，他打开了汤姆的胸腔，那种熟练却又粗野的动作使得汤姆的脸不时地抽搐一下。这当然不是疼痛，只是解剖时的神经自然反应吧，斯坦芬妮想着，在她的眼里，这仿佛是种古怪的笑容。

不，他不是汤姆，只是个怪物！斯坦芬妮无力地想。可是百分之八十三机械成分的汤姆是怪物的话，现在百分之六十四机械成分的自己也同样是一个怪物了。她不敢再去看，扭过了头。

"啊，真了不起！"

桑德斯的声音突然响了起来。斯坦芬妮猛地转过头，道："找到了？"

"不是。"桑德斯眼里带着些亮光，"尊夫使用的，全部是军用货啊。虽说使用时间长了一点，但真的还很不错呢。尊贵的夫人，假如您愿意的话，我可以向您高价收购这些军用品！"

桑德斯这时说话的口气，仿佛是在说着几把扳手或螺丝刀。斯坦芬妮沉下了眼，道："桑德斯医生，请您快点将荣誉芯片取出来，我可是相信您的信用才雇用您的。"

"当然当然。"桑德斯小心地取出汤姆的人工心脏，冲洗了一下放到一边。人工心脏的小泵还在"噗噗"地抽动，上面还沾着些血痕。他咂了两下嘴，摇着头道："军用品的性价比果然不错，以后应该多收点。"

"桑德斯医生。"斯坦芬妮的声音大了一些。桑德斯马上也醒悟到自己的失态，低头又去一件件拿出来。人造肺、人造肝脏、人造胃。每一样都冲洗后小心地放到一边，只是他的眼里却越来越暗淡，抬起头道："尊贵的夫人，胸腔里没有啊。"

"不可能！"斯坦芬妮的声音又大了一些，"另外地方呢？肯定有的，每个月他都去领救济金。"

桑德斯嘴角浮起一丝笑容："也许，尊夫在一直骗着您呢？"

骗我？斯坦芬妮怔了怔，但马上又坚定地道："不可能。他什么事都做不了，除了救济金，根本赚不到钱。"

桑德斯点了点头，道："的确。一个人有那么高的机械组成部分，确实已经做不成什么事了。奇怪，到底放在哪里呢？"

荣誉芯片是那些退役残疾军人赖以生存的唯一依靠，植入得也非常深，不过，不外乎是胸腔、手臂或大腿这几个地方。桑德斯的额头渗出了一些汗水。作为一个黑市医生，同样具有职业上的自豪，可是他也想不通为什么会一直找不到。小小的柳叶刀在他手中舞动如飞，没有多久，手术台上就堆了一摊七零八落的人造器官中间的肌肉和骨骼。当检查过最后一片指甲时，桑德斯这才颓然道："尊贵的女士，很抱歉，尊夫体内并没有荣誉芯片啊。"

"不可能！"因为绝望，斯坦芬妮的声音也有点异样，"你再看一下吧，说不定你漏掉了。"

"那才是不可能的事。"桑德斯有点不耐烦，"荣誉芯片的体积有五厘米长，两厘米宽，我是不可能漏掉的。何况，尊夫的每一个部分都已拆下来了，包括肉体部分和机器部分，你自己一直在边上看着，以我个人的名誉，我没有，也不会做什么手脚。"

桑德斯说得有些委屈。他拿起几张纸巾擦了擦手上的血污，斯坦芬妮忽然抢上前去，一把抓住那把手术刀对准了他。

刀子就握在斯坦芬妮的手上。小小的柳叶刀上还沾着血迹，闪着锋利的光芒。桑德斯并没有惊慌，他的嘴角反倒浮起了一丝笑意："尊贵的女士，您是想动武吗？"

斯坦芬妮的眼里已带着绝望，她握着手术刀尖声叫道："芯片肯定在他身体里，一定是你藏起来了！快给我，你不给我的话……"

"不给你的话，你会杀了我？"桑德斯的笑容像钢一样冷漠，他突然伸手抓住了斯坦芬妮的手腕。这个矮小的已经谢顶了的男人动作却快得异乎寻常，力量也大得出乎意料，就像一把铁钳一样拧着她的手腕。斯坦芬妮听见手腕里发出一丝脆响，那是塑料骨骼被拧断了。虽然这只廉价材料组成的人造手并没有让她感到多少疼痛，可她还是本能地惊叫起来，人也被桑德斯推倒在地。

手术刀被夺走了，桑德斯向空中抛了抛，又灵巧地接住。他的脸上，仍然带着那种冷冷的笑意："女士，我桑德斯不是一个说话不算数的人。做我这一行，要是没有一点本事，是活不到今天的。"

他弯下腰，放低了声音道："虽然我做的是一项法律之外的业务，不过职业道德我还是有的。在下还想真诚地告诉您一件事，这也是在您所要求的服务范围以内。"

斯坦芬妮抬起头。她不知道这个男人还要说什么。桑德斯直起身，把手术刀小心放在手术台上，道："虽然愈合得不错，不过您丈夫的头部近期曾经被打开过。我认为，那块芯片近期已被您丈夫自己取出来了。"

"不可能！"斯坦芬妮叫着，"你还要来骗我，他为什么要把芯片取出来！"

桑德斯耸了耸肩，道："这我哪儿知道，也许是他厌倦了这样的生命，把芯片卖了吧。现在黑市上这样一块芯片的价钱可不低，不过等过了三号令的期限恐怕就一文不值了。这样的事我见过了好几起。对了，我还有一笔为您装配芯片的业务，假如您不需要退还两百元的话，我建议您换上您丈夫的人造手吧，那倒是军用配件，质量很不错，起码还可以用五到六年，比您现在用的那种便宜货要好得多。"他见斯坦芬妮还是一脸不信的样子，又耸了耸肩道："尊贵的女士，如果我真要欺骗您的话，现在把您杀了岂不更好？请您相信一下一位医生的职业道德吧。"

斯坦芬妮根本没有再听桑德斯的话。她看着手术台上那一摊血污。人造心脏、人造肺、人造手，这些配件七零八落地堆放着，仅仅是几个小时前，它们还曾经是一个机械成分占百分之八十三的人的组成部分，现在却只是一些二手配件了。他真的已经把芯片卖了？斯坦芬妮不愿意相信，可是又不得不信。即使桑德斯骗了她，她还能有什么办法？桑德斯说得也没错，现在把自己杀了，谁也不会知道，他还能多得几件二手人造器官，尽管那些卖不出什么好价钱。

她不知道自己是怎么回到家里的。直到她打开门，走进昏暗的屋内，仍然觉得自己是走在一个噩梦之中，无法自拔，点着了蜡烛，先进屋看了看。小安妮躺在床上睡得很香，嘴角还带了一丝笑意。斯坦芬妮退了出来，关上门，坐到桌前。桌上还放着的那半瓶威士忌，黑得几乎要发出光来，她看着挂在椅背上的大衣，呆呆地站了半晌。仅仅几个小时前，这件大衣还穿在一个男人身上，这个男人说要送给她生日礼物。她忽然抓起了那瓶威士忌，对着嘴灌了下去。辛辣的液体从她的喉咙口流入胃里，可是她感觉不到身上有丝毫暖意，身体仿佛浸在了冰水里，没有温度，也没有生机。

喝完了酒，她颓然坐了下来。

什么都完了，可夜还很长，长得像是永远不会天亮。

过两天，她就该去报警了，而警察局的失踪人口册里也该多一条记录了，不过更有可能的结果是那个官僚机构根本不理睬这样一件微不足道的失踪案。她伸手拿起桌上那个大纸盒，里面的芭比娃娃依然带着甜美的笑容，隔着一层玻璃纸看着她。小安妮醒来的时候一定会开心半天吧，只是当她问起爸爸时，她不知道该怎么回答。

她把芭比娃娃放在桌上，又深深吸了口气，鼓足勇气，这才拎起那件大衣。大衣似乎比平常更沉重，她几乎无法挂到衣橱里。当她正要关上橱柜门时，突然觉得口袋里有个什么东西。

那是一个小盒子。她伸进口袋里，把那个东西掏了出来。是一个十分粗糙的纸盒，一定是他自己包的。她撕开了包装，里面是一个八音盒。

八音盒很旧了，和她17岁时收到的那个一模一样。她打开了盒盖，熟悉的献给《安妮·洛丽》的曲调在黑暗中响了起来。看着盒子里的东西，斯坦芬妮的心像被雷电猛然击中，一下碎成了粉末，泪水终于涌出了眼眶。

仿佛枝头的清露，

滴落盛开的雏菊。

夏天的风一样轻轻吹过，

她的声音温柔甜蜜。

她的声音温柔甜蜜，

她就是我的所有，安妮·洛丽，

为了她我愿将一切放弃。

清脆而优美的曲调，像一道冰冷的溪水在流淌，他那低沉沙哑，却又带着无限深情的歌声仿佛又在她耳边响起。站在凄冷的黑暗中，斯坦芬妮无声地抽泣着，任由泪水淌下来，打湿了八音盒里的那块闪亮的荣誉芯片。

补　记

20 多年前，当我还是个中学生的时候，有一次买了一本科幻小说，读过之后，非常喜欢。时至今日，我依然认为，这才是中国原创科幻中的巅峰之作。这本书就是郑文光先生的《大洋深处》。庚家姐弟寻父的历程以及女主角安妮·洛丽那苦涩无望的爱情，伴着悲剧性的结尾，让我看到了真正属于文学的力量。

一转眼，20 多年过去了，郑文光先生大概已渐渐被人遗忘。我只能以这个不成熟的故事向这位天才的科幻作家致敬，因为除此以外，我也没有别的什么事好做了。

张旭 ——————● 星海迷影
行星级生命体

第一章

"光辉号"退出曲速飞行，帆索剧烈抖动，十二面巨大的光帆铺天盖地，拖着飞船疾驰，宛如深渊里乘风飞行的蒲公英。

此刻，我正闲坐在指令舱里，慢条斯理地喝着饮料，饶有兴致地看船长和船员们做着减速前的准备工作。我是银星矿业集团公司的高级督察，专职负责检查集团最重要的生产项目。此次远航，我专为理查德·查比斯而来，他的情况令人担忧。

飞船姿态翻转在即，指令舱中的机器人围上来，没收了我剩下的饮料，七手八脚地把我牢牢固定在太空椅上，然后扣上了防护罩。很快，深蓝色的减速液充盈了防护罩狭小的空间，减速液将确保我不受飞船剧烈减速带来的伤害。我讨厌机器人的粗鲁，但我享受在减速液里漂浮的感觉，全身暖洋洋的，没有压力，我猜在母亲子宫里应该就是这种感觉。

减速阶段，飞船将完全由自动驾驶系统来操纵。"光辉号"飞得很稳，自动驾驶系统小心控制着光帆操作面的卷曲度，产生出垂直于船身的微小力矩，飞船在前进方向上翻转了180度。依然是满帆，飞船向前方发出厚重的减速光，船速在变慢。减速过程将持续三天，之后"光辉号"就会收起光帆，进入查比斯云——那片银星矿业集团的专属之地。

查比斯星系位于银河系南十字臂外侧，距著名的 M246 恒星矿区不到2 光年。100 年前，那里曾经发生过一次惨烈的生产事故，矿场设备全毁，管理人员失踪，银星矿业集团因此元气大伤。然而塞翁失马，安知非福，一艘救援飞船在搜索中意外地发现了查比斯星系，从此银星矿业集团拥有了另一个聚宝盆。

查比斯星系是以发现者的名字命名的，他就是理查德·查比斯的爷爷，也是集团公司的合伙人之一。查比斯云虽然被称作云，其实不如说是包裹在星系外围的尘埃壳，厚达几千千米，均匀地覆盖在中央恒星的日球层顶，遮蔽了整个星系。这种尘埃很奇特，它受到的引力与来自太阳风的压力使其能按自身体积大小层次分明地排列起来，在受到外力扰动时能迅速调整自身位置，使云团密度始终保持均衡。这种尘埃堪称自然界里发现的最黑物质，如果把查比斯云尘埃收集起来装在透明瓶子里，会使人产生瓶内空间消失的错觉，因此它成了宇宙间最难观测的物质之一，这也是导致查比斯星系很晚才被发现的主要原因。

几天后，船长叫醒我，告知我目的地就要到了。由于查比斯星系的日球层半径很短，一通过查比斯云，就到了距离主恒星很近的地方，相当于太阳到木星的距离。主恒星又大又亮，它的突然现身总会让人感到震撼。

第二章

"光辉号"关闭光压发动机，收回光帆，查比斯云就在眼前。宇宙中迤逦壮观的星群被遮住了踪迹，"光辉号"如同处于深渊边缘。

船长下令展开防御力场，做好进入前的最后准备。船身颤抖，"光辉号"恍若发出哀鸣，飞船像一枚锋利的钢针刺入查比斯云团。飞船狭长的前端在舷窗视野里消失了，防御力场与尘埃发生激烈摩擦，闪耀着夺目的光辉，照得驾驶室内宛如白昼。

不久，"光辉号"从墨染般的查比斯云中一冲而出，犹如海豚跃出海面，温暖祥和的阳光洒进驾驶舱，我们进入了一个灿烂的新世界。

中央恒星就在航道正前方，此刻它有半个满月大小，吹出柔和的粒子风，温柔地照亮星系空间，很像人类故乡的太阳，只不过这个恒星比太阳要大很多。查比斯星系共有八颗行星，挤在仅有太阳到木星距离那么宽的轨道面里。其中四颗是近日岩质行星，其余是巨型气体行星。八颗行星的公转速度飞快，恰好能与主恒星巨大的引力相抗衡。漆黑的天幕里，八颗星颜色各异，如熠熠放光的宝石，不时可以看到从四颗气体行星周围抛射出的发丝状明亮物质，那是太阳风从行星气壳上层剥离的气体，正是这些来自不同行星的气体在高能粒子的作用下形成了遮蔽天日的查比斯尘埃。

此刻最让人惊叹的当数查比斯恒星环。这是一条罕见的高密度小行星带，位于第三与第五行星之间，与第四行星轨道交叉，呈银色，质地细腻，其幅宽极其辽阔，总质量是太阳系小行星带的上亿倍！有了它，主恒星看上去像一颗放大的带环行星。宽广的环面上每隔一段距离，就会出现一个圆形空洞，这些空洞面积大小不一，有的非常显眼，有的已经缩小变淡，它们是第四行星轨道与星环定期交会撞击造成的。为此，我们的目的地第四行星，有了一个当之无愧的绰号——"星环打孔器"。

与另外三颗近日行星不同，第四行星非常活跃。因为不断吞噬星环物质，该行星始终处于质量增长阶段，同时由于恒星的强大引力不断被反复拉扯，挤压行星地幔，其内部蓄积了巨大能量，行星深处才会孕育着珍稀的"查比斯金属"。

对这种贵重金属的渴望，是我们跨越半个银河系来此的唯一动力。银星矿业集团拥有此地长达千年的独家开采权，受银河政府保护。集团的大型矿船停泊在近地轨道上，只要不是在交会期，矿船就可以稳定地生产查比斯金属。多年来，"光辉号"每隔半年造访一次，带来物资补给，运走查比斯金属。而这次我将留下和理查德一起工作，直到有人来替换我。

"光辉号"停进矿船码头，负责人理查德·查比斯在码头迎接我们。祖先的功业令他本可以尽情享受人生，可40年前，他偏偏要来这里。此地虽景色壮美，但人迹罕至，他的举动令人无法理解，真是名副其实的怪人。

从今年起，这个怪人似乎怠慢了工作，集团无奈，不得不派我来监督他。理查德身形消瘦，沉默寡言，神情寂寥，像极了他那当年在此地失踪的爷爷。我们的到来没能激起他的热情，想必他已经知道了我此行的目的。

码头上，"光辉号"卸下小山似的生产材料和生活补给品，机器人们则小心谨慎地给"光辉号"装上第四行星半年来的全部产量——五百锭"查比斯金属"，每锭一公斤，这些金属价值巨大，宛如连城之璧。

"光辉号"归程紧，船长不敢耽搁，简单告别之后，便匆匆踏上归程。

站在码头的给养堆上，我和理查德目送着"光辉号"渐渐变成一个小亮点，直至消失。

与我不同，理查德是土生土长的地球人，由于继承了爷爷老查理在集团里的大量股份，公司高层在处理他的问题上顾虑很多。最佳办法就是把他调走，但必须征得理查德本人同意。那些家伙甚至希望理查德最好能步他爷爷的后尘，某天在这片星域里永远消失，那样问题就彻底解决了……当然这是潜台词，不能明说。

晚饭时，我试探他："理查德，我佩服你的奉献精神，但我想不通查比斯星系有什么好，这么多年难道你没想过回去？"

"你的意思我明白，我给你交个底，这里有我的事业，这里有我的亲人，在找到我爷爷的确切下落之前，我是不会走的。"

我顿时恍然，原来是这个原因。

第三章

时间流逝，我逐渐对理查德有了些了解。此人学者习性，不喜交流，但人还不赖。我们分工明确，相安无事，我接过了矿场管理工作，理查德则可以继续他的第四行星地质学研究和寻找老查理的工作。我俩虽生活在一条船上，却来往很少。

一天，我按计划到地面检查，在去码头的路上，我刚从培养舱那片郁郁葱葱的热带雨林里探出头来，就发现材料实验室的大门敞开着。多日不见的理查德正聚精会神地盯着金属检测仪做"抽丝"实验。

查比斯金属是一种奇特的物质，非常珍贵，且储量有限，这也是银星集团能长时间拥有它的独家经营权的原因之一。核桃大小的纯铁悬浮在真空反应炉里，磁场带动铁球高速旋转，四束激光炙烤着铁块，铁球迅速熔化成铁水，在离心力与磁力的共同作用下，铁水在空中摊成薄薄的一片。接着从薄片边缘飘出一根若有若无、熔融态的细丝，细丝被无形的手牵引着从出料口环状装置中心穿过。环状装置是查比斯金属射枪，它会把极小质量的查比斯金属原子射入熔融细丝内部。熔融细丝发生了奇迹般的变化，发丝般粗细的熔丝迅速膨胀变粗，一段暗红色金属材料从出料口冒出来，进入纯铁的查比斯金属与铁原子发生作用，铁原子被查比斯金属原子重新组织起来，在微观层面上形成一股股具有稳定支撑的套索结构，这些套索相互纠结缠绕，支撑起庞大的空间。一根细到吹口气都会断的细铁丝，加了点查比斯金属，就变成了世间最坚韧的物质之一。

实验结束了，悬浮在质检仪里的片状铁水再度冷却收缩，一颗光亮的铁球"当啷"一声掉到供料盘里，理查德这时才发现了我。刚刚的实验结果令他十分满意，看着出料口上的钢条，理查德脸上露出难得的笑容，"这段金属材料极其坚韧，它一直存在到宇宙寿终正寝的那一天。"

"铁合查比斯金属。"我走上前去，取下钢条，松开手，闪着暗红色光泽的钢条立即飘了起来。我一把抓住快要飞走的钢条，感叹道："真轻啊！"

"一根这样的钢索能独自承受住巨型太空城为制造人造重力自旋而产生的离心力，同时使用三根，不仅能有效稳定太空城的对称结构，还能提供超高的安全冗余度。"理查德说。

"真不愧是星际时代的精华。"我说。

"找我有事？"理查德问。

"没事，我碰巧路过而已。"

"祝你一路顺风，我还有事，失陪了。"

第四章

第四行星的体积比地球大一倍，但平均密度较低，重力是地球的 1.5 倍。它有一个很小的固态金属核，拥有不算稳定的弱小磁场。薄薄的地壳漂浮在熔岩上，在炙热洋流的驱动下不停移动。虽然整个星球内部处于高熔融状态，但岩浆的挥发成分极少，基本无气体溢出，仅有的一点气体也被主恒星刮来的太阳风吹散，其地表近似真空。

我在行星暗面着陆。夜空清澈，巨型矿船高悬天际，显得精致美丽。此刻，当数恒星环的景色最美。如今是安全生产期，第四行星距离星环虽近，但绝无碰撞之虞，在墨色天穹里，星环如太空里修建的白色道路直通天际，长不知几千万里，从南至北，贯穿苍穹。我仰望太空，震惊于星环那细腻的质地和质朴的颜色，震惊于它静逸伟岸的雄姿和大自然无所不在的秩序。恒星的光芒照亮星环的丝丝纹理，组成结构纤毫毕现：鳞状的是岩，羽状的是冰，黑色的是间隙；一排排，一道道，排列着，簇拥着。星环上不时出现的暗斑，这是与第四行星交会时留下的痕迹。我估计，如果得不到物质补充，星环迟早会被第四行星蚕食殆尽。但此刻，星环正把光洒向地面，苍茫的第四行星地表上一片圣洁的光芒。

不远就是 P451 号矿场，那里地势平坦，到处是岩浆岩。我看过理查德的模拟数据，第四行星穿越查比斯星环时，猛烈的撞击将粉碎薄薄的岩石地壳，由于没有大气层，撞击产生的碎屑，除少量进入轨道空间回归星环外，其余物质会在重力的作用下迅速坠落地面。与此同时，大面积破碎的地壳在重力和岩浆对流的双重作用下迅速下沉，黏滞性极低的岩浆涌上地表，被重力摊平，冷却凝结。这是一颗永远拥有全新地壳的星球，平整得超过了篮球场。在地壳更新的过程中，查比斯金属从地核极深处翻上来，形成新矿。美中不足的是，这种金属下沉得很快，只有接近熔岩层的那一部分地壳才具有开采价值。

在平地上赶路，轮式车辆是最佳选择，我在登陆艇上装了六只钛金属轮子，开始在大地上无声地飞驰。不久，地平线上出现了几个高大的塔尖，随着距离缩短，我看清了它们硕大的底部框架。我穿好了外骨骼动力服，它会帮我在高于地球重力的环境下自由活动。

P451 号矿场到了，我走出舱门，一台代号 R17 的维护机器人迎了上来。它知道我是新主管，代表"兴奋"的指示灯闪个不停。夜很凉，矿场周围的温度却很高，整个矿场依靠地热运转，来自星环的循环水通过管道流经地下的热岩，变成高压蒸汽后驱动发电机。矿塔高五十米，基部被巨大的钢钉牢牢地固定住，中央垂吊着一根粗大的空心陶瓷钻杆，通体洁白温润，在星环光照耀下反射着象牙般的光泽。钻杆直插地面，贯穿地壳薄薄的底部，由挖掘机器人组成的工作队通过钻杆进入地壳深处开采查比斯金属，在矿塔下面挖掘出一个方圆数十平方千米的地下迷宫，这些蚂蚁一般的挖掘机器人拖曳着封闭矿车在矿塔底部的分选熔炼车间卸货，然后再拖着装满废料的矿车返回地下回填矿坑，以防止岩浆熔穿地壳造成人造火山或由此引起的地表下陷。

我接连视察了几座矿塔，理查德制定的生产流程几乎无懈可击，整个矿场在机器人的维护下完美地运转着。R17 还在我耳边聒噪着，说它们很累，管理着四百多个矿场，整天没日没夜地加班……

我一边心不在焉地听着，一边仰望天空。我看见天空中有微弱的灯光闪动，一个小光点从矿船上分离出来，向远方的地平线坠去。那肯定是理查德，最近他似乎把寻找老查理的区域重新锁定在了第四行星……但对于他的努力，我并不看好。

我狠狠瞪了 R17 一眼，我讨厌爱诉苦的机器人。

第五章

我们虽有两个人，但我只能唱独角戏。详尽的考察印证了公司的推测，目前矿场的数量还远未达到管理极限。按照我的估算，以现有的冶炼提纯能力，矿船上的设备足以再支撑一千个新矿场的运作。在扩大生产方面，理查德有意放了水。我给集团打了报告，着重强调自从我来以后，查比斯星系各方面的工作形势均一片大好，也不用担心理查德，他没给我惹麻烦，只是不想走。在报告的最后，我附上了扩大生产的详细调研报告。

一个月后，理查德终于主动找我了，这让我受宠若惊。

他拿着一张电子生产通报，气冲冲地走进我的办公室。这张通报是我早晨收到的，我已经看了，都是集团在生产调度上的新安排，没什么特别的内容。

"他们要扩大生产，第一批设备下周就要启程了！"理查德喊道。

"我知道，这是我的建议，有什么问题吗？"我有些诧异。

"当然有！"理查德显得颇为生气。

"别忘了，你搞科研，我管生产，井水不犯河水，我没做错吧？"我耸耸肩，一脸无辜。

"第四行星的物质循环非常独特，我的研究表明，大量开采查比斯金属会对循环过程带来影响，盲目扩大生产，可能会引发地质灾难！"他大声疾呼。

"你放心吧，我有分寸，我们的原则是循序渐进……"

话音未落，矿船一阵晃动，报警器凄厉地响了起来。一台负责监控地面矿场的机器人跌跌撞撞地跑进来。

"不好了！下面发生了大地震，整个地壳都在动，震级太大，简直前所未见！矿场损失严重！"那个机器人几乎是在哀号。

"地震？"我的脸色非常难看，理查德刚警告过我可能有意外发生。

难道是因为我？可我还什么都没做，施工船队甚至还没出发呢……大约过了漫长的十秒钟，我才回过神来，不可能是因为我的增产计划，看来是我神经过敏了。

理查德也愣了，他惊愕于第四行星用地震印证了他的预言。他紧锁双眉，似乎正沉浸在某种理论的反复推演之中，看样子，也许他的结论是悲剧性的。

"不，太快了，我要去看看到底发生了什么事！可能另有原因！"理查德顾不上跟我说话，急匆匆地走了。

我无意叫住他，如今矿场的实际负责人是我，而我又刚刚跟集团公司夸下海口。虽然天灾无法抗拒，但现在是我人生中少有的机会。人生漫长，机会难求，此刻关系到我未来的命运。

"矿场情况怎样了？"我大声喝问机器人。

"已经有一半矿场失去了联系，其余矿场的情况也很糟，失联矿场的数量还在增加……"机器人带着颤音回答，它们都很怕我。

我心急如焚，无法安心继续待在轨道上，我决定下去看看。

第六章

我带上几个维护机器人动身了。

还没等着陆，我就被眼前的情景惊呆了。登陆艇所过之处，满目狼藉，曾经光洁平整的大地千疮百孔、沟壑纵横，汹涌的岩浆从缝隙里涌出地面，大地的无数伤口令人触目惊心！矿塔林立的地方，转眼变成了熔岩的汪洋，不少倒下的陶瓷钻杆凌乱地漂浮在岩浆的波涛里，像一蓬蓬随波逐流的枯草。有的钻杆上还趴着守矿机器人——虽是机器人，可它们也有求生的欲望……

这里已不再是景色壮美的天堂，而变成了火的炼狱和魔鬼的故乡。

为了更真切地观察受损情况，我飞得很低，几乎贴着地面。来自行星内部的另一波震动发生了，这一片熔岩的海洋摇晃着身体向天空甩出岩浆，登陆艇底部传来被击中的声音，岩浆转瞬冷却，黏在艇底，新增的重量使艇身摇晃起来。几个机器人恐惧地抱成一团，哆哆嗦嗦，抖个不停。我警告它们不要抱在一起，这样会严重干扰登陆艇的平衡。

我费了好大劲才稳住艇身，重新飞了起来。矿场都完蛋了，价值千亿的基础设施化为乌有……理查德也在这时传来坏信息：地面上的大批监控仪器已经失联或被损毁。行星表面情况对我们来讲已经变得不透明了，为了安全，我必须立刻返航。

回去的路很难走！此刻矿船早已脱离了原先的轨道，进入机动轨道，几十个等离子推进发动机一起不要命地咆哮着，托举着矿船巨大的身躯向高轨道猛冲。理查德发现随着灾难的演进，第四行星的重力分布突然变得不均衡起来，而且有愈演愈烈的趋势，矿船留在低轨道上非常危险，一不小心就可能掉进重力陷阱！要知道矿船是个庞然大物，一旦丧失高度，想再飞起来可就难了！他果断启动了所有能用的发动机，拼命提升矿船的高度和速度。

我在登陆艇里焦急地盯着矿船那庞大的身影，看得见，可就是接近不了。刚才几番低飞让我失去了过多的燃料，我必须赶上矿船。我转过身去，狞笑着看着那几台已经无处可用的机器人。

"你们几个，给我从登陆艇上滚出去，别忘了把门关好！"我对它们下达了命令。

机器人们都在"心"里骂我，可它们的身体却不折不扣地执行了我的命令。不一会儿，气闸室传出"砰"的一声，那是气闸室开门时气体冲出船舱发出的声音，随即监视器侦测到一大堆物体脱离飞船。飞船顺利提速，我离矿船越来越近了。

理查德正在主控室等我。

第七章

第四行星庞大的身影高悬窗外，它伤痕累累，好像一枚被红色蛋清淹没的巨卵。大型显示墙正不停地切换着画面，那是遍布整个查比斯星系的探测器传回的实时监控画面。理查德背对着我，坐在舷窗前向外凝望，他听见我回来，转回身，相对于我的焦灼，他倒平静了，一副既来之则安之的神情。

"不是我们的原因！"他对我说。

"当然不是！承蒙你多年来对第四行星手下留情，我们的开发规模不过是给它挠痒痒！这是天灾，跟我们有什么关系！"我有点气急败坏。

"这才是天大的麻烦！"

我没听懂，但明显感觉到理查德话里有话。

"你看——"理查德用右手做了个手势，监控墙上纷乱的画面消失了，偌大的墙壁一片漆黑，整个主控室为之一暗。

"你瞧屏幕中央。"理查德提醒我。

屏幕中央有一块淡灰色斑点，面积不大，恍若有东西在其中闪烁。随着时间的推移，那处灰色的边缘仿佛活了一样，蠢蠢欲动，它的面积慢慢缩小，最后消失不见，只留下一块纯黑的墙壁。

"这是什么？"我问道。

"天球 6 号区域方向上的查比斯云，震前探测器传回的图像。"

"你的意思是……"

"有东西进来了。"

我立即明白了，由于查比斯云特殊的物理特性，几乎能阻隔大部分光辐射，从而使整个星系与外部隔绝。为此，集团公司在查比斯云内侧布置了数以万计的小型探测器来监视进出查比斯星系的飞船，这些探测器就是预警系统的眼睛。灰斑能够在探测器的视野里呈现出一定的面积，说明这块区域非常大，几乎有上万平方千米。灰色说明该处的查比斯云尘埃的密度下降，灰色边缘的蠕动是查比斯云尘埃自行调整填充空洞造成的。要知道，即使是一千艘"光辉号"这样的大型货船同时穿过查比斯云，也不会造成如此巨大的尘埃洞。

"应该是路过的小行星。"我肯定地说。

广袤的太空里时常会有流浪的小行星出现，查比斯云的范围很大，偶尔有一两颗这样的小行星过境也勉强说得过去。

"来者速度快，质量大，穿越的时候似乎带走了大量查比斯云尘埃，与辐射明显的飞船差别很大，因此探测器没能把它从宇宙背景图像中分离出来。"理查德说。

"但愿不会撞上我们。"不速之客虽令我担心，但我还无法把它与当前的糟糕情况相提并论。

"我猜它和第四行星是一类东西。"

理查德轻描淡写的一句话，把我撂在了云雾里。他是科学家，不会说出太不着边际的话，我等待他说下去。

"我爷爷当年发现第四行星时，它也是一片火海，因为地壳破碎，船载分光计通过熔岩的火光，发现了查比斯金属。后来他辞去了集团的管理工作，一心致力于第四行星的地质研究，同时兼管理矿场，一共干了50多年。"理查德停了停，"直到他老人家失踪……"

我猜不出理查德为何在这个节骨眼上主动提起这事，平时他根本不屑和我说，但"它也是一片火海"这句话，不禁让我多了一分联想。

"难道你有线索？"我问。

"失踪前，他曾经给我父亲去过一封信，那时我还小。多年后我父亲因事故去世，我在他留下的一大堆电子文件里找到了这封信，信里说第四行星是一个神秘的星球，并对第四行星的本质进行了大胆的猜测。"理查德说。

我的好奇心完全被勾起来了，没想到理查德今天跟我说了这么多。

"信里说，第四行星是某种生命体。从那时起，第四行星的秘密一直诱惑着我，加上我还要寻找爷爷的下落，所以我就主动请缨来了查比斯星系。"理查德缓缓地说。

"生命体？！"我说。

"对，是活的非碳基生命体！"理查德回应道。

"这就是你警告我不要盲目扩大生产规模的根本原因？"我恍然，但又不禁愕然。我们这个时代，"宇宙间不存在非碳基生命"已有定论，贸然挑战这个结论肯定会遭人嘲笑，况且这生命体还有如星球般巨大。

"是的，这是个无法在短时间内证实的颠覆性发现。"理查德说。

"你原本不想告诉我的，对吧？"我说。

"因为你既不会相信，也不会在这里待很久。现在我告诉你，是因为它来了。"理查德指着监视屏，"第四行星的同类，也许是天敌，第四行星已经做出了应激反应。"

"我承认不明物体是一个潜在的安全威胁，但我不认为正在发生的灾难与它有联系。"我说。

"你错了！"理查德说。

"证据呢？"我反问。

"探测器最初记录到查比斯云圈异动，距现在只有6个小时，当时讯号还在路上，我们还无从知道，我再让你看看今天的地面监控数据。"理查德说。

理查德又做了个手势，开启了一个信息窗口，五颜六色的波形图不停变化，振幅随着时间的推进越来越大，窗口上的坐标系被迅速放大，整个监控记录的起始时间是5小时28分钟之前。

"这是地壳相变压力、地幔物质流变、地壳流体温度、地震反射波数据的综合分析，还有……所有异常数据记录出现在云圈异动32分钟以后，几乎与收到探测器传回的异常图像数据的时间同步。这是超级地震爆发的前兆，我发现第四行星内部几乎在极短时间里就变得一团糟，大地震随即就爆发了，而那些看似不可能的地面监控数据都被主计算机视为仪器采样错误，给处理掉了，因此耽误了发出警报的时间。"理查德说。

"该不会是巧合吧？"我问。

"你看云圈异常与地面异常二者的时间差，这个数值非常关键。"理查德提示我。

"有32分钟！刚好是光线从云圈走到第四行星所需的时间，也是视频讯号从探测器传到矿船信息采集系统所需的时间。你是说，那些异常的地质数据和其他无用数据一股脑儿冲进了信息存储器，还没等信息处理系统做出正确判断，第四行星就已经开始有所反应了……"我若有所思地说。

为了否定理查德的理论，我必须先假设他是对的，然后再逐条驳倒他。如果第四行星真是一个活的生命体，那就意味着它有着非常敏锐的感官，甚至在效率上打败了我们遍布查比斯星系的监视系统，但这似乎不可能……

话音未落，我感到一阵天旋地转，矿船好像被人在外面狠狠地推了一把！我下意识地绷紧全身肌肉——撞船了！我们身边摆放的小物件噼里啪啦地飞到天花板上，甚至砸坏了两盏顶灯，顶灯爆发出一小团烟雾，碎片转瞬飞散。我听到隔壁几个舱室也传来巨响，不知是什么设备摔到了天花板上。

千钧一发之际，安装在鞋里的陀螺仪感受到异常变化，及时启动磁力装置，把我和理查德牢牢固定在地板上。我俩惊恐地向舷窗外面望去，发现一直保持稳定的景物发生了变化，第四行星正在窗外慢慢飘移，不久就要移出窗户的可视范围了——这说明矿船的姿态和轨道发生了变化。

"主机！汇报情况！"理查德吼道。

"飞船获得额外加速度 4，飞行姿态前倾 60 度，自旋角速度增加 720 度每分钟。"

"稳定飞行姿态，计算飞行轨道！"理查德命令。

又是一阵嘎吱嘎吱的晃动，飞船外似乎掠过一阵气体，那是矢量发动机在调整飞行姿态，要飘走的第四行星又缓缓地回到舷窗中央。飞船里的人工重力也正常了，控制室里下起了杂物雨，我和理查德缩着头提防被掉落的物件砸到，最后随着从隔壁舱室里传来的几声巨响，飞船终于恢复了平静。

主控室满目狼藉，我大声地招呼机器人们过来收拾。

"抱歉！培养舱的营养液倾覆了，我们正在回收液体！"几个机器人大声叫道。它们终于逮到一个反抗我命令的机会了，主控室暂时的凌乱确实无法和上百吨植物培养液的损失相提并论。

"第四行星爆发了瞬时磁暴，我们搭上了一个强有力的磁力电梯，现在矿船轨道比刚才提高了 50 千米。"主机大声汇报。

"不合常理啊，第四行星的磁场弱得可怜，怎么会……"理查德喃喃自语。

"地磁场正在……吱吱……吱吱……吱吱……"主机突然发出一阵刺耳又无意义的噪声，接着沉默了。

"主机！回话！"理查德大叫。

中央电脑没有回应。

第八章

矿船静了下来，几乎所有设备都同时断了电，就连头上的灯闪了几下也熄灭了，舱内一片昏暗，第四行星暗红色的幽光从舷窗射了进来。我和理查德面面相觑，脚下伸展出两道长长的影子。墙壁上的监控画面停留在半幅没有描绘完的第四行星磁力图上，显示屏可以在断电的模式下保留图像，画面显示磁场强度达到一百……天晓得后面还有多少个零，天知道哪里来的这股强大的能量。

"机器人！"我向舱外大喊，没有任何回音，只有我的声音在飞船里回荡。

"见鬼！一定是刚才的意外加速损坏了供电系统。"我说这话的时候心惊肉跳，在太空里失去能源就意味着死亡。

"不对！你听。"理查德示意我。我静下心来，慢慢地，一种十分细小的噪声闯进我的耳膜。平时这种细微的声音会淹没在飞船设备纷乱的噪声里，大概只有现在才能听清楚。那是一种类似流水的声音，是能源舱聚变反应堆运转的声音。

"不像是能源系统的问题，况且机器人的电能储备为 15 天。即使断电，短时间内机器人还是可用的，肯定是主机控制系统出问题了！糟了，难道是它？"理查德走到控制台前，尝试着重新启动电力供应。

"谁？"我惊讶地问。

"幽灵程序！"理查德说。

"什么程序？"

"幽灵电波！幽灵程序！你叫它什么都行！也许通过它，我们成了第四行星的耳朵和眼睛。"理查德一字一顿地说。

我本就很难相信"第四行星具有生命"这一结论，如今理查德说我们可能是第四行星的眼睛和耳朵，还冒出个"幽灵程序"来，简直令我不知其所云。

"第四行星内部呈现异动的时间比我们接收到空间探测器传回异常监控画面的时间只晚了一点，因此我猜测是'幽灵程序'先于主机信息系统，率先完成了信息扫描，随即它向第四行星表面发送了一条似乎毫无意义的电波，今天通信日志的第二百四十八条记录了这条电波的内容，'嗞嗞，啵啵啵'不断重复，当时通信天线指向的区域仅仅是一片空地。"理查德说。

"你能说得再明白一点吗？这里还有什么秘密我不知道？"我逼问道。

"好吧，到了这步田地，都告诉你也无妨。其实，我爷爷早就发现了查比斯星系的'幽灵电波'，通过'幽灵电波'我又发现了'幽灵程序'。当年他在奔赴M246星系途中，救援飞船接收到了一个微弱但不断重复的信号，大家都怀疑这个信号是失踪的管理员发出的，爷爷驾船前去查看，结果一头撞进查比斯星云，探明电波来源就是第四行星，但没有发现失踪人员。我来查比斯星系后，'幽灵电波'现象逐渐增多。这电波时隐时现，如不仔细分析，一定会被忽略掉。我曾经怀疑过，这种现象只不过是第四行星活跃的地质运动产生的自然现象。但后来我发现，这电波具有指向性和目的性，好像始终有一个未知的存在一直在悄悄刺探我们。直到一年前，我花了大量时间分析计算机运行记录，终于有了结果。我发现了一段诡异的程序总是在呼应'幽灵电波'，我叫它'幽灵程序'。它似乎拥有很高的智能，能于系统之外自辟蹊径，神出鬼没，十分狡猾，总是在不经意间冒出头来，但从不引起故障，所以很难发觉，主机甚至一直质疑我的发现。它经常光顾信息收集系统，每当'幽灵程序'活跃的时候，'幽灵电波'就增多，同时第四行星的内部活动也会增多，其中存在明显的因果联系。我耗费了大量精力，就是为了抓住这段'幽灵程序'，想看看它到底是什么东西！"理查德接着说。

"后来怎样了？"

"后来，集团公司就把你派来了。"

"难道断电是'幽灵程序'引起的？"我急切地问。

"有这个可能，但那样就太可怕了，我还要核实一下。不过我认同爷爷的假设，我认为第四行星可能与我们建立起了一种共生关系，就像牛椋鸟和美洲野牛。我们开采第四行星的矿藏，同时第四行星利用我们的资源为它站岗放哨。否则，通信日志的第二百四十八条记录的那段'幽灵电波'从何而来？第四行星灾变为何与发现不明天体在时间上如此巧合？这是非常明确的因果关系！我反对扩大生产规模增加查比斯金属的开采量，就是出于这种顾虑。我害怕打破这种共生关系。但现在看来，一切都是多余的，第四行星已经对更高级别的威胁做出了反应，城门失火，殃及池鱼了。"

飞船断电，机器人失灵，共生关系。实在太惊悚了！无论如何，排除供电故障才是当务之急，总不能等死吧。

我跨过地上凌乱的物件，去取检修工具。在平时，电力维修检查这些事，都是机器人的活儿，可如今我必须亲自出马了。

第九章

还没等我走出控制室，通道里传来一个冰冷的声音："请不要离开控制室。"

这声音听上去既熟悉又陌生，我早就熟悉了这种金属声带发出的略带谄媚的音色，但现在声音里的谄媚不见了，取而代之的是冷森森、不可抗拒的感觉。

金属脚步声响，五台平日照顾我们工作起居的机器人从黑洞洞的通道里走过来，一字排开，拦在我面前。星光透过舷窗照在机器人们的面具上，它们淡红色的镀膜眼睛紧盯着我和理查德的一举一动。

我当场愣住，原来刚才机器人不仅无视我的命令，还暗中偷听我和理查德的谈话。

"重复一遍，不要离开控制室，我会尽力保证你们的安全。"一台机器人说道。

"放屁！刚才叫你们为什么不吱声？都死到哪里去了？还不快去检查供电系统！"我气不打一处来，大吼道。

嘭！我眼前金星飞舞，向后跌倒，右眼白光闪烁，眼眶火辣辣地疼。

我让机器人揍了。

"不要着急，电马上就来。"打我的机器人不动声色地说。

果然，飞船上的设备好像一起约好一般，同时发出通电启动的声音，嗡嗡声和吱吱声不绝于耳。控制台上、墙壁上、天花板上、墙角里各种指示灯闪个不停，巨大的信息监视墙迅速重绘了那幅没完成的磁场图。紧接着头上天花板的照明灯亮了，漆黑一团的甬道也亮起了灯光，照得一切都那么真实。

不！太不真实了！我爬起来，靠在理查德腿上，用手捂着被打肿的眼眶，仰头看着眼前高大的机器人。平日里这些机器人见我都是点头哈腰的，我从未觉得它们如此高大。今天发生的事都太难以理解了，快把我逼疯了。

"你们居然敢打人……"我话还没说完，理查德一把捂住了我的嘴，他小声对我说："别吱声，真是它，那个幽灵！"

我把到嘴边的话咽了回去。

"你看监视墙。"

我扭头望向监视墙，这才发现监视墙上的画面变了。原来的数据图不见了，取而代之的是成百上千个细小的画面，数不尽的窗口层层叠叠，不断相互覆盖，交替闪烁。画面里不是漆黑的查比斯云，而是第四行星、星环与中央恒星的图像。这些图像从各个角度瞄准目标，有的极远，有的极近。

"怎么回事？"我小声问理查德。

"它控制了机器人和空间探测器。"理查德很小声地说。

"它要干什么？"我觉得我被打糊涂了。

"它在找今天早晨闯进星系的那个东西。"理查德回答。

我扭头瞅了瞅机器人，看来它并不介意我们谈话。我胆子稍微大了一点，偷瞄了一下控制台上右侧一个罩在玻璃保护罩里的橙色按钮，那是机器人链路开关，只要按下它，这五个机器人马上会处于休克状态。还没等我把目光收回来，我感觉脖子一紧，整个人被拎了起来，重重地扔在一把椅子上。我随即被弹出的安全带捆住，动弹不得。

"老实点，不要做无谓的抵抗！"随即我的右眼又挨了一下，痛得我龇牙咧嘴。

理查德也被捆了起来，但机器人没打他。我开始怀疑，是否平时我对机器人太苛刻，从而遭到了报复。我俩失去自由，成了机器人的囚犯。

第十章

随着时间的流逝，形势越来越糟，造反的机器人掌握了我们的生杀大权，就连外部空间环境看上去也越来越危险了。这期间，第四行星的磁场又爆发过几次，矿船经历了几次不规则的突然加速，每次加速的时候，飞船里都回荡着悠长的异响，我已有理由担心这艘飞船是否能经得起没完没了的折腾。

现在矿船进入了一个冗长的大椭圆形轨道，速度飞快。如果再来几次加速，甚至会达到第四行星的第二宇宙速度——挣脱行星引力的束缚，直接进入宇宙空间。

　　瞬时磁暴也影响到了恒星环，第四行星一侧的恒星环彻底混乱起来，大片大片含铁的石块、水冰、尘埃从星环泛起，引起了连锁反应。井然的秩序不见了，取而代之的是骚动和混乱，石块与石块相互撞击迸发出闪光，闪光像波纹一样在星环中散开，星环的纹理发生了戏剧性的变化，就像一副被推倒的多米诺骨牌。混乱正以看得见的速度向整个恒星环扩散，很多破碎的石块带着巨大的动能脱离了原有轨道进入了开阔的宇宙空间，要不了多久，第四行星及附近空间就将不适于航行，任何航天器都不敢在这样的空间里全速飞行。

　　相对于外面的混乱，控制室显示墙上的无数个窗口却变得规整起来。每个窗口里都包含了无数个小型监视画面，这些小画面排列得整整齐齐，横看成行，竖看成列。每个画面都是由分布在查比斯星系里不同位置的独立探测器拍摄的，所有画面的中心都是明亮的主恒星。这些监视画面构成的窗口，状如昆虫复眼，这种组合对光线的强弱变化极为敏感。

　　"你看出来了吗？"理查德小声问我。

　　"是复眼矩阵。"我回答。

　　它的智力比我想象中的还要可怕。无数个窗体，就是无数只眼睛，应该是对我们全部探测器在面向中央恒星所有角度上的排列组合，这将会极大地提升星系内不明物体的侦测概率。不明物体身披隐身尘埃外衣，虽不反射光线，但一定会阻隔光线。只要观察到来自中央恒星光线的强弱变化，就可能确定不明物体的存在。只要把多个不同位置上的探测器检测到的光线变化联系起来，就能得到不明物体在球切面上的运动投影。如果有多个复眼侦察到了不明物体在球切面上的运动投影，计算机就能计算出它在三维空间里的运动轨迹。越多探测器探测到光线变化的信号，得到的三维运行轨道就越精确，这是由无数只眼睛共同构建精细立体视觉的过程。虽然信号传输到矿船有延迟，但任何物体都是有惯性的，尤其是体型巨大的物体，一旦发现运动轨迹就足以预估不明物体的准确轨道。我估计监视墙上密密麻麻的复眼窗口，不过是所有组合里的沧海一粟，更多难以统计的复眼阵列正运行在主计算机亿兆级的内存里。

控制台上很多灯光开始变暗，不少辅助系统的供电指示灯干脆灭掉了。我觉得喘气有些困难，突然意识到为了给复眼计算提供更充足的电能，氧气发生系统可能被主机切断了，而植物培养舱里密密麻麻生长的植物也因此断绝了光源，长势良好的作物立即转为耗氧状态，开始与我们争夺宝贵的氧气资源。

不一会儿，主机的散热风扇组也号叫起来，看来不管多么先进的计算机都害怕做大规模并行计算。主机发出的热量开始透过墙面、地板、通风管道传导过来，主控室变得越来越热。这么下去，我和理查德很可能会被憋死。

我感到压抑，不得不号叫了起来，可是机器人们看都没看我一眼。

"挺住！放松！现在它比我们还紧张。"此时理查德的脸也被热浪烤得红扑扑的，但他显得很镇定。

第十一章

不知过了多久，复眼窗口停止闪烁，紧接着如雪崩一样纷纷溃散关闭。与此同时，一直咆哮的主机散热风扇发出了最后几声怒吼，像踩刹车一般停了下来。

我被新描绘出来的图像吸引了，这是查比斯星系的三维立体图像。图像的中心有一根树枝样的东西，它从一根粗大的主干上分出三根小叉，这三根小叉还在快速生长，方向所指就是第四行星。它终于找到那个不明物体了，树枝样的东西就是闯入者的运动轨迹，不速之客的速度太快了，而且距离我们不远，果然是冲着第四行星而来，不是一个，是三个！

随着主机运算量的下降，空调系统重新获得了足够的电力供应，控制室里温度开始下降。但我更加忧心忡忡，如果不明物体与第四行星发生碰撞，后果难以预料。

磁暴再次爆发，矿船剧烈颠簸。我甚至感谢机器人用安全带把我牢牢捆住，这使我还能活着，避免了被摔得粉碎的命运。

不久磁暴渐渐平息，矿船却因受力不均而滚动起来，第四行星逐渐退出了舷窗的可视范围。过了一会儿，第四行星才从舷窗的另一侧慢慢显露出来。

眼前的景物我不再熟悉，第四行星不再是一个完美的球体，它变成了一个不均匀的椭圆体，一端大些，另一端小些，鲜红色的是外溢的岩浆，有某些东西在稍大一端突出地表，正在抬升。

矿船继续滚动，第四行星开始退出舷窗。

但不久，第四行星又显露出来，新出现的抬升物更加明显了，这是什么？

是因地震或者火山喷发而隆起的高原吗？是新出现的山峰吗？

第四行星再次消失，又再次出现。

如果那些隆起物是山峰，此刻第四行星的造山运动就是以秒来计算的，山峰隆起的速度肯定大大超过了音速，甚至还在加速！可以想象，第四行星地下的岩浆奔腾着，持续释放堪比亿万枚氢弹爆炸的能量，巨大的压力把地壳拱上天空……

但我心中充满疑惑，这次为什么岩浆还没喷出地面？在如此强大压力的作用下，行星那薄薄的、早已千疮百孔的地壳，本应"噗"的一下被炸开，喷出射流状的地心物质，飞溅到太空里，慢慢冷却。

不知过了多久，调姿发动机启动，矿船自转渐渐变慢，直至停住，第四行星又回到舷窗中央。

第十二章

我们被彻底震撼了，第四行星变换了形态，那是一只暗红色八足巨兽，无声地飘浮在太空里，身体膨大的一端伸出八根堪比山岳粗细的鞭足，由于大量物质转移到鞭足里，第四行星的主体部分略显细长。每只鞭足都有上千千米长，一直伸展至太空轨道，其中一只伸到了矿船附近，如同一支飘荡的滑梯。沿着这根滑梯，我觉得可以一直滑降到行星表面。

第四行星毫无疑问是某种特殊的生命，虽然远离它，我仍然能感觉到它体内蓬勃的力量。这是生命与生命之间的共鸣，这是一种奇异的感觉，难以想象这股力量的源泉来自何方。这股力量不知在地下蕴藏了多久，此刻它爆发出来，跨越空间直达太空，我感到身处的矿船正随着这股力量在一起律动。这股力量不但驱动着第四行星进行了不可思议的形态变化，同时还驱动着磁力，操纵着绵延万里的鞭足。

我们久久地沉默着，终于理查德吐出了一句话："原来这才是查比斯金属的真正用途！"

我愣愣地看着那八只在太空里不停舞动的鞭足，它们反射着恒星灿烂的光，那是金属的光泽，是查比斯金属特有的暗红色。我终于明白了，查比斯金属构成了第四行星鞭足的管状外壳，凭借该金属的特性，鞭足获得了超强的硬度与韧性，再由行星核心泵入岩浆，赋予鞭足巨大的质量，又凭借强大的磁场，赋予鞭足活动能力。我们每年辛辛苦苦从第四行星开采的五百公斤查比斯金属，对它来说根本不值一提。它用一点点代价，就把人类牢牢地吸引在它的身边，任其窥探、利用。

"它们到了！"理查德大喊。

监视墙上描绘出的路径已经延伸到第四行星所在位置，但方向略有改变，三个不速之客好像在竭力避免与第四行星相撞，但是已经来不及了。

三维立体图像消失了，三个不明物体已经抵达第四行星上空。第四行星无须再利用人类的计算机为其提供预警，第四行星在最恰当的时机完成了形态变化，我猜现在是它的巅峰时刻，它能量充沛，力大无穷，信心十足！在它的磁圈里，它相信自己能击退一切来犯之敌。

主控室里静悄悄的，我和理查德全神贯注地向窗外观望，希望能捕捉到闯入者的一鳞半爪。时间一点一滴过去，外面很平静，什么都没有出现。

正当我想放弃的时候，第四行星距离矿船最远的一根鞭足突然动了起来，它闪电般地在太空中划过，仿佛在抽打一个不存在的幽灵。

一股灼热刺目的光芒迸发出来，辐射强度足以烧毁我的视网膜，被动防护系统迅速做出反应，舷窗玻璃变为黑色，隔绝了辐射。

矿船再次抖动起来，矿船的主体结构发出不堪重负的响声，久历磨难的矿船再次冲进湍急的河流。仪表显示，防护罩的力场达到了极限，主动防御系统全功率运行。从船体传来的撞击声判断，只有一些细小的碎片击中了矿船，矿船依然完好，我猜一定是第四行星用它的磁场或者是那根离我们最近的鞭足保护了我们，否则如果爆炸产生的抛射物直接撞到矿船上，单凭防护罩的力场是绝对无法承受的。

紧接着又是两道耀眼的光芒，我似乎听到两声凄厉而绝望的声音从远方传来。那一刻，我相信另外两个入侵者也完了。又是一阵噼里啪啦的撞击声，矿船又开始颠簸。

过了一会儿，舷窗上的黑色慢慢褪去。我向窗外望去，还好，第四行星还在窗口的可视范围里。原本视线良好的太空，到处充斥着肉眼可见的烟尘和漫天飘飞的黑色碎片，我不知道那是些什么东西，第四行星在其中若隐若现。此刻，第四行星的八只鞭足都开始收缩、变短，它们抱在"胸口"，正全力束缚着某个东西。

胜负已分！电光石火之间，第四行星精准地击溃了来犯之敌，我们甚至没有机会一睹入侵者的真容。

第十三章

长时间的禁锢，令我手脚麻木，何时才是个头啊……我看了看环伺在身边的机器人，很担心自己的安全。入侵者被击败了，接下来它会如何处置我和理查德？

理查德的假设，音犹在耳。如果第四行星是美洲野牛，我们是可爱贴心的牛椋鸟，那么我们或许是安全的。但愿第四行星禁锢我们是出于迫不得已，不久它会交还矿船和机器人的控制权，毕竟只有我们才能维持矿船及规模庞大的探测器阵列的正常运转。接下来，相当长的一段时间内，查比斯金属的开采必须停下来，人类将珍惜使用查比斯金属，我们会等待第四行星恢复到原有的状态后再逐步恢复矿业生产。当然，鉴于第四行星是智能生命，我们不会盲目扩大产量，我们会循序渐进，逐步试探第四行星的反应……这可真是在太岁头上动土！宇宙里没有非碳基生命的论断将就此成为过去，人类将重新审视生命的定义，将以更加和谐的方式与大自然相处。我设想了多个场景，甚至包括以我为首的代表团与它展开建设性的对话，商榷我们能够提供的服务和它应该付给我们的报酬……这种场面非常具有戏剧性，可以想象一头大象和一群细菌之间的讨价还价，我和理查德将作为这段传奇的亲历者而永留史册。

就在我胡思乱想之际，两个机器人去而复返。它俩慢吞吞地从外面拽进来两个金属箱子。我一眼就认出了这两个箱子，它们平时就搁在维修间，箱子里各种维修工具一应俱全，它到底要干什么？两个机器人打开箱子，把工具搬到外面，胡乱放了一地。

我觉得形势不妙。

"你们想干什么？"理查德终于说话了。

"带你们走！"一个机器人说。

"我猜到了。"理查德说。

"你是个聪明人。"机器人说。

"等等，理查德，你们在说什么？"他们的谈话内容令我恐惧。

"它要杀人灭口了。"理查德平静地对我说。

"什么？你不是说我们和它是共生关系吗？"我顿感五雷轰顶。

"你还没想明白吗？"理查德的语气依然平静。

"这到底是怎么一回事？"

"它的确需要我们的监测网为它提供可靠的预警，可我俩都见过它的真实形态，尤其是见识了那亿万吨的查比斯金属储量，因此形势发生了变化。入侵者被消灭了，而我俩则变成了它最大的威胁。"理查德解释道。

"你是说它不相信人类。"

"是的。"理查德说。

我沉默了，刚才的估计过于乐观，而现实如此残忍。我努力冷静下来，但理智的分析让我绝望。第四行星，一个始终躲在暗处把我们玩弄于股掌之间的异类。它长时间不动声色地潜伏在矿船系统之中足以看出它的狡猾，它容忍人类在它身上开采查比斯金属足以看出它的阴险，它突发冷箭，控制机器人，实施绑架，操纵成千上万具探测器足以证明它无与伦比的智慧，它灭杀入侵者的雷霆手段足以看出它的决绝。

这个异类应该非常了解人类。在我们原先的理论中一直认为查比斯金属只是微量地存在于第四行星的岩浆中，这是被欺骗的结果。可今天第四行星为我们展示了亿万吨查比斯金属储量，这相当于向整个人类展示财富的海洋，它怕这笔财富会激起人类世界的疯狂。

这个精明的家伙要保证自己的绝对安全，它绝不会善罢甘休，它既想利用我们，又提防我们，接下去我该怎么办？我看看理查德，他也一筹莫展了吗？我又想到了理查德的爷爷老查理，眼看"失踪"的命运又要落到我俩的头上。它会杀了我们！但刚才它还保护了我们……不，我想通了，它根本不是在保护我们，它是在保护自己的资产。这个阴谋家，它留下自己需要的东西，毫不留情地毁掉威胁自己的东西。我绝望了，未来人类和第四行星依然会维持互惠的共生关系，只不过我和理查德的死将成为维持这种关系的先决条件。

"我不想死！"我大喊起来。

"放心吧，我们会照顾好矿船，直到新来的人代替你们。"机器人说。

我浑身颤抖，万万没想到我会死在这个荒凉的地方，不久我的名字就要被划归"失踪人口"一类，甚至连怎么死的都没人知道。

安全带松开了，一个机器人拧住我的胳膊，把我从椅子上拎起来。伴随着钻心的疼痛，我竭力挣扎，拼命反抗，但仍然无法阻止被拖行的脚步。

工具箱张着大嘴，似在狞笑。

"为何不干脆杀了我们？"理查德正色问道。

"不要着急，不久你们会永远和我在一起。"

"那好吧，我跟你们走，不要侮辱我们，我不想被装进箱子里。"理查德说。

"你最好先劝劝你的同伴。"

难道理查德放弃了？在我看来他过分理智了。

"张，不要挣扎了，你这样会更痛苦。"理查德说。

我沉默。

终于，我也冷静下来，不再挣扎。我想，也对，反正要死，为什么不死得舒服一点？

机器人满意地看着我们俩。它确信摧毁了我们的反抗意志，它有这个自信，单凭我俩的力量是无法同时与五个强大的机器人对抗的。

理查德也被松开了，他也被勒得不轻。他颤巍巍地从椅子上站起来，整理了一下弄皱的衣服。

他脚步踉跄，走得很慢。

很不巧，他被地上凌乱的工具绊倒了。

他身体前倾，无法保持身体平衡，他被绑得太久了。他倒向控制台的方向。

终于，理查德扶住控制台站稳了。

电光石火之间，五个机器人同时一跃而起扑向理查德。

电光石火之间，理查德的拳头击中了玻璃保护罩里的橙色按钮。

玻璃碎裂声传来，理查德切断了机器人链路开关。

顿时，五个机器人像断了线的木偶，失去控制，噼里啪啦地摔在地上。

理查德成功瞒过了它，人类到底技高一筹。

我们自由了，我双腿一软，瘫倒在地。

"快起来，帮我看看矿船是否还可以操控！"理查德手脚麻利，一点也看不出他被捆了那么久，一定是身体比较瘦小的缘故，再加上尽力伪装，人类典型的小伎俩派上了大用场。

我刚爬起来，忽觉脚腕一紧，低头一看，一只机械仿生手握住了我的脚踝，不知怎么的，刚才倒地的机器人又缓慢活动起来。

"坏了，它重启了机器人！"理查德回头一看，也慌了，忙再次用力按动橙色按钮。

这一次，按钮失灵了。

抓住我的机器人猛然抬起头，阴森森地对我说："不要白费力气了，你们太危险了。我很生气，我不需要你们了，看我现在就杀死你们！"

话音未落，几个机器人纷纷扭动起来，以手撑地，眼看要站起来了。

"当"的一声，火花迸射，一把斧头砍断了抓住我的仿生手。

"快，机器人重新启动需要一些时间，砍它们！"理查德举着斧子大喊。

一语惊醒梦中人，眼下解决问题的最简单的方法就是用暴力摧毁这些还未完全"清醒"的机器人，在硬件上彻底隔绝它和机器人的联系。机器人的通信视觉感知系统就安装在头部，机器人颈部护甲里到处都是脆弱而敏感的数据排线。

"去你的！"我一脚蹬开恐吓我的机器人，从地上捡起一把消防斧，冲进机器人堆里。

控制室里，机器人外壳的碎片到处飞溅，我俩不由分说一阵乱砍，几个机器人的头颅很快就被斩断，倒挂在躯干上，此刻它们完全无法抵挡雨点般落下的斧头。

正当我们弯着腰，累得气喘吁吁，以为一切都结束的时候，通道尽头又响起一阵嘈杂的脚步声，迅速由远及近，踢得金属舷梯叮当作响。

我们面面相觑，随即马上明白过来。"坏了！"我俩大叫着冲向舱门。就在我俩挥动斧头狂劈乱斩时，我们完全忘记了在船尾货舱里还有十个完好的可以随时投入使用的服务机器人。它指挥着机器人们气势汹汹地向控制室杀来。我们必须靠人力关闭舱门，然后看看是否还有其他方法切断它对机器人的控制。

舱门动了，在越来越窄的门缝里，我看到通道地板上，墙壁上，天花板上到处是机器人的身影。

我们奋力拧紧闭锁装置，终于赶在机器人到来之前关闭了舱门。机器人在门外恼怒地叫着，用身体一次次撞击舱门，发出震耳欲聋的响声。我们暂时安全了。

"砰！砰！砰！"三声巨响，一波未平，一波又起。

我转回头，赫然发现，不知何时，在控制室宽阔的舷窗外站着三个矿场维修机器人！机器人脚下的舷窗玻璃已经被砸出了细小的裂纹，远处还可以看到有小白点正穿越黑色雾气向我们高速靠近。我认出来了，它们是在返航途中为了提升速度被我当废物丢掉的机器人，它们依靠磁场回来了。它一定在观望，如果矿船内的机器人不能顺利攻入控制室俘虏我们，它便会让船外的机器人打破舷窗冲进来杀死我们，尽管这也会给它的资产带来不小的损失。

我和理查德背靠在舱门上，不敢轻举妄动，生怕刺激它做出极端举动。一股热浪从门上传来，我俩慌忙从门旁躲开。舱门出现了一条火红的弧线，弧线慢慢延伸——机器人们取来了激光切割机。它们突破舱门只是时间问题，我们要完蛋了。

第十四章

又是一阵猛烈摇晃，一种异样的感觉涌上心头，我惊奇地发现站在舷窗外的机器人轻轻飘了起来，离舷窗越来越远，一晃便越过矿船不见了。几个原本高速逼近的小白点在视野里逐渐变大，可它们根本没有减速，也没击中矿船，只是从矿船旁边飞走了。

控制室舱门上的圆弧也停止了扩张，门后的机器人噼里啪啦地摔倒在地。顷刻间，一股熟悉的感觉回来了，虽然控制室依旧充斥着各种仪器交织的噪声，但我觉得这声音中少了一丝阴冷与诡异，直觉告诉我，它走了。

"看！"理查德指向窗外。

迷雾里，第四行星"怀里"的黑色物体好像快挣脱出来了，第四行星的八只鞭足正竭尽全力，拼命要把那黑色的怪物再次控制住。

"机器人瘫痪了，肯定和那个黑家伙有关。"理查德走到控制台前。

"非常抱歉！刚才我……"一个熟悉久违的声音响起，是矿船主机在说话。

"矿船怎么这么乱。我的轨道！我的系统时钟！我的门！警报！警报！"主机突然歇斯底里起来。

"你闹够了没有？快检查一下门口的机器人。"理查德说。

"天哪，它们是什么时候跑出来的？"主机答道。

"别问了，切断它们的能源再说。"理查德说。

"遵命，但是真的不能问一下吗？"主机说。

"它们差点杀了我！"理查德说。

"你听着，从现在起你把所有设备都给我牢牢看好！不要再被别人钻了空子。"理查德说。

"遵命。"主机回答。

"让我看看第四行星。"理查德说。

监视墙上迅速显示出第四行星的特写画面。虽然有黑雾笼罩不很真切，但还能分辨出若干细节。情况瞬息万变，暗红色的八足巨兽再次困住了黑色怪物。怪物全身呈纺锤形，尖尖的头部，似乎生有喙状的嘴，腹部也有八只黑足，它扭动身体，拼命想从第四行星的束缚中挣脱出来。与此同时，它的嘴还死死咬在第四行星身上，拼命吮吸着，正从第四行星体内吸取着一股股灼热的物质！它表现出了近乎疯狂的矛盾行为，死到临头了，它想逃跑，但还舍不得到嘴的食物。

"理查德，我收到'登录者一号'的信号，很强烈！"主机突然发出提示。

"'登录者一号'，那不是老查理失踪时乘坐的登陆艇吗？"我难以相信自己的耳朵，出乎意料之事又发生了。

"接进来。"理查德说。

监视墙上出现了一片杂乱的信号，黑白色的杂波，如同宇宙背景噪声。紧接着屏幕上杂乱无章的像素点开始移动，像素点渐渐构成了一张抽象图像，这是一个男人的黑白图像。这个男人面对着我们，站在一个明亮的门廊之中，光线让我们无法看清他的面孔，只能看到他身体的剪影。

"爷爷！"理查德惊叫了起来。

此刻的理查德，想来定如千钧巨石坠入他的心湖。经过这段时间的相处，我知道理查德对他爷爷的感情甚至超过了他父亲，爷爷的失踪是他心头最大的谜，永远牵动他最敏感的神经，支撑着他独自留在查比斯星系。只见理查德喃喃自语道："这是我家乡农场的老照片，清晨时爷爷整装待发，逆光里，他仿佛融化在了阳光中……他就此一去不归。"

画面里的影子开始说话了。

"理查德！我的孙子！"

"爷爷，真是您！您还活着！我找了您好多年。"理查德的眼睛湿润了。

"不，孩子，几十年前我就已经死了！我是一段记忆，一个持续存在的人类意识，我存在于它的意识场里。"影子淡淡地说。

"它……你是指第四行星吗？"理查德问。

"是的，孩子，我尽量长话短说，不久它就要发动最后的攻击了，留给我的时间不多了。"

"请讲吧，爷爷，这究竟是怎么一回事？"

"多年前，为了开展研究，我闯入了第四行星的核心地带。很不幸，我落入了圈套。出于了解人类的目的，它从一开始就想方设法杀死我。我死了，我的身体被第四行星俘获，意识成了他的傀儡，也成了它揣测人类行为的工具。另一方面，我也对等地认识了这种奇异的生命形态。理查德，第四行星是一种奇特的生命，在它的意识域里，我看到了它们隐秘的历史。它们这一族，诞生于宇宙之初，身形巨大，自称'庞古'。这一族群曾经在宇宙里辉煌一时，那是宇宙初创的时刻，宇宙尚未充分膨胀，物质能量状态极高。它们是纯能生物，拥有灵活的思维，高明的智慧，无尽的寿命，不定型的身躯与横行宇宙的速度。像我们人类一样，它们组成了极其复杂的社会形态，拥有过高度发达的文明。它们俨然以宇宙的主人自居，它们在宇宙间划分领地，梦想统治宇宙直到千秋万代。

"可是后来宇宙加速扩张，物质快速冷却，这对于它们来说无异于遭遇到致命的寒冬。难以计数的'庞古'因为不能适应宇宙的变化而死去，而幸存下来的也不得不利用科技改变自身的外部形态，将它们的纯能之躯依附于由查比斯金属制造的物质形态身体之上。它们被迫降级了，但进化之路不进则退，宇宙空间的膨胀增加了收集查比斯金属原料的难度，漫长的岁月使它们忘却了收集查比斯金属的诀窍。缺乏查比斯金属会使拥有躯壳的'庞古'无法进一步成长。它们通常蛰伏在与小行星带交会的轨道上，通过定期吞噬小行星来弥补消耗的物质，还会躲避在岩石壳里，利用放射性元素和恒星引力的潮汐来维持自己的生存。转眼间亿万年过去了，宇宙变得更大更冷了，空间的距离彻底瓦解了'庞古'的社会，寒冷耗尽了'庞古'的文明。资源枯竭和长时间的独处，改变了'庞古'的习性，迫使'庞古'撕去了残存的温情面纱。它们不再念及同族之谊，'庞古'之间开始互相残杀！'庞古'进化了，'庞古'进化成了专门以猎杀同类为生的冷酷生物，生存的压力使极端利己主义占了上风，使它们的进化毫无悬念地走进了死胡同，文明的种族堕落为恐怖的怪物。大型'庞古'猎杀小型'庞古'以获得额外的能量，小型'庞古'成群结队突袭没有防备的大型'庞古'以获得生长所需的查比斯金属。

"你看到了吗？第四行星就是'庞古'的成年体，而它怀里的'黑怪'是幼年期的'庞古'。它们来自同一个种族，是完全相同的物种。'庞古'变得如此自私，它们拒绝繁殖，并致力于杀死同类。就像鲜血会吸引鲨鱼，任何一点点暴露在宇宙空间里的查比斯金属都会引来空间里流浪的'庞古'。宇宙中'庞古'的数量持续下降，遇到'庞古'的机会也因此下降。一旦遇到同类，只要条件允许，'庞古'之间总要把握住机会奋力搏杀一番，从而进入无解的恶性循环。为了获得优势地位，'庞古'学会了伪装自己，它们改变附近行星的成分，制造出可以遮蔽一切的查比斯尘埃层。

"第四行星就是'庞古'中的强者和智者，它所在的查比斯星系拥有使它变得强大的一切有利因素。很幸运，它早年在争夺查比斯金属的战争中获胜。它已成年，身体庞大，物质丰富的恒星环源源不断地为它补充营养，得天独厚的气体行星让它轻易生成了查比斯尘埃云，庞大而寿命悠长的主序恒星使它能量满满。它本可以一直隐藏在这个完美的安乐窝里，继续它无尽的一生。但第四行星依然充满渴望变得更加强大，同时对自己的实力也颇为自负。100年前，公司对M246恒星系的那次搜救行动，释放了大量电磁波，因此引起了它的注意。第四行星很快意识到我们人类的力量与发展水平处于它可以与之周旋利用的层次上，它飞快孕育了一个计划，它邪恶的智慧在此表现得淋漓尽致。它发出引诱信号，吸引我们，然后再释放微量的查比斯金属让我们上钩。

"我们真的很快就上钩了，我们以为找到了宇宙中最结实最耐用的新材料，找到了人类发展的捷径。人类飞船开始载着微量的查比斯金属在宇宙中出没，其源头来自查比斯星系，一个被隐身云团笼罩的'庞古'巢穴。周遭空间中的其他'庞古'根据暴露在空间中的查比斯金属的独有特征，认为那是一只弱小或者死亡的'庞古'。于是觅食者们就会顺着踪迹，纷至沓来，投入第四行星为它们设下的陷阱中。而第四行星则守株待兔，准备吞噬一切敢于来犯的敌人，然后变得更强大！

"在这个过程中，第四行星一直在巧妙地利用我们。它不但布下陷阱吞噬了我的意识，还破解了'登录者一号'上的所有信息，进而能无声无息地侵入矿船的主机。这么多年来，它一直在监视着你。理查德，你知道吗，我的意识也一直通过侵入矿船的'幽灵程序'观察着你。你不愧是我的好孙子，你拥有作为一名科学家的优秀品质，你发现了它的踪迹，从地质检测中窥见了它的规律，因此它也快要对你下手了。当你的新同事到来后，它动手的冲动更加强烈。对它来说，你的同事远比你要危险得多。我多么想提醒你，但我无能为力，我只是一个工具，是没有操控力的傀儡。

"现在它的构想终于开花结果了，三只不知天高地厚的小型'庞古'寻迹而来，自投罗网，当它们发现对方是一只严阵以待的成年'庞古'时，逃跑已经来不及了。人类的预警系统让第四行星把握住了最佳出击时机，虽然那只幸存的小型'庞古'还在负隅顽抗，甚至打破了第四行星对矿船的控制，使我暂时获得了解放与操控'登录者一号'的能力，但第四行星很快就会结束战斗的。"

"我们现在该怎么办，怎样才能把你救出来？"理查德焦急地问。

"忘了我吧，孩子，你们快跑吧，不要等它缓过劲来。去警告人类，放弃查比斯金属，广袤的宇宙里还有其他'庞古'活着！第四行星的阴谋把人类置于危险之中，查比斯金属是危险的诱饵。人类只是一个年轻而弱小的种族，暂时还无法与它们抗衡，它们会轻易摧毁人类！"影子回答道。

影子的话音未落，主机的声音就响了起来："确定信号源'登录者一号'位置。"

随即，监视墙上显示出了一幅巨大的画面，画面里有一艘登陆艇像蚊子一样粘在第四行星的躯干上，不远处就是黑色怪物伸出的巨喙。

"我要下去看看！"理查德自言自语。

"不！孩子！千万不要！"影子叫道。

监视屏里的第四行星好像动了，随即影子也跟着晃了一下。"它恢复得很快，它要行动了……我要走了，孩子记住我的话，千万不要来找我，再见……"影子说。

影子消失了，屏幕上又布满了由宇宙背景噪音呈现的黑白雪花。

"我要下去看看，直觉告诉我，爷爷还在飞船里！"理查德说。

"你疯了吗，你没听他说'庞古'之间的战斗很快就要结束了，它又会转而对付我们？太危险了！万一这又是一个圈套怎么办？"我强烈反对。

"刚才机器人眼看就要得手了，它不用画蛇添足来上这么一出戏，现在它肯定已经力不从心。多年来，我一直梦想揭开爷爷失踪的谜团，如今他重现人间，我不能错过这个机会，否则我一定会后悔的，矿船拜托给你了！"

理查德推开我阻拦他的手，命令主机打开控制室舱门，舱门口东倒西歪躺着一地瘫痪的机器人。理查德厌恶地看了一眼，越过它们向矿船码头跑去，我拦也拦不住。码头上还有一艘燃料充沛、状态良好的登陆飞船。

随着一声轻响，通过舷窗我看到登陆飞船被弹射出来，发动机启动，喷出两束明亮的推进火焰，冲入迷雾之中。

我命令主机盯住理查德的登陆飞船，我们如今所在的轨道很高，第四行星的外形发生了不规则变化，磁暴间隔毫无规律，而要到达目的地需要时间。我不看好理查德的冒险行为，但此时我只能求老天保佑了。

时间不知过了多久，我甚至觉得时间凝固了，但愿第四行星和"黑怪"一直处于僵持状态。

理查德的登陆飞船在监视墙上越来越小，时隐时现，真希望他能平安归来。

第十五章

"不明程序试图强行运行，刚刚被我阻止！"主机惊叫了起来。

我心头一惊，那一瞬间我觉得有一个可怕的东西突然转过头来恶狠狠地瞪了我一眼，然后又把目光投到别处。

我知道是它。

紧接着，舷窗里处于僵持中的两只怪兽都动了起来。第四行星用八只鞭足把"黑怪"高高举起，"黑怪"的长喙被硬生生地抽了出来。"黑怪"似乎觉到了末日的来临，疯狂地挣扎着，矿船也跟着猛烈地摇晃了起来，两只怪兽再也无法控制外溢的磁场。漫天弥散的黑色迷雾仿佛气球一样膨胀起来，黑雾中好像充斥着数不尽的岩浆和陨石，它们铺天盖地地向矿船砸了过来。

随即，主机报告："丢失登陆飞船目标。"

理查德的登陆飞船肯定完了。

紧接着我的矿船也完了。

被磁场加速的岩浆和陨石毫不客气地击穿了矿船，如同高速飞行的子弹击穿纸片，偌大的矿船在碰撞声中变成千疮百孔的筛子。舱内到处是飞溅的陨石碎屑和损毁的飞船残片，外泄的高压气体和液体推动着矿船做着毫无规则的运动，如同一匹无法驯服的发疯野马。

矿船在碰撞中挣脱了第四行星的引力，汇入恒星环，成为围绕查比斯恒星运行的一颗小行星。

那一刻，我还没有死，我不知道这究竟是幸运，还是不幸。

我倒在血泊里，浑身是伤。失压状态下，血液正寻求最快路径离开我的身体。混乱的船舱里，在无尽的杂物中，我看见我的一条小腿正牢牢地贴在天花板上，鲜血正从断面流出来，一边冒着气泡，一边顺着沟槽流淌。

在这一边的地板上，我的血同样从断腿里流出来，不久这两股血迹将在墙壁上相遇。

我的血要流干了，我要死了……临终一刻，我终于什么都不怕了，我变得淡定下来。

我饶有兴致地扫了一眼监视墙，那是主机接收到的最后一帧画面。

"黑怪"无奈地接受了被吞噬的命运，它和第四行星紧贴在一起，小半个身子已经陷入对方的体内，炙热的熔岩从边缘缝隙溢出，火的颜色，致命的光芒，消化过程悄然开始。

那一刻，我在熔岩里看到了登陆飞船的身影，两艘，一定是我眼花了。

不久，在我渐渐变灰的视野里，我看见一台机器人顽强地向我爬过来，但此刻我已经不关心这台机器人的真实身份了。短短一天多的时间里，查比斯星系发生了天翻地覆的变化，它是谁我都不会吃惊。

夜幕开始降临，离家千万光年航程，如今一朝归去，愿我的灵魂安息。

巨震传来，矿船开始爆炸、解体……

第十六章

不知过了多久，我睁开眼睛，看见明亮洁白的天花板。

我躺在一张床上，身边各种仪器通过管子连接在我身上，仪器发出的声音微弱但很悦耳，我感觉到从未有过的安宁。

原来天堂里也需要疗伤啊！

"你醒了。"一个甜美的女声传来。

一张戴着白色护士帽的美丽面孔占据了我的视野，大眼睛注视着我。

"船长！他醒了！"

咚！咚！咚！脚步声响起，另外一个男人的面孔挤走了天使的脸。

"老兄，你终于醒了。"

这家伙我好像认识……想起来了，他是"光辉号"的船长。他怎么有点儿显老，难道我来天堂时迷了路，让这家伙捷足先登了？

"你怎么在这里？这是什么地方？"我问道。

"老兄，恭喜你得救了。"

"我没死？"我稍稍转动一下头，认出来了：这应该是一艘医疗救护飞船的内部，装修的样式很新颖。

"算你命大，伤得那么重还没死。矿船爆炸的时候一定是主机让机器人把你放进了冬眠舱，冷冻了起来。"

"理查德在哪里？"

"他可没有你幸运，我们没能找到他，估计是在矿船爆炸时粉身碎骨了，连点儿渣滓都没剩下。"

听他这么说，我真为理查德难过。

"我睡了多久？"我问。

"20年。"

"这么久……"我沉默了一下，"怎么现在才来找我？"

"唉，我来来回回找了你们七八趟了，这可是最后一次搜救了。大家历经千辛万苦才把你从石头堆里扒拉出来。说真的，我真没想到还能见到你。"

"查比斯星系现在怎么样了？"

"整个星系还没有从大爆炸的余波中恢复过来，我们留在那里的基础设施，包括侦测卫星，都毁了，有用的资料一点儿都没剩下。"

"是吗？"

"还有一件事，肯定能吓死你。"

"什么？"

"第四行星失踪了。"

"怎么会？！"

"不仅如此，现在查比斯星系外围的尘埃层也基本消失殆尽，如今那里可是大变样啊……谢天谢地，你醒了，我们可是有一大堆问题，要问你这个事件的亲历者。"

听到这里，我不禁愣住了，难道第四行星躲起来了？但这消息让我稍感放心。在现有情况下，如果我跟公司讲第四行星是一种名叫"庞古"的八爪章鱼，他们一定会觉得我疯了。

紧接着，船长不知从哪里抽出来一张薄薄的显示屏，那是一种能准确还原亿万种色彩的专业成像设备，但是上面显示的却是一幅黑白图像。

船长把它在我眼前晃了晃，说："第一次搜救的路上，我们接收到了这幅图像，画面变形很严重，根本无法分辨，原本好像还有音频信息，但也恢复不出来，是你们发的吗？究竟是什么意思？"

我一看到这幅图像，顾不得断腿和满身的管子带来的剧痛，惊得坐了起来。

我抓过显示屏。显示屏上的黑白图像，我看上去非常眼熟。我认出来了，这就是理查德爷爷与我们进行通信时显示的那幅图，只不过变形严重。长方形的灰白色块，应该是明亮长廊的变形，让人吃惊的是灰白色块里有两个分离的黑色阴影！

我目瞪口呆地盯着黑色阴影，阴影在我的头脑中开始变化，这是两个男人的侧影，他们相向而立，互相凝望。

"这到底是什么？"看着我的表情，船长兴奋地问。

"不知道……"我缓缓地摇着头，我还没有打定主意是否要告诉他真相。

船长明显很失望。

"对了，你怎么不指挥'光辉号'了？"我不愿他不高兴，岔开了话题。

"在最初几次救援行动中，我收获很小，上头对我很不满意。虽然查比斯星系环境已经发生巨变，但我来的次数最多，比较熟悉，调查事件原因和寻找你们下落的任务还得由我来执行。而'光辉号'被调去执行别的重要任务去了。"

"经过这次灾难，公司恐怕要一蹶不振了。"我慢慢躺下。

"确实，查比斯星系灾难的消息传来，公司的股票在银河联邦证券交易市场上跌得很惨，好在还有别的产业支撑才渡过了难关。不过现在好了，公司的市值又上来了，我也大赚了一笔。"船长的脸上浮现着笑容。

"难道发现了比查比斯金属更有利润的矿藏？"我无精打采地问。

"没有。"

"那就我不明白了……"

"就在两年前，联邦的探测器发现了多个飞往地球和其他大型人类聚居地的小行星。这些小行星都是一夜之间冒出来的，起初人们认为这是个威胁。但后来，元素光谱显示这些小行星都蕴藏着大量的查比斯金属！随后，联邦宣布这些小行星是整个人类的财富。我们矿业公司凭着和政府的关系，加入了第一批被授权开采的企业。嘿嘿，公司的股票因此暴涨。我听说，'光辉号'现在就在截击、开采这些小行星的路上……"船长喜滋滋地说。

听到这里，我差点儿摔下床去！在我的脑海里，浮现出一幅可怕的画面——一只只浑身漆黑、刀枪不入的怪物，正张牙舞爪地扑向地球和居住着其他人类的太空城市！

我使劲抓住船长的手，大喊："快，给我接通公司！不，接通联邦政府！"

陈凡 ●——— 方外昆仑
极端烧脑

船队抵达筒罗港时，林士仲便觉得事有蹊跷。按照以往的经验，大唐商队行至此地应是最后一程了，再往西便只有故临港。故临乃是天竺最南端的港口，与筒罗之间仅有七日航程。可眼下，林家船队却在筹备史无前例的庞大给养，这远不止七日所需。码头上那些十八丈的大船，船头船尾都堆得满满当当，怕是搬到天黑也装不完。

林士仲所乘的商船本是林家船队中最大的一艘，可现在吃水线压到了顶，看上去反倒比护卫的海鹘船还低半分。船队在故临共停泊三日，林士仲便在码头上盯了三天，眼见自家商队近百艘船只一股脑儿地装些淡水、干粮，不觉暗暗咋舌——他心里盘算过，船队自广州港出航至此地，中途共补充过四次给养，可这五份儿加一起，也比不上这三天装的多！

林士仲寻思道："如今的目的地，多半不会是故临了。"可三天后船队起航时，仍旧望西而行，这下他更是迷茫，但也算不出这远航去往何地。"或许是天竺闹灾荒，大掌柜要贩一趟米粮？"林士仲这般想着，自己反倒摇了摇头，"没可能，堂兄他以往的买卖从没这么小本小利过。"他想来想去，觉得还是直接问问掌柜大当家才好。

林士仲所住的舱房与林家大当家林百万在同一船上，但林士仲在商会中专管关税事宜，并不是航海船工。所以依着传统，两人在海上从不谈论行船的事。不过林士仲觉得，偶尔找堂兄问问航向，也不算坏了规矩，便径直上了顶舱。

到了林百万房前，林士仲先整了整衣服，又将手中纨扇翻出字面朝外，正想着待会儿见面是说"无他否"还是"子敬兄别来无恙"，却见一名船工开门出来，手中正提着一桶水。船工见到林士仲，忙点头招呼道："四掌柜好，您找当家的吧？不巧他可不在房里。"

林士仲应道："不妨事，他此刻的所在，我倒也猜得着。"他望了望西边的余晖，便又直下底舱，往酒窖去了。

一、海商王

林百万一早起来，就发现自己又睡在了储酒的船舱里。他倒也不急着起身，先打量打量手中酒碗，似还剩着小半的果子酒，如今唐商行船多会带这种醴酒，不过林百万喜好吴酿，船上会专门为他另备些黄酒。

"昨晚肯定又是混着喝了，难怪醉这么快……"林百万这般想着，把碗里发酸的酒全倒进嘴里。待站起身时，才发现自己身上披了一条毯子，想来是昨夜睡这儿又被谁撞见过。他将毯子收到一旁，便推开舱门打算回房去再睡一觉。

酒窖所在的底舱共有舱室十五格，原本能储货四万石，如今全储着淡水和给养。林百万一路上随手抓些吃吃喝喝，跟船工、伙计们打打招呼就上了顶舱。海船上原本就颠簸，他又是宿醉方醒，他身子晃荡，脚下却走得很稳。

林百万一回到自己的房间，便蹭上床去。现在日已近午，他往舷窗外看去，正是一丝云彩也没有，海面显得愈加平缓，看来这几日行船都有好天气。他从身上摸出三枚铜钱，自己卜了一卦，又出了个"水地比"的大吉之相，心情更是格外好。想到自己身在海上，便忍不住呵呵地笑出声来，那些琐碎的烦恼也连带着醉意烟消云散了，就连老家闹兵乱的事儿也不再上心——作为大唐的海商王，还有什么比待在海上更让人安心呢？

林百万越想越自在，只觉得这酒喝得太快，便想找个人来共饮。不过这船上除了林家船队的船工，便是林家商行的伙计，委实不尽兴，想想也只有去酸丁那儿找乐子。

从底舱抓上来的酒囊还剩两个，林百万把它们别在腰上，就往船舱顶棚去，刚爬到架子中间，就听上面一人吟道："白云照春海，青山横曙天……"林百万伸头上去，大喝一声："你这酸丁，吟此反诗！"喊完赶紧缩回舱，就听上面"啪"的一声，想来是林士仲那把纨扇又吓脱手了。林百万心中甚是满足，这才施施然上了顶棚。

林士仲此时正扶着栏杆东张西望，见林百万独自上来，才算松了口气，但还是急着解释道："堂兄你莫、莫误会，骆临海这篇《海曲书情》，调露年间就写成了，大圣皇帝也是称赞过的。"林百万抢前一步，捡了林士仲的扇子，连酒囊一起塞到他手里，道："真当回事儿啊？不就是骆宾王一句诗吗？"说着从褡裢里抓出一把干果，搁到林士仲手上，又道："现在跟调露、嗣圣不一样啦，武氏和英国公，说不清谁是正统。再说，如今反贼都抓不完，谁还抓反诗？"

林士仲接了酒囊，却不急着喝，只嚼着干果道："堂兄你昨晚刚醉在货仓里，怎么一大早又来了酒兴？"

"天儿热嘛，天儿热就想喝酒。"林百万嘿嘿笑着，自己解下另一袋，"咱们船队出海都一个半月了，如今过了筒罗便全是热天气，下次睡酒窖，就不用给我拿毯子了。"

"堂兄你说到筒罗港，我看到咱停船这三天……似乎办了不少货啊。"

林百万拍了拍栏杆，对林士仲说："子聪啊，我知道你早发现了。这次的储备量特别大，航向也和以往不同。"

林士仲抬头道："昨日我便想问。咱们这趟出海，不是到故临吧？"

"嗯。那故临港确实不能进，但故临国还是要过的。你现在专门应付市舶司，这里面的门道你比我清楚。"林百万举酒囊跟堂弟碰了碰，接着说，"至于目的地嘛，是丝绸之路的下一站。"

林士仲听罢，便也不再追问，只是摇摇扇子，又吟起了《海曲书情》："江涛让双璧，渭水掷三钱……"

　　时年正是唐乾符六年，李唐王朝正在此起彼伏的叛乱中日渐式微。但随着经济中心的南移，唐代的海上贸易却逐年兴旺，形成于秦汉时期的"海上丝绸之路"成了商客云集的黄金航线。此时，唐商中最为世人所知的乃是航海家林銮的海商家族。林家的海商王名号已传承两百年，如今的大当家便是林百万。

　　正当林百万一统南海贸易时，却听闻黄巢起义军渡江南下，连克饶、信等州，直逼海岸而来。他眼见泉州港的祖业难以保全，便想举家避祸，而林家引以为傲的船队此时却无处可藏，正在他焦头烂额之际，又碰上族弟林士仲自郓州弃官逃回，说是亲眼看到义军对郓州商户大肆劫掠。这下林百万更加认定留守福建是坐以待毙，当下把心一横，率领整支船队自泉州离港，先至广州备齐出海给养，随后便远航南洋，却是一招"行商避祸"，将全副家底藏到了海路上。

　　此时，林士仲吟完全诗，林百万亦喝光了一袋酒，正靠在栏杆上出神。身后近百艘巨舶浩浩荡荡地遮住了小半视野，正是号称大唐第一的林家船队。林士仲把自己那袋酒递给林百万，道："堂兄，等这一趟走完，兵乱就该过去了吧？"

　　林百万接过酒囊，拱拱手说："差不多，咱们这一趟要走大半年呢，乱军在南方挨不过春末的。"

　　"那就好，那就好……"林士仲想了想，又问道，"以往从广州港出航，肯定要带些茶叶、丝绸。这次怎的把大半舱房留给了粮食、淡水，光带银钱可换不来多少稀罕物啊。"

　　林百万哈哈一笑道："子聪你当了几年官儿，老把式倒还没忘。黄巢攻广州那是迟早的事儿，没时间办货啦。再说，这一趟要贩的可不是犀角、樟脑之流，我们要带回去的是……"林百万往林士仲身边凑了凑，压低声音说："昆仑奴。"

二、昆仑奴

唐初之时，肤色各异的海外人种开始出现在长安的客商行伍，甚至奴隶市场中，而在这些异邦奴隶之内以南海商客贩来的昆仑奴最为抢手。这些人最初由大食商人购自哈米尔（注：今摩加迪沙）的奴隶市场，再经海运带入唐土。他们外貌皆为卷发黑身，且个个骨架宽大，肌肉结实，看上去甚是威武，但又性情温良，老实耿直，正得豪门贵族的欢心，加之数量稀少，可谓千金难求。后又有裴御史做传奇《昆仑奴》，将其写成飞檐走壁、武艺高强的侠客，更使其身价倍增。如今，在长安城名门望族的眼中，家中若有两个昆仑奴护院，最是彰显身份。

林百万此行打的便是昆仑奴的主意。此次兵乱过后，南方贸易元气难复，要想重建商号，就只有从长安的市场下手。但建号容易，重树海商王的声望却难，只有这昆仑奴珍贵异常，最容易敲开都城显贵家的大门。林百万心下盘算过，以往贩卖昆仑奴的都是大食商人，他们船轻帆小，从未做过大笔买卖。大唐虽有体积几倍于外国船只的巨舶，却只走南、东两海。如今林百万被逼上绝路，倒不妨孤注一掷，沿海而行，直抵哈米尔。做成这个破天荒的买卖，必是一本万利。

林士仲听了这般计划，只觉得既佩服堂兄的胆略，又颇有些惊心。待林百万将第二袋酒喝完，他便问道："若是按你所说，还有近两月的航程，船队离开筒罗后，便不再靠岸补给了？"

"在故临港肯定不靠岸，咱们这次是空船，犯不着交那敲竹杠的舶脚钱（注：港口关税与停泊费用）。"

林士仲听罢点点头，这舶脚的事儿他最是明白不过。现在各国的造船之术以唐朝最为领先，靠着榫钉接合与油灰捻缝的工艺，唐船既大且坚，载货能力远超海上诸国，但也因此被各国课以重税。尤其是故临国军站为唐船设的舶脚，高达一千迪尔汗，比其他国家的货船高出数十倍。故而在唐商眼中，故临港能避则避，除了去天竺的商队，都只航至筒罗。

"堂兄想得周全，这雁过拔毛的军港，能绕开最好。"林士仲顿了顿，又道，"只是近两月不着岸，船员怕是受不了吧？"

林百万抬手朝西南一指，说："故临国境内还有别的地方可以补给，故临港南边有个大岛，叫什么叽里咕噜的想不起来。大胡子么哈么哈的商会就在岛背面，我们可以用他的港口。"

林士仲皱了皱眉，"大胡子……穆罕默德？"

"就是他！哎呀这酒真上头。"林百万敲着脑门儿道，"那个大食国的大胡子，嗯，贩犀角、象牙的那个。我们可以从他那儿请些班图语翻译，我记得犀角、象牙都是哈米尔特产，他的商会里肯定有几个懂方言的。"

"对啊，翻译。"林士仲点头道，"咱家商号里本就有不少人懂大食语，在穆罕默德那里请翻译最是方便。"

接下来两个月的航程皆是顺风顺水，林家船队在穆罕默德的港口停靠了几日，雇到数名懂班图语的翻译，接下来便是一路向西，在一月下旬抵达了哈米尔。船只一驶入港口，便见码头上来来往往的都是大食商人，想来此处便是丝绸之路的西端无误。

林士仲本以为船队入港后，自己便要找市舶司上下打点，谁知在港口停靠了一整天都未见动静，他心道："莫非此地风物与南洋不同，港口买卖不交税钱？"可是眼见这哈米尔港虽是因繁就简，却不失规模，码头、栈桥均修得像模像样，实在不像一个免税的港口。翻译都随林百万登岸寻商号去了，他也只能耐着性子等堂兄回来，再找他问问情况。

结果却是林百万先跑来找了林士仲。

"子聪！事情不妙啊！"林百万急匆匆地攀上船顶棚，身上还穿着件海蓝色的绸缎袍子，显然是刚从城中回来，"咱们跑了十万八千里，还是逃不出这祸害！"

林士仲立刻变了脸色，急扶住林百万道："莫不是……这里也闹叛军？"

"差不到哪里去，他们说是什么部族战争。"林百万扯下帽子，握在手中揉来揉去，又跺着脚说，"关键是现在壮丁全拉走了，奴隶市场里半个人没有！"

"果然，难怪港口管制这么松懈。"林士仲将了将颔下微须，问道，"眼下战局如何？"

"哈米尔王国的部队只能守城待援。攻城的部落士兵虽然勇猛，但不擅长攻城战，又不能控制水路，照这样看是不会破城的。可援军还要再拖两个月，船队可就耗死了。"

"不急，我们进完货就走。"

"哪儿进货？我不是说过奴市空了吗？况且……"林百万话说一半，却又愣住了，他也伸手将了将林士仲的胡须道："子聪，你又有点子了，是不是？"

林士仲缩缩脖子，说："算不上点子，老把戏而已。堂兄你可还记得渤泥国玳瑁那件事？"

"好买卖当然记得，当时国王要建光明神殿，在全国强征玳瑁。"林百万敲着额头道，"市场上空荡荡的，就跟眼下这奴市一样。那里的渔民都嫌征价低，就把玳瑁壳藏进礁石堆，暗地里有黑市商人专找熟络买家，外国的商队只要……嗯，那一年我们贩回去的玳瑁，真是奇货可居，奇货可居啊……"

两人当下商定妥当，便带了伙计前往市内的商会，打听奴市的进货渠道。哈米尔港原也是西海贸易中心，有不少大食、波斯的商会在这里开了分号，其中亦不乏与林家相熟的人号。可两人一番打点，听到的却全是丧气消息。原来这昆仑奴的买卖，便只有一条货源——战俘。

哈米尔建城不过百年，在此居住的多是商人。近年哈米尔王国统治此地后，一直伺机扩张，与周边土著部族时有摩擦。按照当地规矩，受俘者充作奴隶，大食商人所贩的昆仑奴便源自于此。

"狗屁！狗屁哈米尔国！咋不是昆仑国呢？"林百万蹭上自己的床沿便

不再动弹，只叹气道，"这次几十个部落联合攻城，怕是被俘的哈米尔人更多些，要不咱去跟那些部族做生意？"

林士仲在一旁摇头道："长安城只认昆仑奴。"

"听说他们一个部落才百八十人，咱自己抓还不成吗？"

"子敬！"林士仲噌地站起来，对着堂兄大喊，"贩良人为奴，罪一等！"

林百万嘿嘿笑道："回头请哈米尔市司给立个卷，还不容易？到时名正言顺地带回去，跟大食商人的做法还不是没两样儿？"

林士仲待要反驳，却又不敢挑官家证明的不是。虽然觉得此事大有不妥，却一时说不出个所以然。又听林百万道："你个酸丁，非得官家凭证才能开你窍。其实让我们贩走有什么不好，长安城里的昆仑奴个个都过好日子，比在这儿强多了。"

林士仲这才回过神来，问道："堂兄此话怎讲？"

"那些翻译说他们是不开化的蛮人，既无屋舍，亦无田地，吃穿住用均与野人无异。"林百万在床上翻了个身，接着说，"这要换成是我啊，哼，自卖自身去当官奴也乐意。"

林士仲听着连连摇头，可更多的是担心堂兄真会偷袭部族，脑海中兵戎相见的场面挥之不去。他坐在林百万的床边愣了好半晌，忽然推着林百万道："若真如堂兄所言，可以让他们自愿来啊。"

三、诸神南行

埃舒把弓和箭矢收在身后，俯身到草丛里搜寻着，草叶间有些零星的血迹，隐约朝海边延伸过去，他就循着这些痕迹前行。血滴标示的路径渐渐变得蜿蜒，埃舒心里明白，巫师涂在箭头上的毒药开始发挥效果，那头中箭的羚羊已经不能跑直线了。

埃舒很容易地追上了猎物，将它按倒在一处高地上，捆绑四肢，放血，再剜掉箭创。埃舒做得很快,这已是他独自猎获的第四头羚羊。雨季的大草原充满生机,猎人们很容易找到猎物,而部落的人口也和野兽的数量一并增长着。其实埃舒还没到当猎人的年纪,只是因为战士们去了北方,他才提前扛起了猎弓和毒箭。

将净膛的羚羊扛上肩膀时,埃舒看到了坡下的海岸线。他从没靠近过海,但他了解那里,那是太阳居住的地方,也是连接天神和草原的地方。巫师说过,海的边缘衔住了天空,当神降临草原时,他们会先从那里走过……

埃舒突然注意到东北方正在发生什么变化,海与天的连接变得非常粗糙,似乎是海刺入天,又似乎正相反。那附近的海面变得昏暗,埃舒看到有东西正从接缝中涌出来,这样的尺度、距离和压力都是他从未见过的。他惊叫着冲下了高坡,向着西南方奔去。

当埃舒扛着羚羊跑进营地时,才发现已有人将消息带回部落,尽管还不知道那是什么。巫师们围坐在火堆边询问刚回来的猎人们,尤其是去了东边的猎人。埃舒也被带到巫师面前,将自己看到的景象告诉了他们,但巫师没有回答埃舒的疑问。埃舒注意到,有几位巫师一直在指挥族人往火堆里添柴。以往,只有祭祀的时候,才会在白天生这么大的火。

随着其他猎人的陆续返回,消息也变得详尽起来,"移动的岛""白鳍的大鱼""巨大的船"……不安情绪逐渐取代了好奇,在人群中蔓延着。直到几个真正接触了海的人带回这样的消息:"那不是船,船是用树造的,但从没有那样长的树,所以不是船";"我不知道那是不是船,但上面的人不是哈米尔,所以那大概不是船了。只有哈米尔才造船,但他们不会从接缝中出来,他们总要在更近的地方才被人看见";"其中一个停下了! 在岸边! 就在东边的海崖那里,上面走下会发光的人,像太阳下的金属一样发光"。

当东边的猎人全部回来之后,一直沉默着的大巫师终于站了起来,他走到巫师们围成的圈子中间,用双手将木杖举过头顶,喊道:"所有人! 准备迎接神的到来!"

于是整个部落都忙碌起来了,他们明白有些东西不能出现在神面前。妇女们拿出所有的杵,将它们埋藏在土里,因为这些东西会令神不快。老人们集合所有孩子，让他们待在太阳照不到的地方，因为太阳神可能还对小孩怀恨在心。男人们开始驱逐附近的蟾蜍、黄蜂、蜘蛛，当神降临时，不能让这几种动物留在村子里。埃舒被叫去清理动物，这让他觉得自己已被当作大人看待，而巫师们则为"是否驱赶蛇"的问题又发生了一次小争执。

当一切都准备就绪后，神就从东边走来了。

最初看到这些神时，人人为之目眩，因为神身上的服饰不但色彩艳丽，还反射着耀眼的光。当他们远远走来时，所有人都以为神身上披挂着金属。直到他们走到很近的地方，才能看清那些反光衣料都像风一样轻，随着步幅抖出河水般的细纹。埃舒这才想起那是发光的空气，他以前就知道，神用空气做成衣服遮蔽身体，原来空气也能像这样五颜六色。

但是神并没有走向人群，他们在离村子很近的地方停了下来，似乎是在犹豫，直到一个身着白色服饰的神突然冲出队列，跑到了田地里。这让巫师们感到迷惑，他们在人群的最前排互相嘀咕着："为什么神不降临到我们身边？""走进田地的一定是达佐德日，没有哪个神比他更关心庄稼！""庄稼可能会说我们的坏话，得让神先注意我们！"于是巫师们大声地喊出了祭文，然后一起向东方跪拜，剩下的人也都跟着跪下，并学着巫师的姿势握紧了手掌，让双肘紧贴地面。这果然吸引了神的注意，一位身着蓝装的神带头走进村子，另外几位也紧跟着他"降临"到了这片空地上。

跪在地上的埃舒偷偷抬眼看去，发现这些神的着装其实差异很大，有几位身上套着浑然一体的衣服，但另外几人却只是将大块衣料披在肩上。埃舒又觉得神的形象和巫师所描绘的十分吻合，他甚至能辨认出其中几位——正在和大巫师说话的那位是神使莱格巴，他是唯一会讲人类语言的神，他现在蒙着眼睛是因为父神阿马没收了他的视力；拿着长矛的应该是阿热，他的目光总是盯着后排的猎人们；站在最后面的是迪奥，他身上不断冒出白色的烟雾，令人感到害怕；而莱格巴身后那位蓝衣神大概就是阿马本人了，因为莱格巴总是在请示他，然后再向大巫师转述。埃舒随后才注意到，巫师们正在同莱格巴艰难地对话，这位神使似乎口齿不清，不过巫师还是能勉强听懂的。

埃舒从巫师的回答中猜测着对话的大意：神对于现在的状况厌烦了，他们忍饥挨饿的日子必须结束。埃舒心想，这情况我听巫师说过，供品减少后，神总是吃不饱饭。巫师们发誓说在猎物充沛的季节将献上更多供品，但神并不满意，他们要求活人的侍奉，巫师说愿意献上少女，神却指名要精壮的男子，部落间总是在争夺女性，为什么神喜欢男人，埃舒不明白。

莱格巴在巫师与阿马间费力地沟通着，但阿马很快就变得烦躁起来，他开始左右张望，将头上的帽子扯下来，握在手里揉来揉去。最后，他悄悄退到其他神的身后，从腰间解下一个袋子。当阿马拔开袋口木塞的时候，立刻有一股棕榈酒般的香气飘散出来。

人群中，几个怀孕的母亲发出了惊恐的尖叫！

瞎眼的莱格巴反应最快，他一把按住了阿马的酒袋。白衣的达佐德日也冲到他身边，从阿马嘴边扯走了酒袋。

埃舒低头甩了甩额头上的汗珠，女人们也长长地喘出一口气。每当阿马喝多了棕榈酒时，他造物的功夫就会变得稀里糊涂，部落的住民们可不希望今年的新生儿全是驼背、跛子。

失去酒袋的阿马显得很沮丧，他将双手拢在宽大的袖管里，听任莱格巴和达佐德日的数落，巫师们则在一旁诉说着他们的不安，场面一时间变得无比混乱。阿马似乎耗尽了耐性，他快步走到火堆前，双手挥动，宽大的袖子像雾气一般来回飘荡着。几乎在他挥手的同时，火苗"呼"的一声暴涨起来，向着四面八方舞动，吓得火堆边的巫师们连连后退。莱格巴也慌张地躲到一旁，白衣的达佐德日反倒迎上前去，闪身站到人群和阿马之间。

"阿马！在做什么？"埃舒一边想着，一边挪动身子，刚才被挡住的阿马又出现在视线中，他看到阿马再次向火堆挥手。这次，火苗没有扩张太多，仅仅是抖动了几下，但喧哗的人群却在一瞬间变得无声无息，仿佛被扼住了喉咙——火光变成了绿色。

包括埃舒在内，没人见过这样的景象，火堆四周的一切似乎都被染绿了，绿色的柴草、绿色的达佐德日、绿色的巫师、绿色的草地和天空……盯着火堆的人们渐渐变得恍惚。就在火苗快要恢复红黄色时，阿马再次驱使着火焰变成了浅紫色，持续的时间也远比上次长，直到莱格巴告诉巫师们说阿马生气了。

巫师们再一次跪下，开始向阿马哭诉部落的艰苦。北方的哈米尔是最大的祸根，他们抢夺了土地和猎物；即便没有哈米尔的威胁，部落之间的领地争夺也在愈演愈烈。场面再次混乱起来，祈求和诅咒的言语夹杂在一起。直到阿马大声地呼喊了一句，莱格巴也大声的传达说："愿意追随神的人，将被引导至第二个特克阿德。"

特克阿德！

埃舒在心里默念着这个代表富饶、幸福和欢乐的名字——特克阿德——神赐予的土地。

这句话平息了遍地的愁苦，接下来的事情变得很简单，阿马在自愿前往神之地的人中挑选了五人随行。神没有选择巫师，因为他们无法长途跋涉。神也没有选择猎人，因为他们虽然敏捷，却不如耕夫那般壮实。伶俐的埃舒没有被神选中，这让他稍微有些失落。不过这种感觉没有持续太久，神离开部落后，他马上就有事做了。巫师们派遣了跑得最快的人，将神的到来通知给其他部落，埃舒也带着口信向南边的约鲁巴部落奔去，他要告诉那里的巫师们："神来了，神的船队在沿海岸南行，他们还要挑选更多的侍从！"

林士仲看着五名昆仑奴被请进舱房，顿感心中大石落地，背脊上的津津冷汗也仿佛化作清泉流淌。他原本对这装神弄鬼的把戏没几分把握，幸好堂兄施展方术压住了气势，这才首战告捷。一旁的林百万比林士仲更为欢欣，已是手舞足蹈直奔酒舱而去，身后一众伙计手捧脸盆、毛巾追之不及。

这边也有伙计帮林士仲等人净手擦面，将抹在皮肤上的乌黑油灰洗去，唯有扮"迪奥"的船工等不及去妆，手忙脚乱地脱了冒烟长袍，把它扔得远远的，引得众人一阵哄笑。这件生烟"神袍"乃是将数个火浣布手炉缝于衣服褶皱中制成，炉内燃有艾草，虽不会引燃衣物，却也让那船工感到无比痛苦。

林士仲洗漱完毕,便脱下了那身白色绸缎长衫,却见一边的大食翻译"莱格巴"依旧蒙着眼睛洗手,便觉好笑,便向他招手道:"伊本兄,您今日实为辛苦,这布条可以除下来了。"

伊本抬手在脸上摸了摸,似是才刚发现,自己也哑然失笑,向林士仲作揖道:"谢四爷关心,这布,不碍事。戴了半日,就忘了。惭愧啊。"说着伸手解下布条,揣进怀中。这黑布条上裁有布缝,挡在眼前不妨碍视物,外人却难以察觉。伊本摘了眼带,却不知该怎么脱衣服,其实他们几人没有合身的绸缎长袍,都是用整匹料子缠在身上扮神。伊本左绕右绕地解着绸布,忽又想起一事,忙问林士仲道:"大掌柜他,真的能和神灵,沟通?"

林士仲摇首道:"障眼法而已,前几日演练时不都讲明了吗?全是按您所述的部落神话扮出来的。"

"我是说,那火……"

林士仲这才明白,伊本挂念的是那"驭火之术",便笑道:"那是方术,嗯,与迪奥那浓烟相似,小把戏。"言罢,又忆起伊本,也就是莱格巴,初见火势暴涨时也曾惊慌失措,觉得该与他讲明白些,便接着说:"掌柜他事先将硫黄、铜粉等物藏于袖中,瞅准时机依次撒进火里罢了。火中掺了这几味助火药,必会有诸般变化。"

伊本似是恍然大悟,连连点头道:"基米亚!奥基米亚!"(注:al-kimiya,阿拉伯语炼金术之意。)

林士仲虽不明白"奥基米亚"为何意,但想来是大食人对此类手法的称呼,便也没再追问,只安排好了"诸神"休息,便提了纨扇去底舱找林百万。

到酒舱时,果见林百万在饮酒庆贺,他此时已被伙计们拉扯着换上了青布长衫,见林士仲进来,照例拉他陪酒。此时舱中已换进不少哈米尔造的椰酒和棕榈酒,这椰酒味道醇厚,很得林百万欢心,加上他心情大好,拉着林士仲便说了一堆豪言壮语加醉话。林士仲小口抿着酒,在一旁笑着听他嚷完,道:"子敬啊,刚才伊本翻译问我篝火的事儿,我跟他说你撒了硫黄、铜粉,但那紫色火焰,我却也没见过,究竟是使了何种手法?"

"嘿嘿嘿，那个是……花岗、花岗石粉末。"

"石粉？"

"大别山的花岗石粉，烧之则紫，很漂亮吧？"林百万打着酒嗝道，"方术这东西，有些时灵时不灵，有些百试百灵。嘿嘿嘿，就说这个石粉吧，皖地花岗岩烧之浅紫，滇地花岗岩烧之明黄。做石材生意的时候我就靠这个验货，从来没错过。"

林士仲心里倒也明白，堂兄他所学的方术涵盖卜、数、技、巫诸项，其中铜钱"卜卦术"偶尔灵验，"巫术"从未成功，倒是被他称为"技术"的这项十分可靠，每次重复都能显现出相同的效果。

这大概就是技术和其余方术的区别吧，所以堂兄才选了这套手段？

想到这里，林士仲又隐隐觉得不安，今日一番作为，既非猎获，又不似招募，更有一件令他十分在意的事……

"子敬啊，伊本先前说那些人是生番，没有田地屋舍。可今日见他们，村庄虽是简陋，却有耕种庄稼的。"林士仲说完不见堂兄应声，转头看去，林百万已经酣然入睡。林士仲也是无法，只好起身上了甲板，临走时给林百万留了舱门透气。

他在船舱过道中又想起大别山花岗岩的事，便又忍不住摇摇扇子，吟起那段李太白的诗词："山之南山花烂漫，山之北白雪皑皑。此山大别于他山也。"

商队"南下进货"的行程比预想中更为顺利。各部落间频繁联络使得"天神降临"的观点深入人心，林百万表演的种种"神迹"也更易为人所信，甚至有不少人在听到消息后拥至海边朝拜。林百万自然乐得省心，林士仲却不愿再参与其中，"达佐德日"的角色便由他人改扮。

船队按部就班地驶过二十多个沿海部落，最终登船的昆仑奴人数接近四百，比林百万事前估计的还多了两成，早先准备的舱房日见拥挤，最后连林氏兄弟所乘的主船也不得不辟出一间舱室，安置了十名昆仑奴。这些人自入舱起，便被"莱格巴"告知不能离开房间。他们的食宿均有专人负责，林百万还特别吩咐过，决不能让昆仑奴看到船上的大食人或哈米尔人，而每日当值的汉人船工倒也不用特意涂脸。待到船队返回哈米尔港时，林百万干脆拿银钱买通了奴市官吏，立下空白人头券，硬是没让昆仑奴下船见官。

四、大鲲

"子敬！听我一言吧！"林士仲大喊着冲进酒舱却不见林百万，当即兜转回去，噔噔噔地又往顶棚上跑。过道里的船工们纷纷侧目，心道："四老爷一向后知后觉，今日又悟出什么了？"

林士仲爬上顶棚，便见堂兄林百万早已等在这里，他一时喘息不止，反倒是林百万先开口道："子聪啊，刚才去酒舱找我了是吧？我还奇怪你怎么大清早不在这儿泛酸呢。"

"堂兄，听我一言……"

"我知道，你想跟我说昆仑奴的事儿。"

林士仲抚着胸口道："我早前便怀疑过，吾等此番作为，不似猎获，亦非招募……"

"说白了就是诱拐。唉？子聪，我没跟你讲过？"

"对，此等行径，与诱拐无异，堂兄您须知……"林士仲话说一半，突然省悟过来，急抓住林百万双肩，连声嚷道，"堂兄你、你、你！"

"我从一开始就晓得啦。"

"那、那、那昨夜的五石散……"

"是我吩咐伙计，掺在奴人饭食里的。"

林士仲顿感无言，他这几日常见昆仑奴夜间喧哗，在舱内手舞足蹈。待问过管事船工才知晓，是林百万配了五石散，叫他们拌入昆仑奴吃食之中。林士仲昨夜思前想后，直至此时才想通这"诱拐"的关节，却未料到堂兄自伊始起便已打定主意，原先想好的几套说辞，一时间竟没一句能派上用场。

那边厢林百万却已笑至腹痛，自林士仲掌下滑脱，抹着泪道："子聪你，该不会今日才想明白吧？呵呵，死书呆子，无药医也！"

林士仲张口哑然，仍是不知该如何劝诫。此事自哈米尔密谋开始，至今日船队归航行经麻逸岛，已过了足足三个月。自己如今才看透这层关系，已然于事无补。只是凭着一股书生意气，他仍要说些什么："子敬，这些人……"

林百万又是不等他说完便接着说道："这些人刚入舱那会儿，瞧什么都新鲜，看来是起居饮食与我们大不相同罢……不过前几日开始有些聒噪，大概对船啊海啊的终于腻了。我就给他们点儿精神享受，让他们老实呗。"

"五石散多食不宜……"

"反正航程也没剩几天了，就当给他们清清腹，打打虫，不也蛮合适的？过几日到了广州港，那繁华景象，啧啧啧，保证比五石散更刺激。"林百万从林士仲袖间抽出纨扇，打个哈哈道："子聪啊，瞧你这满头大汗，来，给你扇扇。你替这些人烦什么心啊？他们不就是为了那个神许诺的土地才上船吗？等他们进了长安，肯定觉得这个比特克阿德还好，那高楼广厦他们做梦也梦不到。江南的膏腴之地更是锦绣富饶，简直整年都是雨季。他们要的神仙日子也不过如此嘛。"

林士仲终于不再说什么了，他从堂兄手中接过纨扇，问："还有多久？"

"五日之内便至广州港。咱们在麻逸补给已是两天前的事了，其实眼下已进了大唐海域。"林百万朝船头望了望，蹙眉道，"不太对劲儿啊，子聪你看前面那是岛吗？"

林士仲顺着林百万所指的方向望去，见船头八百步开外有一道狭长黑影，自东向西占了半个视野，西边的尽头便在目光所及之处，东边却是一眼望不到头，遂摇头道："既窄且长，不似岛屿，应当是块礁岩吧？"

"我们自麻逸向西北航行，到广州之间不该有什么岛啊礁啊的。"林百万说着便从栏杆上探头出去，朝舱下大喊："赵火长！前面有礁岩哪！航向偏了吧？"

舱中的火长立刻应道："航向西北，罗盘无误。今早刚对过启明星，不会错的！"

林百万抬头看看日向，也觉得航向无误，说道："往年去渤泥都是走这条线，我可从未记得有什么礁岛。"

"子敬，我看那礁石上既无青苔又无鸟粪，怕是海中刚长出来的。"林士仲接着说道，"典籍中倒有不少记载，小岛忽升忽沉，或随潮水涨落，或随地牛躁动，都是常有的事。"

林百万立即吩咐船队折向西行，因不知水下是否有礁石基盘，故令火长往西侧远远绕开，可船行了半炷香的工夫，却离礁岛西头愈来愈远。林百万怒道："怎么反朝东走？这火头今天犯浑了吗？"正作势要吼，却听舱内传来一阵怒骂声，竟是火头在责骂正、副舵手。林百万立刻收回身，仰首看那桅帆，此时火长也从舱中冲出，一并盯着船帆发呆。

林士仲讶异道："子敬，有何不妥吗？"

"撞鬼了……"林百万回转身来应道，"看着这帆，咱们确实在往西走。"

话未说完，那火头突然嘶喊道："大当家的！看那儿啊！看那水线！"

林百万的船行在船队最前，此时离礁岛约有六百步距离，正看见那礁岛西头的入水处，隐约有三道叉状水线向两旁层层推开，林百万见状大惊，高声呼喊道："全体收帆，船队从队末开始依次停船！"又转身拍拍腰间酒囊，对林士仲说，"子聪啊，我今儿早上喝过酒的，我犯浑，你帮我看仔细些。"林士仲此时亦紧紧盯着那分水线："堂兄没看错，并非吾等向东行，而是此岛在西进。航速……显然比船更快。"

当整个船队都停泊妥当时，前排船只与礁岛之间的距离仅剩两百步。其实说停泊也还颇为勉强，因这大洋之中着实无处下锚，各船只能收帆漂荡，为避免触及礁岛，还需将船身侧横，头朝西侧。此时林家兄弟站在船顶已能将此岛看得十分详细，但见其出水不过两丈，通体浑圆顺滑，如一根巨大圆木横于水中，半沉半浮。林百万凝神望去，发觉这乌绿色的礁岛乍一看光滑平整，细观却布满了整齐的六角花纹，每一块皆有磨盘大小，如蜂房般排列开去，遂问道："子聪你看看这是什么礁岛？"

林士仲答道："这六角方块都是同心纹路，层层叠叠便好似……

鳞片吧？”

其言未毕，两人便悚然对视，惊骇莫名。林百万尖声叫道："这是鱼吗？它要来吃我们啦！它翻个身我们全翻船啦！怎么说都是死定啦！"林士仲急忙捂住堂兄的嘴，这个"翻"字在海上本是大忌讳，何况林百万连说两次。他连忙安慰堂兄说："子敬莫要惊慌，莫慌莫慌。此鱼貌似大鲲，当属吉兆也。"

林百万听到"吉兆"二字，立时镇定不少，细想起来便也找到些头绪，赶忙捂紧自己的嘴，小声问道："大鲲？《南华经》里写的那个会变大鹏鸟的鱼？"

林士仲点点头，小声说："当是大鲲无疑。吾睹此巨物，便是鲸鲛亦差了千百倍，典籍中有记载的，便只大鲲了。"

两人正说着，却听耳边奏起一阵丝竹管弦之音。其音虽弱，却能穿缝过隙，无论船艏舱底俱能听闻。林士仲转身朝船队看去，只见船队远近泊船中的船工都听得此声，纷纷跑到甲板上观望。此曲虽悠扬娴静，却又缥缈无依，在众人身侧回旋往复，难辨出处。林士仲只觉掌下栏杆也和着音律震动，仿佛四周的物件均会发声。

待他转身再看那大鲲时，却又是一惊。随着大鲲渐向西行，竟有一列亭台楼阁自东方雾霭中移来。这些置于鲲背上的房屋虽略显局促，却是雕梁画栋极尽精巧之能，且前后分布院、殿、堂、屋皆井井有条，墙外有五色霓虹流动，院内有四时花卉盛开，正中一座高塔云烟缭绕，俨然一派仙家气度。

林士仲只觉今日种种颇有些应接不暇，林百万更是心神恍惚，猛灌了两口酒道："下一出演啥？该不会冒出个仙翁来请咱吃酒吧？"

"堂兄别喝了，眼下还不知会起何事端呢。"林士仲心知堂兄说的是戏言，可那高塔之上，便真在此时闪出一道曼妙身影，却非仙翁，而是一女子形象。林士仲看时，但见她：头绾三色飞凤髻，身披绛黛素缟衣。赤焰玉带曳长裙，霜面烁目显威仪。

林士仲尚在依格寻律地赞叹仙子美貌，却见那大鲲刹住去势，塔上女子便在众人眼前轻飘飘地越过栏杆，竟是凌空踱步，向着林百万的坐船缓缓走来。林百万立刻叫嚷道："子聪！她走过来啦！我该怎么做？怎么做啊？"林士仲迟疑道："既见神灵，便行跪拜之礼。"便拉着林百万屈膝跪地，照着祭祀的规矩左右手相叠，手在膝前，头在手后，向北行稽首之礼。后面的船工也跟着呼啦啦地跪倒一片，只是有人行顿首之礼，有人行空首之礼，更有双手合十行佛礼或磕头如捣蒜者，口中呼喊之词更是各式各样。

那仙女却不为船上的喧嚣所动，缓缓行至甲板上方三丈高处，大声说道："吾乃孟章神君坐下帝女，特奉东圣之意赐尔等机缘，脱去苦海沉沦，荣登寰宇神界，分封五方仙兵、九曜神卒，戍卫净土，拱护天庭。从今超脱生死，勘破玄关，身出入圣，永膺宝位……"

她声虽大，但在这海浪翻滚之处本难以听得明晰，可众人皆觉此声如在耳畔，远近船工皆能听得清楚。林百万偷偷拉扯林士仲的衣角，哭丧着脸说："她说什么啊？我除了第一句全听不明白。"林士仲则压低声音道："子敬，第一句当解为何意？""啊，她说的孟章神君嘛，就是东青龙。帝女雀是指精卫鸟，这个仙女自称是精卫。"林士仲略一沉吟，道："如此说来，她话中之意是我等皆被选为神兵，便要白日飞升了。"两人不再言语，只是伏在地上，侧目朝半空中的精卫看去。

但见那精卫宣旨完毕，俯首落在船沿之上，转身挥袖间，便在大鲲与海船之间架起一座虹桥。那桥七彩明艳，似有若无，精卫走上桥时却是脚踏实地，与方才的凌空步态大不相同。林士仲看出仙子是要引领他们去那鱼背之地，脚下实有些犹豫。精卫转身道："大鲲之上，乃是洞天福地，此行专为载尔等至天梯，还望速速上前。"

林百万此时也不知是惊惧过度，还是酒劲上头，竟大着胆子问道："昆仑山天梯远在西北，这大鱼如何载我们去？"精卫应道："地界天梯，便在昆仑之巅；海界天梯，却在蓬莱之滨。大鲲若抵蓬莱，便可蜕形化鹏，扶摇登天。"

至此众人再无疑虑，生在乱世之人原本就对求仙问道格外热衷，有此天赐机缘更是珍惜，这船上但凡还有勇气站起来的，尽皆拥上虹桥。舱中那几名昆仑奴，不知何时也被带上甲板，随众人一起踏上大鲲背脊。精卫双手连挥，又在周围船只上架设了数道虹桥，转眼间，便有数百人被"选上"大鲲。

精卫将诸人带至院中，安排他们暂住进东西厢房。待一切妥当后，她便腾身飞上高塔顶层，引得林百万等人俯身又拜。

趁着院中众人尚未起身，精卫慌慌张张地跳进电梯，向着主通道直降下去。她周围的光谱在300纳米至800纳米的频段内一阵抖动，随即恢复原状。头顶的三色彩妆与脸上的亮白粉底如烟雾般散去，连衣饰袍带、发丝皮肉也一并消失，露出了铁青色的外壳与细瘦的金属骨架。趁着电梯下行的工夫，精卫给全身做了一次消磁，但手脚还是有些滞涩。她不禁在心里哀叹一声——舱外是强磁场环境加上高重力区，刚才滞留太久，恐怕不少器官要提前报废了。但此次任务完美达成，终究是件令人振奋的事，精卫用舰内频道发送了一份任务报告，还略有些炫耀地附加了一个数据包，里面是自己的第一视角记录。

当这些进程都完成的时候，电梯也到达了底层。精卫走出电梯，顺手拨了拨通道壁上的滑杆，可惜这些东西在重力环境下只是摆设。她无奈地迈动双腿，朝舰桥方向走去。

五、C、Si？

自意识革命之后，硅文明再一次迎来了它的黄金盛世。在这个人人拥有独立自我的时代，创造力推动着社会以前所未有的速度前行。每隔一个公转周期，世界总计算能力的增长都以倍数记。直到硅文明的发展迎头撞上了它命中注定的瓶颈——硅晶体管的物理极限。

当政府承认他们无法再提高新生儿的大脑集成度时，整个社会都不得不接受"全球计算总值停止增长"这样一个事实。而每到这种时候，"对称多处理、大规模并行处理"等多芯片生产方式就会被提上议程，作为革命最大成果的"意识独立权"面临前所未有的威胁。这是每一个公民都不愿看到的，当他们被迫并入多芯片系统时，单个大脑也就沦为了可替换的计算单元。

那段全球恐慌的日子不堪回首，在这一被后世称为"运算危机"的时期，网络中充斥着末世情绪，各种地方割据势力蠢蠢欲动。幸运的是，政府仍能保证百分之八十三的决策正确率，他们不惜冻结新能源研发（也有分析称，这是在暗示他们对人口增长法的否定），而将运算资源集中在微处理器项目上。这一饱受争议的决策在最后时刻拯救了世界，而转机则来自一个冷门领域，即对"海洋生物"的研究。

"海洋中存在生命"这一观点是直到最近才被证实的，研究人员在海水样本中发现了极其细微（直径多在 0.5 微米—5 微米之间）的生命结构。这些原始生物与已知的生命形式截然不同，他们以碳元素为核心构筑身体，将生命建立在核酸、蛋白质的基础上，只需一个或十几个细胞便能组成生物。该发现也曾引起关注，但那时的人们只关心"史上最细小生物"这类的噱头。直到运算危机的应对者们提出"碳基芯片"的概念，这些微观尺度上的生命才真正进入民众视线。

最初的曙光是在有机生命的能量糖酵解过程中发现逻辑运算现象，这证实了细胞内部存在着蛋白质构成的信息处理网络。全球规模的研究力量就在此时被投入进来，很快便找到了蛋白质与核酸中的"逻辑门"。在成功破解脱氧核糖核酸的编码功能后，研究人员又立刻开发出了相应的编译工具。政府当即将实体芯片的试制提上日程，虽然还看不见这些理论中的小分子，但依靠强大的计算支持，第一块碳基芯片旋即面世。初步测试表明，这些细胞处理器的运算能力远超预期，碳基芯片的立体结构可使计算单元的密度比平面硅集成电路提高 5 个数量级。虽然实物芯片还远未达到这一理论数字，但对于当时面临的运算危机来说，其既有功效已是绰绰有余。

政府迫不及待地把这项技术投入应用，生产出了第一批用蛋白质脑代替硅电子脑的新生儿。他们卓越的运算能力令世人十分满意，技术前景更是令人神往。

第二个黄金时代就此拉开了帷幕。这一次是航天技术走在了革新前沿，文明的触角迅速遍及母星、卫星及邻近的小行星带，无数意识被装上航天器飞往邻近星球，以满足人们对信息的原始饥渴。在如此繁荣的背景下，增加人口的议案被再一次提出，但政府仍坚持人口守恒政策。对他们来说，管理 200 万个独立意识已是极限。

碳基芯片唯一美中不足的是对金属肢体的兼容性并不理想。蛋白质构成的大脑似乎天生就不擅长控制硅纤维构成的肌肉，如今要重新解析运动代码着实困难。曾一度流行过的八肢躯体和六肢躯体因此被淘汰，最简洁的四肢躯体重新成为主流，这也算是黄金时代中的一段尴尬插曲。

而弥补缺陷的机遇又一次扑面而来，这回是对邻星的勘探带来的惊喜。原本，作为不追求人口增长的文明，政府推动星间开发只源于对知识的生理需求。所以当探测表明——在那个离母星最近的行星上，存在一群鲜活的文明时，民众的兴奋度达到了顶点。高效率的开发工作再次展开，数个观测基地在邻星上隐蔽地建立起来。陌生的世界中，各种搭载意识或不搭载意识的探测器沿海岸线四处游弋，从环境数据开始按部就班地收集着信息。

初步确定，这是一个与母星十分形似的行星，但强力的磁场和湿重的大气使得其生物圈完全以碳基生命为主导。星球上孕育了数个不同的碳基文明，这也就意味着它能提供数倍的新信息。

介于那里拥有 2.6 倍于母星的高重力环境，基地建设和信息收集等工作均在海洋中进行，这也导致接触当地文明的机会大大降低。这种令人焦躁的现状持续了数年，直到大洋西侧的观测基地取得突破性进展。

在那之前，观察者们一直以谨慎的态度记录着当地居民的生活，暗中拷贝他们记录设备（竹简或皮纸）中的数据，对其语言文字进行着艰难的分析。一次偶然的机会，一艘木制海船在风浪中闯入基地海域，该基地捕获船只时发现，船员的人数竟有两百之多。研究人员如获至宝，对这些存活个体立即开展了数据导出的工作，从其脑内存储的信息中成功识别出了语言模组和字库（并非所有个体都记录有文字数据，该情况被其自身定义为"白丁"），并从缓存（短期记忆）中搜索到了航海记录："随徐福大人出海寻仙，求取长生之方……路遇险阻，狂风暴雨……与船队失散……"

这些数据被立即发送回母星，200 多个活体随后也被分批运返。但这一过程并不顺利，首批活体在拆分后失去了生命迹象，第二批则在升空过程中死于缺氧，直到第六批次才通过冷冻休眠的方式运抵了母星，随后又全部死于低压病。真正成功带回母星的仅是最后四个批次的不到 80 人。而这时的政府，已对这些邻居的身体了如指掌。他们的意识体甚至整个身体都由碳基细胞构成，内部则由钙金属的化合物组成支架，只是其数据处理单元的密度很低，与人工制造的蛋白质芯片大不相同。但不论如何，他们的大脑都与碳处理器十分相似，这使得数据提取变得十分便捷，也使"替换意识体"的实验计划呼之欲出。

计划的第一步是通过切除脑前叶或整个皮质层的方式将这 80 人的原意识分离，随后用一批志愿者的脑芯片取代了被切除的部分。连接过程十分顺利，这套由水、盐、蛋白质、核酸构成的躯体与碳基芯片间有着完美的适应性。除了出众的肢体运动能力外，受试者还体验到了两种前所未有的感官——触觉和味觉。

在实验数据公布后，碳基器官立刻被抛上潮流的顶点，人们争相体会触觉和味觉带来的新刺激，并将之视为"享受"。但完整的运动控制模组却始终未能找到，这就意味着人造肢体的性能难以媲美原生个体。于是，以捕获人体为目的，无数新设备与人员再一次被派往那个蓝色的邻星。

精卫几乎是扶着墙走到门前的。她在心底凄婉地抱怨着，走完这段路真是折磨，慢得仿佛经历了一个时代。

开门的同时，精卫便收到两句祝贺：

来自大鲲："恭喜，任务完成。"

来自共工："辛苦了，你今天的表现很完美。"

精卫核对了一下发信端，分别是"大鲲"和"共工"无误。不过这两句只是公共频道中的信息，私人对话就是另一回事儿了：

来自大鲲："哇！超过了整整两年的定额啊！我决定，全舰（三人）即刻放假！"

来自共工："真慢真慢真慢啊，给你做环境辅助比单干还累，我都快烧了。"

精卫在舰桥里环视一圈，只看到共工靠在墙角里，不停地念叨着"真慢真慢……"她对共工的絮叨早已是见怪不怪，只抬手指了指脑后。

共工立刻反应过来："明白明白！我刚好吃完，这就让给你，你看我的安排多紧凑啊。"共工闪身让到一边，露出身后的充能装置。其实他早就知道这次任务计算量巨大，会耗光脑内糖分，所以提前来霸占了舰内唯一的输液口，赶在精卫之前完成补给。

精卫快步走到墙边，从输液口中抽出导管。只见管口还残留着一些液体，应该是共工刚用过的关系。她把导管插进后脑，选择了 2000 单位的糖原和少量氨基酸。随着能量物质的流入，她原本电势低下的处理器产生了一串兴奋信号，蛋白质运算单元也开始用氨基酸修复自身。此时，精卫十分惬意地靠在墙边，享受这来自脑内的……怎么说？满足感。

她想起碳基芯片刚普及时也曾有过"充电法"和"输液法"的争执，最后介于营养液的普适性而采用了输液法。但不得不说，这种吃饱喝足的快感也是一大诱因。政府甚至建立了覆盖全球的"产－输管线"以及无处不在的终端，以满足能量需求。"可惜啊，"精卫心想，"考察船携带的是罐装能量液，似乎不太新鲜。"

共工那边却不肯给她片刻安宁，仍在滔滔不绝地说："其实你这次业绩很突出呢，以往捕获渔船顶多捉到三五人，这次可是大大的丰收。我说你是不是该表现得更骄傲点儿？真就累得说不出话来了？"

精卫瞥了他一眼，说："我在等舰长的分析结果。"

大鲲的信号就在此时插入，他的脑芯片安装在舰桥中枢，舱中动静皆知，他同时对精卫和共工说："正式的分析报告还没好，我现在先把感官信号分流给你们，边看边说吧。"舰长便是舰体大脑，各处感应器如同知觉触手，于是舰桥上的两人也连上了各处厢房的画面。

大鲲将主画面切到西厢，讲解说："我注意到这批人里包含三个不同的种族，除了我们常接触的汉族外，还有两个所属不明。"

画面上出现了伊本，他的一丛大胡子在船工中十分突出，大鲲接着说："此人体貌特征与唐人明显不同，我从他的脑波里收集了表层记忆。你们看，他的思考代码不是方块字，所以认定他不是汉人。"

共工浏览了一遍代码文件，在其中一处做了一下标注，说道："我刚看了一下，这是闪－含语系，在这条航线上出现的，十之八九是阿拉伯人吧？"

"嗯，那我等会儿请阿卜杜拉基地核对一下。"大鲲将视角拉远，接着说，"他周围的人用'姓名'和'身份'两种标签定义此人——'伊本、翻译'。"

"其他人的标签呢？"

大鲲回答说："大都是船工、伙计。值得注意的是东厢那两人，标签分别是'大当家、林百万'和'四掌柜、林士仲'。"

"是的，我也注意到了这两人的特殊性。"精卫接着说，"尤其林士仲，他的表层字库特别大，断定他为读书人。等他睡后可以试着扫描深层意识，应该会在文学和历史方面有所收获。"

共工使劲剜了两眼林士仲，说："我们在海上很少能碰到读书人呢，这次还真是挖到宝了！他旁边那个大掌柜又有什么特殊？"

"按照汉族的说法，我们能从林百万心里扫描出一本《生意经》。"

大鲲发来一个赞许的信号，转移镜头后又说："最难办的还是西边这25个人，我把扫描得到的数据全放出来，你们看一下。"

画面上出现了25个肤色黝黑的人，精卫看了看旁边的数据，诧异地说道："怎么？你没有找到字库？"

"是的，问题就在这儿。这几个人的思维方式和其他种族差不多，但他们没有使用文字代码。"大鲲又调出几段生理数据，展示给两人说，"而且从他们的体貌特征中看不出什么线索。"

"体貌特征？"

"嗯，你们看，与汉人相比有明显的差别，但又不符合任何一个已知人种的特征。例如，体表偏黑就不提了，这25个人的腿部普遍较长，肌肉组织中白肌比例大，血酸浓度偏高……嗯，简单地说，他们的整体运动性相当好，是政府最喜欢的类型。可惜全是男性样本，资料不齐。"

精卫扭头向共工看去："共工，你的模本不是人类学家吗？能不能分析一下？"

"你说我母亲？"共工耸了耸肩，"我是技师型，只能粗略推断如下……这应该是个居住在炎热地区的种族，干燥、少雨、光照强烈，日常生活以捕猎为主，有自己的语言但暂时还没有使用文字。能够肯定的是，他们长期远离海洋生活，所以全球各处的基地都不曾观测到这个种族。"

精卫和大鲲同时发出了一串惊叹信号，"从未见过的种族"等于"新文明"，他们的脑中必然有一套全新的文化。等这次的报告提交上去，恐怕整个蓬莱基地都会兴奋起来。

共工搓着手道："这 25 个，身体和意识都是宝啊。真想现在就分离出来……"

"脑手术回基地再做。到时我会试着申请三套肢体出来。"大鲲无限神往地说，"我再也不想拖着这么大的身体泡海水了，咱们三个，也该享受一次高档货。"

六、蓬莱仙境

林士仲与林百万两人原本被安置在东厢一隅，待大鲲掉头北上之后，此处反倒成了南厢房。

这鱼背上的空间本就狭小，如今安排了百十号人，更是将头尾两侧的厢房都住得满满的，唯独林家兄弟的房间只安排了两人两床。林士仲心忖道："大概那仙子也看出堂兄是商行领袖，但为何连我也……莫非她知我是有功名的人？"想到自己弃官南逃，又觉得甚是羞愧，仿佛这难以启齿之事已被人看穿一般。林百万却全无这些顾虑，日日痛饮仙酒，酩酊大醉，一天之中，倒有八九个时辰是在睡觉。

　　林士仲从堂兄床前拾起一个酒杯，搁回桌上。那杯底一触桌面，就变得沉重异常，稳立桌面后就不惧风浪摇摆，好似镶了磁石的杯子放在铁案上一般，但这桌面又分明是陶瓷所制，林士仲深感困惑。他这几日一直在上下打量自己的房间，越看越觉得古怪。

　　这屋子从外面看去与汉唐庭院别无二致，屋内却是风格迥异：整间房上下四壁浑然一体，除东墙一处略微凹陷外便连个接缝也无。四面墙壁均未涂油灰，但又洁白光润，触手微温，与陶瓷材质极为相似。屋子正中的这面圆桌，造型颇似亭中石桌，仅正中有一条独腿，却又不是石料垒成，而是从地面中直直生出，便好似钟乳洞中生出的石笋一般。林士仲始终想不通，究竟要如何烧制才能做出这屋子般大小的一件瓷器。况且陶瓷脆硬易碎，难以高过一丈，否则上部倾轧，下部断折，必不能拉坯成型。而这间屋子高一丈有三，又在海中颠簸，却无倾颓之势，着实令他费解。

　　此时林百万刚刚转醒，又"子聪、子聪"地大叫，让林士仲扶他起床。房中这两张卧床也甚是诡异，四边床沿高高竖起，床头还有一块盖子上下嵌合，俨然就是个棺材模样！林百万起初说什么也不愿进去。后来看那床板毫不平坦，反倒前后凸凹起伏，一时好奇便躺进去试了试，只觉身体舒坦，便舍不得起来，嘟嘟囔囔地睡了个好觉。

　　只是这床板虽舒服，要下床时却颇费事。林百万日日宿醉，头重脚轻，非林士仲帮忙便爬不出这棺材。林士仲遂皱眉说道："堂兄这几日贪杯了，看看，日近中天方才醒觉！"林百万讪笑道："子聪你不懂嘞，这仙酒，真不一般。既无酸腐酵味，又无糟糠浑腥，实乃……酒之精华也！"说罢咂嘴后又叹道："不过这酒精里没了五谷的香醇劲儿，也挺可惜的。"

　　林士仲扶他到桌边坐下，却听身后噼啪有声，如同沙砾落地。他知是午饭送到，便转身到东墙凹陷处取了两个新冒出来的管子，将其中一个递给了林百万。

　　这仙境之内，饮食甚是方便，只需将杯碟放入凹槽，要水落水，要酒落酒。每日三餐之时，便由这形似竹筒的管子掉出。林士仲打开管口，将其中晶莹透明的软膏倒入口中，边吃边言语道："堂兄，这东西咱们吃了数日，还不知是何食材呢。"

"你觉得这像什么？"

"唔，甜咸酸味都有，还略有些牛乳香。口感近似草龟茯苓膏，可看上去却白亮透明……"

林百万又咂嘴道："这么说我倒想起来了，仙家饮食里有个叫玉英的东西，是拿白玉捣烂后做成的，跟这个很像嘞。"

"玉英啊……"林士仲念道，"倘若成仙后整天吃这个，还真不习惯。"

"嘿嘿嘿，子聪你想得美哦，玉英可上的是仙家的宴会食谱，神仙平日都是餐风饮露的。"

林百万顿了顿，又凑近林士仲道："咱们过几天就要登仙了，有些事，我还不太明白。"

"堂兄你不是学过方术吗？这玄奇之事你该比我通晓啊。"

"这次是想问问你们正统的黄老之学。"林百万又低声说，"道祖他说过飞升的细节吧？具体是怎样的？"

"语出多门，因人而异。"

"有说肉身的事吗？"

林士仲取出纨扇，在桌上磕了两下，亦低声道："堂兄，是在担心你那花柳病的事吧？"

"嘿嘿嘿，咱荒唐事做多了，总要抱憾终身……"

林士仲摇着纨扇，沉默了半刻道："当日那精卫仙子宣旨时，曾说过脱去苦海沉沦，身出入圣，这便是要抛却肉身之意。"林士仲又想了想道："虽说天道亦有五衰，但堂兄你担心的终究是肉身顽疾，大可抛诸尘世，不必挂怀了。"

林百万听罢也点了点头，起身说："想想也是，今天就不喝酒了，咱们出去逛逛。"

林士仲自上岛后一直在房中参详眼前事，亦未曾浏览过仙境，便也欣然起身，与林百万一同踱到院中。他们所住的南苑有一片藕花小湖，红白莲花正绽放，只可惜海风正盛，嗅不到半点荷香。林百万绕着莲池玩赏，林士仲却觉得海上赏莲甚是别扭，与风雅之道格格不入，便独自向北苑行去。

北苑的布置与南苑又有不同，此处虽无湖景，却架设着小桥，两岸植桃种柳，红绿相映，也颇有一番意境。林士仲在桃花林中往来流连，与住在这北厢中的伙计、翻译等人打打招呼，不知不觉间便已过午。

林士仲算算节气，已近初春，正是桃花灿灿、杨柳依依的时节，便又起了诗性，抚弄着桃花吟道："问余何意栖碧山，笑而不答心自闲。"正摇着扇子顿下句时，却听身旁一人应和道："桃花流水杳然去，别有天地非人间。"

这声音清脆稚嫩，也分不清是男童还是女娃，林士仲心中奇怪："这北厢中还住有孩童吗？"转身四顾，却是一个人影也无。正诧异间，却见身弯一丛桃花颤了两颤，自枝干处传出一串笑声："嘻嘻嘻，别找了，我就在你面前啊。"

林士仲颤声道："你？桃花？"

"非也，我是桃树，桃树之仙。"

林士仲心知这仙境之地无奇不有，便也不觉害怕，反倒生了猎奇之心，又问道："你是这岛上的树仙吧？你也知这首《山中问答》？"

"当然，这首诗是谪仙写的啊，桃树都知道。"

"如此说来，此处的桃仙不止你一株了？"

"会说话的就只有我。"

"听你话音尚幼，还未成人吧？"

"什么是成人啊？"

"逾弱冠者，始为成人。"

"什么是弱冠啊？"

林士仲哑然道："你未曾读过《礼记》吗？"

桃树晃了晃枝叶说："我不知道啊，你可以教我。"

于是林士仲便略略讲了些《礼记》上关于年岁称谓的记述。说至男女称谓的区别时，他又问桃仙道："桃树多是雌雄同株。我不知该说你未及弱冠，还是未及桃李。"

桃树又晃了晃枝叶说："雌雄？我知道的，我是一株碧桃，你可以把我当成男孩儿。"

林士仲凑近看去，见这树上的桃花每朵均有七八片花瓣，遂点头道："原来是重瓣碧桃，此树只开花不结果，确有男子之相。"

"那你快帮我算算，我现在该称什么呀？"

"嗯，先告诉我你的生辰。"

"什么是生辰啊？"

"不知也无妨，记得年号便能推算出来。"

"什么是年号啊？"

林士仲又哑然道："你不知大唐的年号吗？"

桃树晃了晃枝叶说："我不知道啊，你可以教我。"

林士仲突然觉得这尴尬场面似曾相识，便又打起精神，讲解了一遍大唐开国以来的年号更迭。他本是科举出身，又做过公门中人，对这些自然烂熟于胸，但想起自己弃官以来的境遇，又难免嗟叹些世事无常，天道难测。

"你以前是做过官的人吗？那你最近在海上做什么呀？"

"我们是商贾，在海上经营些往来贸易。"

"什么是往来贸易啊？"

"就是将货物买进卖出。"

"你们买进卖出什么呢？"

"这一趟，大掌柜贩的是昆仑奴。"

此话一出口，林士仲便深感后悔，心想这桃仙恐怕又要追问"昆仑奴是什么啊"，抑或说"我不知道啊，你可以教我"。那桃枝便真在此时晃了晃，可说出的话却让他大感意外。

"昆仑奴？我知道啊，你要送他们回昆仑山。"

林士仲一时懵懂，只得随口应道："啊，是啊。"

"昆仑山真的那么高吗？一定要从海上绕回去？"

"这个……是呀，昆仑天堑，自是人所难越。"林士仲只觉这对话越来越不可捉摸，倘若继续谈下去，恐怕还得解释什么是天堑，然后再描述一遍南海地理，急忙朝桃树作揖道："天色已晚，林某不便多做叨扰，在此告辞了。"

那桃树倒也不做挽留，直言："告辞，告辞。"

林士仲本还要说些"仙童请留步"之类的套话，但想起对方是棵桃树，也就不知该如何留步，索性快步跑出北苑，急急回到南厢去了。

一进屋便看到林百万坐在桌前饮酒，他见林士仲回来，立刻招呼道："子聪，快过来坐，我今天可碰上件稀罕事儿。"林士仲本也想向林百万说些桃花仙童的事，但他一向习惯先听堂兄的说法，便依言坐到林百万对面。

"这件事儿说起来呀，其实也不算怪，这儿是仙境，啥不能有？"

林士仲在对面点点头。

"今天子聪你刚走，我就在池塘边上碰到一朵会说人话的荷花，还自称是仙子。"

林士仲听着，扬了扬眉毛。

"我就跟她闲聊了一会儿，嘿嘿，我可没调戏她，不过一朵花嘛。只是这小仙啥都不懂，只一个劲地说为什么为什么、你教我啊你教我，啥都要我现教。我就胡乱编了些瞎话，说得她一愣一愣的……唉？子聪，你在听吗？"

"嗯，子敬你接着说，你都给她编了些什么？"

"哎呀，那可多了去啦，她问我在海上做什么，又问昆仑奴是怎么回事儿。我就跟他说，昆仑奴本来都是住在昆仑山上的人，他们在山头上过活，一不小心就被风吹下去了，吹到天竺、大食那边。那边的山陡啊，爬不上来，就只好乘我们的船回大唐，然后再爬上昆仑山回家。"

林士仲听着若有所思，半晌不语，待林百万说完，便问道："子敬，你跟她说这些，是什么时候的事？"

"过午以后吧，说完这段我就回房来了，大概一个时辰以前。"

"那……半刻之前，桃花仙怎会有这套说辞……"

"嗯？子聪你说什么？"林百万没听清他这句呓语，便凑上来问。

林士仲急忙摆手道："啊，我是问这荷花仙现在何处？"

"太阳一落山，她就合苞了。"林百万嗫着酒道，"这小丫头睡得倒准时。"

林士仲起身说："咱们也歇了吧，明早我还想去看看那荷花。"

两人躺入床中，刚一闭眼，房间里那不知源自何处的光线便自动暗了下来。林士仲尚在琢磨那桃、荷二仙之事，却觉鼻间飘过一缕淡淡香气，意识便模糊了。两张床上那棺材板儿一般的盖子随即落下，将整张床罩得严丝合缝。林士仲周身的温度迅速降低，令他彻底失去了知觉。

舰桥中，精卫正在翻检几份文档，共工的信号突然插入进来："今天又发现了什么？"

"收获颇丰，林士仲和林百万进入了园林地区。我趁他们分开行动的时间，安排了聊天程序与两人交谈。这里，是从林士仲处收集到的知识。"

共工点开文件说："我看看，这一段是《礼记》吧？跟现有版本相比似乎又更新了？"

"是的。"精卫答道，"六艺经传的注释每一代都有所不同。"

共工往下看去，又说："这个有价值，唐朝的年号历法，好像有几十年没更新了吧？这都乾符七年了？"

这时舰桥的门打开了，共工晃悠着走了进来，他和精卫之间的通信却没有半点延滞，仍接着说："这么说他们出航时就是乾符六年。嗯？后面那个文件是林百万的？"

"这个毫无价值。"精卫说着，又把第二份文档发给共工，"你仔细看看，全是些胡言乱语，矫正后没几句能用的。亏我还给聊天程序开了即时写入，现在又得筛查数据库。"

"那你可惨喽，那些关联项都得一项一项地摘。"

"所以说，这些奸商的数据最难处理，有时候他们连自己都骗。"

共工此时又晃到墙边输液，哂笑着说："我倒是很欣赏这个人，能把你耍得团团转也算是才能了。如果舰长能给咱们申请下肢体来，我就打算要林百万的。"

精卫正色道："你可别忘了，这个人有疾病嫌疑。今早监控他们对话的时候不就发现端倪了吗？尤其是那句话，荒唐事做多了，总要抱憾终身……你后来的分析结果如何？"

"没发现什么问题，只是些常见的细菌、真菌罢了。"共工挥挥手道，"空气里到处都有的那种，没啥传染性，通过常规处理就能无菌无害了。"

"那就好，等明天到了蓬莱岛基地，就立刻……"

舰长大鲲的信号突然在公共频道中响起："不用等到明天了，我刚刚对所有的活体样本做了低温保存。"

共工大吃一惊，说："今晚就冷冻了？不都是等到基地做完脑组织分离才冻吗？"

"刚接到总部通知，马上就要全面撤离了。基地人员明天登舰，手术改在回母星的路上做。"大鲲说完又补充了一句，"无重力环境下手术也方便些。"

精卫也问道："时间安排得这么紧，到底怎么了？"

"母星那边又有新的技术突破，刚整理出了完整的运动数据库。原来人类对肢体的控制代码不全在大脑里，他们将一部分数据——主要是经验——储存在脊髓和肌肉神经处。举个例子，就是在终端上分配几个辅助存储器，倒也能提高不少效率。"

精卫听罢点了点头道："也就是说，将来在母星上组装的零件也能媲美原生肢体了？那我们确实不必再收集人体了。"

"万幸，这技术离实用还差点儿，至少一两年吧，所以我们要把手头这批加紧运回去。"大鲲又发出一个表示遗憾的信号，叹道："今后搜罗知识的活儿，就都交给半自动程序和远程交互的人干了。基地里不必再留人，以后也不再派考察船。唉，没想到我刚说不想再操控舰船，这舰船就成历史了。"

精卫同样发出了"遗憾"，而共工则更关心其他的事。

"老大，我们的高档货呢？"

"这个你放心，已经批下来了。完成后期加工就给你们内部供给。现在每人挑一个吧，我给打上标记。"

精卫抢先说："我要识别标签 002 号——林士仲！"

"你要这个干吗？又不高又不壮的。"共工揶揄道。

"林士仲是读书人，汉字书法代码肯定就在他的手里。这是奢侈品，格式化了多可惜。"

"你要林士仲，那我就要林百万！体积大质量大，我早看上的！"

大鲲奇道："你们两个，识别标签 004—028 的那 25 个都不要吗？"

"老大，莫非你想要？"

"那当然！肯定要从这里面挑嘛。这些被定义为昆仑奴的人，运动能力是最高的，是这批高档货中的精品。"

共工摆摆手说："大概就是因为这样，他们才会被贩卖吧？"

"那林士仲他们又为什么被我们贩卖呢？"

"想这些干吗？说不定哪天，我们还要被其他文明贩卖呢！"

大鲲喊道："你们两个，别闲聊了，过来帮我准备升空的事。明天就要脱离大气圈，计算量可不是一般的大！"

随着西方一点残阳的落尽，这个世界的恒星被彻底挡在了海平面外。大鲲撤去背上的伪装，将那些光鲜亮丽的屋舍变回四四方方的构造体。这些突出的建筑依次沉入舱腹之中，大鲲的背脊便又恢复成了平滑的流线型。他再次校准了航向，朝着蓬莱基地加速驶去。

所谓的蓬莱基地，却并非传说中的蓬莱岛。这里距胶东半岛仍有很大一段航程，只因当初在这片海域捕获了徐福船队的遗船，才将其定名为蓬莱基地。基地设施大都潜藏在海底礁岩之中，仅在隐蔽处留有坞口，供考察船出入。

大鲲便在午夜时分驶进了船坞。此时，另外两艘考察船"敖光号""相柳号"早已整备完毕。基地人员连夜登船，赶在天亮前完成了发射准备。此时，空无一人的基地停止了一切活动，暂时进入休眠。

三艘考察船开始在海中调节重心，靠移动舰内气舱的方式将舰身竖直向上，随后发动舰尾引擎，在一阵轰轰隆隆的水汽蒸腾中，冲出海面，直向高空飞去。

倘若附近海域此时有渔民通宵劳作的话，大概又会留下"蛟蛇升天、龙王述职"的传说。

考察船转眼间便穿过了对流层和平流层，在中间层进行了一次程序转弯，向西侧飞去。此时从正东方又有两舰编队飞来，那是来自东方海域"龙宫城基地"的考察船。为了赶在晨昏线扫过前起飞，他们比蓬莱基地提前发射了片刻。

船队仿佛追赶黑夜般向西飞行，随着各地黎明的到来，沿途其他基地的舰船也不断加入船队——来自阿卜杜拉基地的"曼荼罗大山号""金鱼号"；来自科尔喀斯基地的"塞特斯号""希波卡姆斯号"；来自瓦尔哈拉基地的"瓦尔基里1号""瓦尔基里2号""瓦尔基里3号"……

数十艘舰船组成了一个小型的质量体系，他们沿椭圆轨道逐圈加速，渐渐接近了行星的逃逸速度。如果林士仲此时还有知觉的话，大概会急着翻开一本《南华经》，在《逍遥游》篇中加上一条注释："夫扶摇而上者，绕地加速也。某乘鲲鹏项间亲历之。"

船队飞出引力圈后，纷纷展开太阳帆，向着恒星的反方向飞去，那里有他们的母星——太阳系的第四行星。

七、火星

精卫沮丧地放下毛笔，甩了甩发酸的右手。她从未想过书法会这么难用。林士仲原本书学右军，其实自唐太宗之后全国都在学右军，但精卫发现，即便用上了林士仲的肢体，自己这辈子恐怕也写不出这种不符合代码的字。本来嘛，横就应该是横，竖便理当是竖，哪有……

她正气着，左手却不经意地上下翻动，这个动作更让她觉得懊恼。早知道就该把左手格式化了，省得落下这打扇子的破习惯！

就在这时，一道来自中央数据中心的信息跳入她的终端，毫不客气地挤掉所有进程，站到了最前排。精卫卡壳了一瞬，对这条信息的优先级感到很愕然。她很少收到直接来自中央的指令，这种加了顶级安全限制的更是前所未有。她有些犹豫地验证—解密—再验证—解压—读取，却只是很短的两段，要求她亲自前往某地点，还附带了坐标。

事到如今也没权利犹豫了，精卫立刻起身出门，赶到离家最近的轨道交通站。在等车时又顺便补充了些糖原，她现在用上了有机身体（林士仲），所以在车站的公用输液机上又多选择了一组线粒体，这些人造细胞器可以缓和端粒缩短造成的衰老，是她现在必备的食谱。

当她惴惴不安地赶到目的地时，才发现自己被唤到了网络安全部。这里是掌管整个星球交互通信的地方，她开始努力回忆是不是自己编的书法程序毁坏了别人的右手，却始终没什么头绪。在一阵忐忑后，她终于还是走进大门，接了该单位的内部网络。

在门前迎接她的便是"网络安全部"本人。精卫心里清楚，在她眼前的这套身体后，是上百个意识在同时运作，他们的分布式计算结果就是网络安全部的决策行为。在互致问候之后，网络安全部请她去研究室"看一样东西"。

"很抱歉，我们还不敢把这些资料放在网络上传输。只好请您亲自来确认。"

"嗯，我明白，是很重大的安全威胁吧？"

"是前所未有的威胁。"网络安全部点头道，"毫不夸张地说，这是我们第一次在事故面前毫无头绪。你们可能是唯一的线索……我们最好不要说太多，我不清楚现在的对话是否安全。"

精卫在这之后一直保持沉默，直到她看到了那套肢体——林百万的肢体，原本的"高档货"之一，但现在已完全失去了生命迹象。

精卫感到一阵不安，有些颤抖地问："这，这是什么？"

"我们通常管这叫'尸体'。"

"不可能，我认识这套肢体，识别标签林百万，不会错！不会错的！"精卫顾不得安全警告，指着自己（林士仲）说，"和我这套是一个批次，根本就没超过使用年限啊！"

网络安全部仍是点点头说："肢体并没有受到太大损害，但脑芯片已经死了。"

"程序崩溃？"

"物理破坏，受害者的人格识别代码是……"

网络安全部报出了一串陌生的名字，精卫稍稍松了口气。但对方似乎也看出了她的忧虑，又补充道："他是肢体的第二任用户。最初的受害者是03710925，人格识别代码——共工，曾在星间考察船'大鲲号'上担任1号操作员。"

精卫的电势瞬间升高，又落到低处连续震荡，她知道这种情绪叫"惊惧"，但还是尽量具体地回答说："是的，我认识共工，我当时就在舰上担任2号操作员。"

"请问你最近是否有过程序频繁出错，垃圾代码增加，意识模糊或处理单元减少的症状？"

"我？好像没有。"精卫仔细回忆着自己的近况，摇头道，"没有，这些都没有！"

"我们刚刚问询过你们的舰长，他也没有相应症状。"安全部顿了顿，似乎在犹豫该不该继续对话，最终还是说，"这样我们就可以把共工的染毒时间圈定在着陆之后。很明显，在星间任务完成之后，你们没有再联系过。"

"有过几次通信，但没做过大规模的信息交换。"

"你很幸运，我们怀疑他感染了一种传播性很强的网络病毒，这些病毒可以将自身代码插入任何进程，造成频繁的错误和混乱，最终导致不可逆的系统崩溃。而且，病毒连蛋白质运算单元的修复与分裂也会介入。你知道，这是蛋白质芯片的存在基础，所以程序问题暴露之前，物理损伤就已经发生了。这是一种十分凶恶的病毒。"

"染毒症状这么明显，为什么还会有第二任用户？"

安全部微微压低了下巴，说："这就是我们感到恐惧的地方。共工死后，我们没能找到病毒的存储位置，但这套汉人肢体是市面上的抢手货。我们只好将他的运算器全盘杀毒，格式化了整个神经网络。后来为求保险，还抹消了每一个神经元的记录，重灌了基本代码。"

他将头颅压得更低，接着说："我们明明清理了所有存储位置，去除了全部数据。但病毒还是躲在某个地方，传播给了第二个用户。"

"真的还有这样的地方吗？"

"理论上没有，除非病毒能把自己记录在存储器以外的地方。"

说到这里，安全部突然愣了愣。精卫猜想他们这时遇到了内部争议，就在一边安静地等他把话说下去。

"理论上没有，除非病毒能把自己记录在存储介质以外的地方。"

精卫回答道："是的，我明白这两句的差别。"

安全部突然又没了反应，他呆立半晌后对精卫说："还有很多数据需要您本人核实，请在左边的房间稍等一会儿好吗？"他将一份没有加密的文件传给精卫，精卫眼前便立刻出现了一张做了标示的建筑结构图，安全部在一旁补充道，"你们的舰长也在那里。"

精卫对此并不奇怪，按照标准流程，网络安全部必然会先联系大鲲。

但是当她走进等待室，看到一个乌黑高大的身形时，还是吓得说不出话来。

大鲲见她没有主动通信的意思，便先打招呼说："啊，精卫，我就知道你肯定会来。"

"大鲲？真的是你？我也知道他们把你找来了，可是……"精卫瞪大双眼，拼命扫描着对方的外形，"这外形太不像你了！我还以为是哪位大人物！"

原来这昆仑奴的肢体刚一上市，就被看作稀世珍品，引发全民狂热。最后只得由政府计划分配，除了大鲲事先领走的这一套，全都配置在了行星改造等紧要岗位。如今在民众的眼中，出门时用上昆仑奴的肢体，最是彰显身份。

大鲲略有些得意地说："我早说过，这才是最高端的。你们俩偏不信。"神色却又忽地暗淡下来，"尤其是共工那家伙，非要那满脑子阴谋诡计的林百万。搞不好他就是被那些邪门歪道的逻辑烧了处理器。"

精卫皱眉道："那些商人逻辑就是病毒吗？"

"什么病毒？"

"杀死共工的病毒，网络安全部没有告诉你？"

"没，他们只是问我有没有程序频繁出错，垃圾代码增加，意识模糊或处理单元减少的症状。"

"是的，他们也这样问我，然后就说可以把共工的感染时间圈定在着陆之后。又怀疑他感染了一种网络病毒，这些病毒会将自身代码插入任何进程，造成……"

"等等，精卫！他们只告诉我共工的芯片物理损伤，然后就叫我到这儿来等着了！"

精卫把大鲲摁回座位上，又坐到他身边，说："别担心，你的经历才是正常的办事流程。反倒是我这边……他们让我知道的太多了……"她转头盯着大鲲，"按照标准的处理流程，关于病毒的那些信息，都是不会透露的。"

"联合会议，现在开始。"

当精卫和大鲲在等待室里碰面时，网络安全部的意识已置身于会议界面中。这是集合了所有政府部门的联合会议，"共工事件"被视为最高危机，安全部本人也被赋予了召集会议的权限。他面对着代表整个政府的庞大意识和周围的几十个部门意识，慢慢地说："我申请辞职。"

"你的辞职范围？"

"网络安全部全体工作人员。"

"你们的辞职理由？"

"我的决策能力正在降低。今天接触考察船成员精卫的时候，我连续犯了两个错误，也就是两次错误的整体决策。"安全部有些颤抖地说，"我将共工的真正死因告诉了精卫，当时全体工作人员的赞成与反对的比值是 3：2，后来靠外部辅助才发现该行为违反工作守则。随后我又将某词条——存储介质——的定义错误地指向了存储器，这个错误立刻就被发现了，但出错原因还未知。"

"你的自检结论是什么？"

"错误已超出正常误差的范畴，况且我的部门行为是复数个体联合计算的结果。自检结论是，构成网络安全部的人员中大部分同时出错，有集体染毒的嫌疑。"

"你的大范围误差也可能是由疲劳或饥饿引起的。毕竟你们已经连续工作超过 49 个小时了。"（注：火星自转周期约为 24 小时 37 分）

安全部沉默了，他明白自己的判断已经不再可靠，这时应该把决策权交给别人。

"你们现在最重要的就是休息。冷却一下处理器，再补充些糖原。我们会分配额外的计算资源来继续你们手头的工作。当然，是暂时的。"

安全部表示认可，并自动退出了会议链接。但会议并没有继续下去，所有政府部门都在忙着检查自己的既有决策。他们无法肯定自己的部门内有没有染毒个体，甚至不知道"给安全部放假"的决策是否正确。虽然民众并未知晓，但这种病毒的发病人数已超过百人，考虑到该病毒拥有较长的潜伏期，实际感染人数可能还要高出两个数量级。一个人人自危的敏感时期已经到来。

精卫和大鲲并没有在等待室里坐太久，"网络安全部"很快就回到他们面前，开始按照标准程序展开信息收集。两人无声地对望了一眼，在私人通信中小声说："大鲲，这是先前接待你的那个安全部吗？"

"很明显不是，他的动作习惯完全变了，就像重灌过一样。"

"和我见过的那个也不一样，你可别告诉我说他们部门改组了？"

"我们该直接问问，他隐瞒了太多的实情。"

于是，精卫便问道："请问我刚才与网络安全部的对话还有效吗？你们似乎不是同一个部门。"

"不必担心，对话记录都在。"安全部抬头道，"刚好到了轮值时间而已，你们是不是也发现我的工作人员都换了？"

"下班？这个时间？"

"当然。现在最紧要的还是病毒问题——我想你已经和你的同事交流过了——通过对舰载记录的分析，我注意到你和共工谈论过一次感染危险，是关于林百万本身的？"

精卫很配合地回忆道："是的，当时我们刚刚捕获这些唐人。林百万曾对林士仲暗示说，自己正受到某种疾病的困扰。截获的关键词有花柳病、荒唐事、抱憾终身。"

大鲲接着说："共工随后就分析了林百万的细胞样本，都是他当天睡眠时采集的。我这里还有化验记录，应该不存在任何传染源。"

"是的，我们对尸体的例行检查也没有发现问题，所以才允许它上市。"安全部摇着头说，"但是病毒仍然存在，还表现出了篡改程序段的能力，所以这应该不是什么病原体或者生物形式，这是程序病毒。"

随后，两人按照要求检索了所有与共工挂钩的记忆，并将拷贝文件交给了安全部。当精卫跟在大鲲身后走出这栋建筑的时候（同时切断了与部门内网的链接），她忍不住问："你是不是也觉得，最初接待我们的安全部出问题了？"

"十之八九是停职了，而且我们的私人对话也被内部网络拦截过，他知道我们怀疑网络安全部改组。"

"所以他才用了那个更蹩脚的借口？下班？"

"对，目的是让我们感觉自己没猜中，误判，然后放弃对此事的关注。改组原本是最优借口。政府部门为了选取高效组合，会不停调整运算资源的分配，一天改组十几次那都是常有的。如果真是改组，他就没必要撒谎，所以肯定是改组和轮值以外的情况。"

这时两人已走到车站，大鲲又接着说："而且最近申请辞职的部门特别多，都是坐落在这个区的。我在环境开发部就听说，有个连续责任事故……"

"环境开发？行星改造！大鲲你真的是大人物啊！"

"别别别！"大鲲忙不迭地解释着，"都是高重力作业啊！我不去谁去？"

"快说！快说！你在岩层里都看见了什么？"

"你别激动啊，这个开发过程不都是公开的吗？人工调整星球磁场，减弱干扰；减小地幔密度，降低星球重力……不就是这些事儿吗？你调到新闻频段，整天都在说这个。"

"先等等。"这次是精卫主动打断了大鲲的话，"你不觉得，这趟车误点了吗？"

城内的轨道交通一向以精确守时著称，到站误差只能以秒计。但两人此时注意到，自己正在等一班原定10分钟前到达的列车、一班5分钟前到达的列车和一班本应停在面前的列车。

"大鲲，这三辆车到哪儿去了？"

此时，她身边的大鲲慢慢地坐到车站长椅上，高大的身形显得有些颓丧。精卫能看出他的处理器正处在低电势状态，就听大鲲对她说："你接上城市新闻吧，他们正在报道轨道列车连环相撞。"不等精卫反应，他就自言自语道，"说这几起事故都是由很小的计算误差造成的。这么多人，各犯各的错，哼，看来又轮到交通部集体辞职了。"

"联合会议，现在开始。"

政府最高意志盯着眼前那个孤零零的链接点，一如既往地正色道："行星间开发部，请你开始述职。"

对方却是不紧不慢地张望了一番，说："今天，能链接上会议的部门就只剩我一个了吗？"

"是的，病毒的传播速度远超预期，其他部门已经彻底瘫痪了。无论组织还是个体，没有一个能联系上。"政府又核对了一次参与会议的部门数，似乎对答案是"1"而不是"0"感到很满意，便接着说，"安全部和交通部是辞职后消失的，剩下那几个甚至没来得及辞职。"

"唉……那些政府机关都集中在一个区，难怪传染这么快。我也只剩远郊发射基地的人员还能动了。嘿嘿嘿，你又是怎么挺到现在的？"

"我是政府的最高意志！我是全球的行政中央！"最高意志喊完这两句也有些气短，只得老老实实地说，"因为我的人员编制是最大的。可基数虽大，现在也只剩不到百分之二了。"

"嗯，我们都到了山穷水尽的时候了。"

"注意！现在是在联合会议中。"

"可我连会议精神的存储位置都找不到啦。"行星间开发部继续嘿嘿笑着，倒有点儿自暴自弃的意思。

"算了，你今天就笑着述职吧。"

"我已经没什么有价值的信息了。倒是你，该把这件事的前因后果跟我共享一下吧。我现在就剩下这点儿欲望了，能满足吗？"

最高意志看着这个最后的组成部门，叹了口气说："我现在也没剩多少运算能力，纠错用掉的时间已经超过了百分之三十。我可以向你说明一下现在的形势。但是注意，这个过程中可能出现错别字，不要太在意。"

对方一阵沉默，最高意志把这当成是默认。他也明白这最后的听众坚持不了多久，便抓紧时间整理了一下资料说："目前可掌握的情报十分有限，仅仅能靠几份硬拷贝来分析各研究机构的结果——他们没来得及汇报。首先是病毒实验室，他们在病毒引起的程序错误中找到了一些规律，发现病毒总是在程序中插入一小段固定的字符串，与前后字符组成各种各样的错误指令。他们试着分离并翻译了这段信息，最终确认这是一段组装代码。"

"组装什么？"

"两种零件，其中包括一段核酸代码，也就是病毒本身的代码。以及几段多肽，缠绕后成为核酸的蛋白质外壳。"

"就这么点儿原料，能装出多大玩意儿？"

"未确认，按照这份组装图判断，直径只有 18 纳米—22 纳米。"

"这么小？我还以为最小的碳基生命是 0.5 微米呢！"

"我说过这是生命吗？"最高意志犹豫了一下，"或许能算是生命吧。只是以我们现有的观测手段，还无法直接观测到这么小的构造，所以才一直没能发现它。病毒实验室坚持将其定义为一种病毒，生物病毒。"

"这跟我们平时说的病毒可太不一样了，嘿嘿。"

"是的，我们平时将那些自行传播的恶意代码称为病毒，程序病毒。这次的罪魁祸首具有类似的复制、传播和破坏的特性，所以将其定义为生物病毒。它原本只是寄生性的病原体，靠入侵人体细胞获取复制原料，但感染蛋白质芯片后，这种抢劫物质的手段就会在转录、表达时破坏掉原有程序代码，于是表现出了程序病毒的特性。"

"嘿嘿嘿，跑进物质层面的病毒，太耸人听闻了。"

"其实，更像是我们这些硅基生命闯进了它的世界。可惜我们意识到得太晚了。原本，碳基生命实验室是最有机会发现它的，但他们没有想到世上有这么小的生命，用细菌过滤器没能找到病原体，他们就放弃了生物致病的假设。直到病毒实验室的结果出来了，他们才想起用过滤后的体液接触仿生体，终于间接确定了生物病毒的存在，也找到了它的传播机理。"

"是靠体液交换传播吗？"

"不错，这种物质层面的传播手段绕开了所有防御程序。直到这时我才明白，脑后输液的充能方式是多么的不卫生。"

星间开发部抬头道："你刚才说，脑后输液不咋的？"

"无所谓，就当是我出现了错别字吧。不知是虹吸原理还是气压影响，每次充能时总会有些微营养液在接触后倒流回去，不但对同一装置的使用者造成传染，还污染了整个系统。当向全球各处输送液体的管道中枢遭受感染时，大面积传播就已经无法避免了。"

"嘿嘿嘿，全球总共就三套产－输管线，只要有两个感染者到处跑，就能把所有终端都传染遍。"

"是啊，把输液端口安置在公共场所也是我的一大失策。事后证明，车站终端的传染率是最高的，其次就是各部门的公用端口。"最高意志又立刻补充道，"在那之前，我还有一次失误，就是使用原生人类肢体时，不该彻底切除皮质层。我们的蛋白质芯片完全没有免疫力，如果能保留原大脑结构的话，病毒的感染也不会像今天这样难以抑制。"

"你怎么不说把邻星人类抓回来是个错误啊？"

"的确，看来我犯了一连串的严重错误。病毒在运输过程中受到了太空环境的影响，实验表明，它的变异速度加快了 425 倍，也就是说，在途中获得了额外 637 年的进化。"

"我们的时间还是邻星的时间？"

"是按照我们的公转周期计算的，相对于邻星来说就是刚好 1200 年。"

"嘿嘿嘿，我们带回了 1200 年以后的凶恶病毒。"

最高意志无奈地说道："不要再笑了，我现在仍然不明白我的决策错在哪里。我们原本是追求知识的文明，为什么会陷入对感官刺激的追捧？我们原本是为了自身发展才掳掠他人，为何最后反倒毁掉了自己的世界？这其中，究竟出现了多大的误差？"

"嘿嘿，这个我最清楚了，全是我经手的嘛。"行星间开发部仍保持着他那病态的乐观，"我们的计划展开速度太快了，急功近利哟。好多东西在深入了解之前，就已经做出实用产品了。现在想想都觉得后怕啊……嘿嘿嘿……"

"你说得对。我一直以高效的决断自豪，可近几次一拥而上的研发与开采确实留下了理论研究滞后的隐患。我们还没能整体把握碳基圈，现有的原理和伦理都太浅薄了……"

"嘿嘿嘿。"

"一切都来不及了，我们既没有能力重建输液系统，也找不出有效的过滤手段。"

"嘿嘿嘿。"

"就算回头重造硅芯片，以我们现在的误差率，已经写不出健全的人格了！"

"嘿嘿嘿。"

"这不是我的责任，毕竟我只能保证百分之七十三的决策正确率！"

"嘿嘿嘿。"

"不对，是百分之八十三。"

"嘿嘿嘿。"

"行星间开发部，请你开始述职。"

"嘿嘿嘿。"

"行星间开发部，请你开始述职。"

"嘿嘿嘿……"

此时，在行星的大地上，死亡静悄悄地降临了。在这段本可以称为"第二次全球恐慌"的危机之后，却无人能够回首。

原本用于行星地质改造的工程机械在一系列的计算错误中左冲右撞，受到刺激的地壳则隆起了巨大的火山。人工重力调整同样进入癫狂状态，忽高忽低的引力将大量气体抛离行星表面。逐渐稀薄的大气却又不甘寂寞，在磁场消失后，借助电离作用卷起了全球性的风暴，将低重力下的沙尘卷入空中，再加上火山赠予的硫黄成分，形成了轰轰烈烈的毁灭力量。

全球性的改造工程在失控后，终于成了全球性的灾难。金属的城市在红色暴风中迅速氧化，曾经的辉煌与繁荣没能留在任何一个存储器中，或许只需几百年时间，文明的痕迹便会荡然无存。

"呔！荧惑守心，离离乱象。我大唐的气数果然将尽吗？"朔月星辉下，葛袍老者抚须叹道："近日荧惑异变频生，恐怕圣人（注：唐代称呼皇帝时多用'圣人'）又有误食金丹之虞。"

他身旁一青衣小童嗔道："您怎么又说些大逆不道的话！"

"哼，如今反贼都抓不完了，谁还抓反词？"葛袍老者长袖一挥，轻嗤道，"眼下正当乱世，少管那些官宦纠葛。先寻得这场富贵，安身立命才是要紧。"

"师傅，你在这荒山野岭看星星，就能寻到富贵吗？"

"哼哼，这你就不懂了。记得五年前，黄巢攻龙溪时，有个海商王林百万埋散家财，遁往外地避祸。据说他的巨万家资就藏在这东石盟仙宫一带。为师我日勘风水，夜观天象，料定那……"

唐乾符六年，林百万离泉州以避乱军，自此湮没了行踪。在此后的几十年间，纵横四境的兵祸耗尽了唐朝最后一点儿元气，海上贸易也逐渐凋敝。待到天祐四年，哀帝退位，朱全忠以梁代唐时，海上丝绸之路已仅剩东海一条。此后，中国的历史中便再未出现过"昆仑奴"的身影。而这一时期的道徒方士们，则不约而同地记下了一段荧惑（火星）的异变，谓之"忽明忽暗、赤色渐浓"，并以这妖异的天象，来佐证一代黄金盛世的覆灭。

叶星曦 ————● 胎动之星
　　　　　　　"怀孕"的行星

一、深海

永恒的黑暗笼罩着寂静的深海，巨大的海沟仿佛是一张大嘴，似乎随时准备吞噬那些不慎落入其中的生命。

声呐发出的超声波在海底岩石之间回荡，显示屏上的深海地形图不断被刷新。我轻轻推动操纵杆，"深海二号"的姿态控制器立刻做出了反应，它微微低下了船的前端，沿着螺旋形的下潜轨道继续向深海挺进。

现在的深度是 1.15 万米，除了深潜器的探照灯外，这里再没有任何光亮。我小心地向海沟底部下潜，时刻保持着高度警觉。在这深海中，稍有疏忽都可能造成艇毁人亡的悲剧。在潜艇部队服役了 3 年，然后又在潜水公司工作了两年，我比任何人都要清楚这一点。在深海中，水压是你最大的敌人，耐压艇体虽然非常坚固，但也不能保证万无一失。最可怕的是，一旦出现事故，除非奇迹出现，否则将没任何生还的机会。

深度在继续增加，1.2 万米！我已经差不多到达海沟底部了。声呐的回波显示，正下方的海床呈现不规则裂痕，似乎是不久之前的那场地震造成的。我伸手打开了控制面板上的所有照明控制开关，深潜器周围的辅助照明灯一盏接着一盏亮了起来，红外线传感器也开始工作，寻找任何可能存在的热源。

外部摄影机传回了清晰的图像，这些图像直接投射到舱盖上，形成了一个全景屏幕。在这幽暗的深海中，即使三千流明的大功率探照灯也只能照亮一小片地方。茫茫的海雪从天而降，它们是浮游生物的尸体，死去之后就这样沉降下来，被埋在海床之下，说不定数亿年之后还会变成石油。但是，海雪确实给我带来了一些麻烦，它们一定程度上干扰了我的视线，我不得不靠红外传感器进行搜索，希望能找到一道足够大而且足够深的裂缝。

"情况如何，张？"罗杰斯博士的秃头出现在了屏幕一角。

"正在搜索目标，"我回答，"不过目前还没有任何发现，我正在向 B 点移动，希望能找到你想要的东西。"

"我们可是付给了你 5 倍的价钱，"他不断强调，"只要你给我带回来我想要的东西，我立刻就把剩余的尾款全部给你。我要的只是 1 升地震裂缝处的海水样本，这对你来说应该不是什么难事吧？"

"放心吧，老板。"我苦笑了一下，"你会得到你想要的东西。"

不是什么难事？这家伙真是站着说话不腰疼！在这深海中作业本身就已经承担了极大的风险，而且还是刚刚发生过地震的海区，余震随时可能发生！我估计海沟两侧的海底悬崖已经在地震中变得岌岌可危，一旦再有余震发生，很可能形成海底泥石流，稍不小心我可能就会被大海给埋葬了。

如果不是非常需要钱的话，我是不会接下这份工作的。在一颗陌生的行星上潜水，我还没有这样古怪的爱好。由于科学院有政府财政拨款，从来都是宇宙中最财大气粗的主顾，我清楚目前的工作风险比较大，但报酬实在是相当丰厚，所以我一咬牙就钻到这片海洋下面来了。

次声波数据传输系统是现在我和海面上的基地之间保持联系唯一的纽带，虽然海洋噪声能够湮没大部分声音，但是次声波仍然可以传输到几百甚至几千千米之外的地方。通过一个无线电浮标，我就能顺利地和基地通信，基地里的家伙们虽然只会对我指手画脚，但在这深海之中却是我唯一的依靠。我从不认为这些自认清高的科学家们会在出事的时候来救我，不过他们不负责任的指手画脚却能让我拿来抵御深海中那股莫名的孤独感。

　　"深海二号"沿着海沟的底部慢慢移动，我不敢做出过于猛烈的动作，也许一次轻微的意外碰撞就能打破水压和耐压艇体之间势均力敌的平衡，这种脆弱的平衡一旦被外力打破，深潜器瞬间就会被巨大的水压压扁……

　　就在这时，传感器发出了"哔哔"的声音，它在提醒我它发现了什么。

　　一个热斑清晰地出现在了红外传感器上，它距离我不过几十米，看起来是那场地震留下来的。我驾驶"深海二号"小心接近了裂缝，它很长，1000米多一点，但是却只有1米宽。罗杰斯博士要的水样看来马上就有戏了，不过在此之前我必须把细节问清楚。

　　"老板，"我接通了他，"找到裂缝了。"

　　"真的吗？"他的声音和他的面容一样兴奋，"我看看，我看看……哦！太好了！我要的就是这个，立刻采集水样回来。"

　　"裂口处的可以吗？"

　　"不，要尽可能深处的水样。"他说，"我不希望它受到任何污染。"

　　"明白，老板。"

　　把所有细节都问清楚是明智的，这下我就不怕他反悔了。我松开操纵杆，"深海二号"自动进入了悬停模式，我从控制面板下面拉出了机械手笼，它展开之后深潜器腹部两侧的机械手臂也随之展开。这对机械臂灵活而轻巧，最多可以伸到5米之外的地方。我操控着它们从密封杂物舱内取来了采集水样用的钛合金圆筒，然后用一只机械臂握着它慢慢伸向裂缝深处。

　　那道裂缝在探照灯的照耀下显得格外恐怖，仿佛是一条通往地狱的捷径，好像随时会有恶鬼从里面冒出来。不过这些吓不倒我，在我眼里，深海才是我的圣域。

　　我操控着机械手臂一点一点地向裂缝深处挪动，直到到达它的伸展极限。我停止了手笼中手的动作，然后轻轻弯曲拇指。收集桶被激活，它自动吸入了大量海水，然后再次密封。

　　搞定了！我长出了一口气，准备撤离这个鬼地方。

　　就在这时，一阵明显的震动摇晃着我的深潜器，我意识到我最担心的余震发生了！"深海二号"的传感器几乎立刻发出了警报，声呐显示，一些大型物体正从我正上方落下来，而且数量在不断增加。

是海底泥石流！

在被活埋之前我必须离开这里，想到这里我立刻加快了回收机械臂的速度，但是越到关键时刻人越是可能忙中出错，装着水样的钛合金圆筒碰到了裂口附近的一块岩石，从机械臂的手掌中掉了下来。那一瞬间，我必须做出抉择。完成任务还是立刻逃命？我想都没想就立刻选择了前者，我可不想再到这个鬼地方重来一次了！

我一只手握着操纵杆，另一只手操控机械臂去捡水样。"深海二号"的传感器发出了更严重的警告，我抬起头来，只见大量泥沙和岩石正从我头顶倾泻而下！不能再等了！我推动操纵杆，深潜器开始加速脱离这片危险区域，就在最后一刹那，机械臂抓住了钛合金圆筒。

高速航行模式的"深海二号"动力全开，像一匹脱缰野马在海沟底部狂奔，数万吨泥沙在我身后倾泻而下，将那道裂缝彻底掩埋。

好险！差一点就被土葬了！但是我好歹完成了任务，不用再到这个鬼地方来第二次。想到这里我抛弃了压舱物开始上浮，随着那些沉重的铅块从深潜器的腹部脱落，我与海面的距离终于开始缩小了。

3小时后，我带着水样返回了基地，一场风暴几乎追着我的屁股来了个突然袭击。

二、旧识

巨大的风暴云毫无先兆地沿着海平面压了过来，几分钟之前窗外还是一派风和日丽的景象，但在转眼之间就变成狂风肆虐、乌云翻滚的地狱。豆大的雨点像子弹一样冲击着基地的钛合金外墙，狂风把海面搅得没有一刻安宁，站在窗户后面向外望去，视线仿佛落入了深渊。

这里是普罗多Ⅲ，一颗没有陆地的海洋之星。人类在这颗星球表面唯一的据点可能只有这座战争时期所建造、现在仍在运转的太空扫描站。要在这颗表面覆盖着平均2000米的液态海洋的行星上建造人造建筑可不是件容易的事情，不但要应付变幻莫测的海洋和来无影去无踪的风暴，还要保证建筑的可靠性和牢固性，难度不亚于建造空间轨道塔！

不过，干惯了移山填海买卖的工兵部队的技术军官们仅用一个很简单的方法解决了地基的问题。他们从卫星轨道上瞄准了预定建造地点，并投下了一根外面包裹着纳米纤维衬层的钛合金地桩作为基地的基础，然后在上面建造了这座高塔式扫描站。

那场战争已经结束差不多20年了，现在这座扫描站的大部分功能已经停止，塔顶球形防风罩中的引力测量计也不再工作。实际上从5年前开始，这里就成了研究普罗多Ⅲ海洋生态系统的科研小组和军方共同使用的设施。军方占据着最上层，而下面几层则归几个科研小组使用。虽然大家仍需要共用飞行甲板、食堂和居住区，但是基本上处于一种井水不犯河水的状态。

长久的和平使军人成了一种很没前途的职业，以前只要立下战功就很有希望挂上将星，可是现在天下太平，根本就没有建立战功的机会。基地指挥官沙利文少校的脸上总是挂着一种莫名其妙的冷酷神色，想必他的心里相当郁闷吧。相比之下我就幸运多了，服完兵役之后我立刻跳槽到了一家深潜器公司，负责驾驶深海潜水器。我在军队的时候正好服役于潜艇部队，因此驾驶这种精巧的水下航行器是驾轻就熟。因为出色的驾驶技术，我获得了不错的报酬。尽管钻到龙王爷地盘上混饭吃的确风险不小，但从古至今风险和收益都是紧密挂钩的，我也没什么腹诽。

我带回来的水样让罗杰斯博士欣喜若狂，好像一个小孩子得到了心仪已久的玩具，连午饭都顾不得吃，他就钻到实验室里开始进行分析了。

我坐在餐桌前，若无其事地嚼着淡然无味的人造肉，盘子里的汤却随着基地的震颤而不断地晃动。这座矗立在风暴中的高塔正随着狂风不住地摇晃，坐在里面甚至比坐在船上还要难受。实际上要想在风暴中完全不摇晃在技术上并非不可能办到，不过那样的话光是加固建筑结构就需要投入几十倍的资金，对于军方来说这显然难以承受，而对于那些暂住者来说，投资帮助军方加固基地实在是有点得不偿失。于是，从这座扫描站建成之日开始，它就一直处于摇摇晃晃的状态……整座基地内几乎找不到能活动的家具，为了防止意外情况发生，这里的家具都固定在地板上或者墙壁上。

我吃完了盘子里的东西，四轮驱动的机器人侍者立即收走了我的盘子，同时给我端来了一杯合成咖啡。这种咖啡的代用品虽然味道不怎么样，但是咖啡因含量却跟普通咖啡一样多。就在我端起来准备享受一下的时候，地板突然剧烈地摇晃起来，那杯咖啡一下子全泼在了我的裤子上。

该死！是地震！最近经常发生地震，不过这点震动对于这座基地来说还是完全可以承受的，只不过我的裤子是完了。

我一边用纸巾擦拭裤子上的咖啡，一边小声抱怨上帝的不仁慈。不过扫了一眼坐在餐厅其他位置的几名研究生，我突然发现自己并不是最不幸的一个。那些年轻人要么脸色铁青地望着食物发呆，要么在有气无力地唉声叹气。看起来，这几位肯定都晕船了。每到这样的风暴之日，研究组里面的年轻人大约有半数都会受到晕船症状的折磨，通道里经常看到乱七八糟的呕吐物，每当这时候基地内的清洁机器人总是忙得热火朝天。

就在这时，一个陌生的女人在我对面坐了下来，她穿着白色的研究员制服，黑色的长发在脑后扎成了马尾。不过她的身材实在是……只能用分不出前后来形容了。虽然有些面熟，但是我刚开始并没有认出她来，直到她摘下墨镜。

"张波，好久不见了。"她用勺子搅拌着土豆泥，若无其事地调侃我，"怎么了，摆出这样一副表情，虽然差不多5年没见面了，但是你也不用摆出这么一副见鬼了的表情来迎接我们的再次会面吧？"

"夏诗雨！"我几乎从椅子上蹦了起来，"你……你来这里干什么？"幸好后面那句"你不是死了吗"被我强行咽了下去。她的相貌看起来变化不大，身材还是那么糟糕，但是性格却安静多了，身上还多了一种不太协调的感觉。

5年对于一个人来说可不算短，人总是会变的。

"当然是来工作了。"她淡淡地说，"前天我才乘坐补给舰过来，我现在是公务员了，到这里来是为了对普罗多Ⅲ的地质状况进行评估。不出意外的话，这里可以成为一个不错的海上农场……不要这么惊讶，赛拉波尔崩溃的时候我恰好在二号卫星基地里，虽然九死一生，但总算逃出来了。你不会以为我死了吧？"

"5 年杳无音信，我还真以为你上了天堂。"我叹了口气，"不过那个殖民行星是怎么回事？我听说军方对它投掷了黑洞炸弹……可是官方的说法是反物质喷泉在行星轨道附近爆发，造成了该行星百分之八十五的物质湮灭。"

"阿姨的身体好点了吗？"她不动声色地岔开了话题。

"啊……我老妈还是那样。"我意识到了自己的失言，当时她的父亲夏文峰也在赛拉波尔，而我在随后的死亡名单上看到了他的名字。

"听说你在拼命赚钱，"她望着我说，"而且从事的是非常危险的深海潜水作业，虽然阿姨的医疗费需要很大的开支，但是你也没必要拿生命冒险啊。"

"不是冒险的问题，"我叹了口气，"从大学时代开始我就是狂热的潜水爱好者，潜水对我来说已经是生命的一部分了，况且我也不能让我老爸一个人赚钱，他现在是一艘星际货运飞船的船长，虽然收入不少，但也很难独自承担我老妈的医疗费用。作为一个男人，我必须负担起最起码的责任。深海作业报酬很高，况且是给科学院打工，我估计再干上个两三年就能凑足我妈的手术费用了。"

"你结婚了吗？"她突然问道。

"没有，"我很干脆地回答，"谈过几个女朋友，不过后来都跟我拜拜了。一个在边远行星上潜水的臭男人很难获得女孩的青睐。"

她"哦"了一声，不置可否，但是我知道她肯定还有话要说。

机器人又给我送来了一杯咖啡，我端起来喝了一小口，就在这时地板又剧烈震动了起来，不过这次我早有防备，咖啡完全没有洒出来。

"又是地震，"我抱怨道，"现在一天好几次，真烦人！难道这颗星球要爆炸了吗？"

"有这种可能，"她很认真地说，"最近地壳运动变得很奇怪，从军方的地震仪收集到的资料显示，震源似乎深入地幔。"

"这可不是个好消息……"我摇了摇头，"这份工作对我很重要。"

"开个玩笑而已，"她笑了起来，"这颗星球的确有问题，不过几万年内它还是不会爆炸的。说实话，我正在奉命调查它的地质活动情况，但是进展缓慢。你知道，要开发一颗行星必须对它的地质状况进行深入分析。这不但关系到殖民地的建立，还关系到以后建设轨道塔的问题，需要特别慎重。"

搞地质果然是个苦差，给政府当差更是苦差中的苦差，连星球爆炸这种事儿都要考虑。

"能不能专门为我下潜一次？"她突然抬起头来，"我是说，我想雇你为我工作，虽然只有一次，但是我希望你能答应。"

这个要求绝对出乎我的意料，虽然以前有女孩子想搭我的便车，但是要求搭乘深潜器下海的还是第一个。我的这位老同学总是干出一些惊天动地的事情来，当年在大学的时候夏诗雨可是学生会会长，她老爸又是学院的副院长，基本上没有她不敢做的事情。我在她手下当差的日子里也着实狐假虎威了一把。不过话说回来，我还真没法答应现在这件事。"深海二号"是科学院的财产，归属罗杰斯博士，只有他点头我才能接下这个生意，不过我估计让他点头非常困难。

"这件事情我无法做主，"我向她如实道来，"'深海二号'并不是我的东西，你要想雇我没问题，但是想要动用'深海二号'，就必须让罗杰斯博士点头。"

"罗杰斯博士？"她的自信让我惊奇，"不就是那个老头吗？我会让他同意的。"

如此胸有成竹的回答，实在是让我始料未及。整个地球殖民地的人都知道罗杰斯博士有多么小气，这个连吃饭都要吃三等工作餐的家伙是个出了名的小气鬼，而且还有极为严重的猜疑心！"深海二号"的备件和燃料都是由军方的运输舰从联盟腹地千里迢迢地拉过来的，每次下潜都要算好了省着用。我很难想象他会把手里唯一的一艘深潜器借给不相干的人。

"那么祝你好运,"我深表同情地点了点头,"相信我,你说服他需要费很多口水。"

"你现在就做好准备吧,"她一副胸有成竹的样子,"到时候可是我说了算。"

"没问题,只要你能让那老头点头。"

夏诗雨微微一笑,转身离开了餐桌,服务型机器人立刻收走了她没吃完的土豆泥。望着她消失在门外的背影,我实在不太想接下这个差事。说实话,深海作业的危险性真的很高,在深海中一旦出现问题,除非上帝显灵佛祖保佑,否则基本没有生还的可能性。身为老同学,我实在不想把她带到那么危险的地方去。不过,鉴于她说服罗杰斯博士的可能性无限接近于零,我也没有什么可担心的。想到这里,我端起桌子上的咖啡一饮而尽。

但是一小时后,夏诗雨却告诉我:罗杰斯博士同意了。

三、蓝色海洋

蔚蓝的天空中点缀着白色的浮云,碧蓝的大海波涛不兴,仰望云端,隐约能看到这里月亮的轮廓。这可真是个潜水的好天气,谁能想象昨天晚上海面上还是风暴肆虐呢?这颗行星的天气变化无常,幸好有数颗气象卫星不停地监视着全球气象变化,否则很容易和恶劣天气碰个正着。

"深海二号"贴着海面疾飞,它现在展开机翼,化身为了一艘小型地效翼艇,依靠地面效应提供的额外升力飞行。900千米每小时的速度对于这么一艘深海潜水器来说已经是一个很高的数字了,它不需要母舰的支持就能在基地周边1200千米的任意海域完成潜水任务。凡是在海军待过的人都能一眼认出这艘深潜器的原型——小型水下突击艇"海豚"——军方装备数量最多的一款小型战斗艇,我在军队的时候驾驶的正是它。这也难怪,"深海二号"是奥拉多姆公司的产品,这个超级军火制造商目前正在向民用领域进军，"深海二号"在"海豚"的基础上进行了改良，去掉了武器系统，加装了更先进的导航设备和传感器，摇身一变就成了一款优秀的民用潜水器。

夏诗雨看起来非常兴奋，她坐在"深海二号"的副驾驶位置上，在我的正后方，我从后视镜里面扫了她一眼，她正把脸贴在驾驶舱的透明舱盖上往外看。

"会长大人，请扣好安全带。"我提醒她，"我可不想等下入水的时候看到你的额头和前面的控制面板进行一次令人印象深刻的亲密接触。"

"张波！"她一脸兴奋地转向我，"我们什么时候潜下去？"

我的话她显然完全没有听进去……

"别急，还有 10 分钟的路程，"我看了一下导航系统上的坐标，"不过话说回来，你给我的这个坐标是怎么回事？"

"是个秘密，"她眨了眨眼睛，"不过很快就不是秘密了。"

到了现在还在我面前卖关子，我无奈地笑了笑，开始着手做好潜水准备。几分钟后，"深海二号"到达了预定坐标，在减速的同时机翼向下收回紧贴在艇身两侧，仅用了不到 1 秒，它就完成了向潜水模式的转换。

入水的瞬间，无数气泡包围了我们，伴随而来的还有一次剧烈的冲击。气泡很快散去，从海面上投下来的粼粼波光开始在深潜器的外壳上闪烁起来。普罗多Ⅲ的海洋完全没有受到过任何污染，人类在这里留下的痕迹只不过是一个小小的哨站基地而已。海水清澈透明，几乎看不到漂浮物，这样的海洋在人类的势力范围内大概是绝无仅有的吧。

"哇哦，看 8 点钟方向！"我的乘客兴奋地叫道，"有什么东西正在向我们靠近，它在我们下面。哦，天呀，这东西可真大！"

我沿着她兴奋的目光望去，只见一堆有大型潜水战舰那么大的绿色物体正在不远处的海水中漂浮。它看起来像是一块巨大的地毯，背面长满了绿油油的枝叶状触须，下部则垂着无数根十几米长的触手。那是普罗多浮萍，一种巨大的海洋生物复合体，它们悬浮在 10 米深的水下，而躲避风暴时则会下潜到 50 米的深度。这种浮萍实际上并不是一个单一的生命体，它是一个由多种生物组成的群落，主体是一种类似水母的生物，它们组成了浮萍的基本结构。在它们背上生长的藻类通过光合作用制造养料，而生活在触须之间的小型海洋生物则负责捕获其他生物来供给它们的"活体城市"，在必要时它们还会为了保卫家园而战。

说实话，我第一次看到普罗多浮萍的时候也吓了一跳，我从没想过水下会有这么大的生物体存在，它们的长度一般在 50 米左右，宽度大约是长度的三分之一，总体呈椭圆形，近看非常壮观。不过普罗多浮萍只是普罗多Ⅲ行星上众多奇特的海洋生物之一，还有更多神奇的生物等着科学家们去发现。罗杰斯博士和他的研究小组就是为此而工作的。

夏诗雨在后座兴奋地左看右看，我却必须做好我的工作。我伸手将控制台上的开关一一开启，"深海二号"开始进行最后的下潜准备。"声呐系统启动完毕，氧气储备充足，燃料电池安装正常，FCS 没有问题，通信浮标分离完毕……"随着一行行自检信息通过控制板中央的屏幕，我基本确定我们已经做好了下潜准备。

再次逐一确定没有任何疏漏之后，我开始给主压载水舱注水，这样一来，"深海二号"的比重将跟海水基本持平，我们的深海之旅将正式展开。

我轻轻推动操纵杆，"深海二号"灵巧地垂下了艇艏，开始沿着螺旋形航线不断下潜。为了防止夏诗雨被转晕，我特地把转弯半径设定为 150 米，而不是先前惯用的 50 米。在升降翼的控制下，"深海二号"沿着螺旋形航线迅速下潜，下潜速度控制为 3 米每秒。在航行开始后，我时刻留意着夏诗雨的变化，不过这位大小姐似乎不会晕船，即使螺旋潜航也没把她转晕。但我更担心的是她光顾着看外面暂时忘记了晕船这回事儿，我真怕等会儿到了深海没东西可看的时候，她在我的宝贝深潜器里吐得乱七八糟……

随着深度的不断增加，海面上的阳光逐渐远去，最后只剩下一片无尽的黑暗。水下 500 米，深邃的黑暗统治了一切，我扫了一眼身后的夏诗雨，她满脸都是失望的表情。这也难怪，美丽的浅海风光不到 10 分钟就没有了，她这么失望很正常。普罗多Ⅲ的海洋平均深度 2000 米，这颗星球上百分之八十的海域都是深海。深海是我的殿堂、我的圣域，只有我和"深海二号"能够到达的地方，但是今天，我必须和我的乘客分享这片深海。

"失望吗？"我问道。

"失望？"她眨了眨眼睛，露出少许疑惑。

"深海是漆黑一片的世界，"我说，"事实上的确是这么回事。"

"不是特别失望，"她笑了笑，"不过什么都看不到确实很扫兴，虽然扫兴，但是我还是第一次潜入大海，这可比在全息资料室看到的深海真实多了。"

"你会习惯的，"我笑了笑，"这里并非只有黑暗。"

说着，我按下了控制台上的几个按钮，钛合金舱盖从后面滑了上来，扣在了原先的透明舱盖上，和驾驶舱周围的艇体结合在一起形成了一个完整的耐压壳体。虽然"深海二号"的驾驶舱盖和"海豚"一样是用高硬度夹层树脂制作的，但是这种材料毕竟有工作极限，无法抵御深海的巨大水压。不过关闭了外盖并不意味着就只能靠声呐和传感器驾驶深潜器，全周视显示器能够提供上方 180 度的全周视野。随着系统完成初始化，图像很快出现在了舱盖上，夹层树脂内部隐藏的薄膜式显示器工作正常，将艇身周围的十二部深海摄影机捕捉到的影像完整地展现给我和我的乘客。

接下来，我按照程序启动了深潜器外部的照明灯，白色的光束顿时撕裂了黑暗的幕布，深灰色的海床出现在了屏幕上。

"哇！太神奇了！"夏诗雨惊叫起来，"张波，我们已经到海底了吗？"

"已经到海底了，"我说，"但是还没有到达目的地。"

她"哦"了一声，然后把目光投向深海。探照灯提供的照明在深海中非常有限，虽然主探照灯的亮度有三千流明，可白色的光柱仍然只能照亮周围十几米的范围，再远一些地方的光线就被深海的黑暗完全吞没了。但是，灰色的海床上并非什么都没有，一些小型海洋生物的身影偶尔会出现在灯光下，其中以甲壳类居多。即使在这黑暗的世界里，仍有生物存在。

"深海二号"贴着海床慢慢前进，四个姿态推进器时刻控制着深潜器与海床的距离，探照灯的光柱扫过灰色的泥沙，向着远处慢慢移动。黑暗中似乎什么都没有，海床上也看不到什么明显的地形特征。但是，声呐回波显示，我们正在靠近目的地。

几分钟后，平整的海床被嶙峋的乱石所取代，起初只是伸出淤泥的零星石块，但是很快就变成了刀锋般的巨石，这是海底断裂带特有的地貌，再往前去，黑暗瞬间吞没了探照灯的光束，一道深渊出现在了我们面前，而我们的目的地就在它的最深处。

"哇！"夏诗雨发出了一声惊呼，眼前犹如地狱之门的景象大概把她吓到了。但是我却非常清楚，如果把这趟旅程比喻为地狱之行的话，我们才刚刚到达撒旦先生的家门口。

四、深渊

夏诗雨提供给我的坐标显示，我们要找的东西就在海沟的最深处。根据数据库中的资料，这条编号为 ST97 的海沟长 840 千米，最大深度 4683 米，并不是这颗星球上最大最深的海沟，但是这附近却是普罗多Ⅲ地壳最活跃的地区，不但分布着大片海底热液活动区，还经常发生地震和海底火山爆发，下潜的话必须非常小心才行。

我不知道夏诗雨到底要在这里找什么，她似乎刻意不告诉我太多的事情，我原本以为她只是想到深海看一看而已，但是出航之前她递给我这个坐标和一张数额巨大的支票的时候，我才意识到事情远没有我想象得那么简单。那张支票上的金额足够我支付我妈的第二期手术费用，我根本无法拒绝她的条件。

这可真是人为财死，鸟为食亡。

海沟的宽度只有 2400 米左右，最深处宽度不足千米，地势相当陡峭，而且回旋余地很小。在这深海中任何轻微的撞击都可能打破海水和耐压壳体之间那近乎微妙的力量平衡，"深海二号"将会在零点零几秒内被压扁。因此，我不能冒险采用螺旋形下潜航线，只能利用姿态控制推进器慢慢下潜。

现在"深海二号"的主压载水舱内已经注满了海水，不过它的整体比重仍然略大于这里的海水，要想快速下潜，可以头朝下利用主推进器进行俯冲，否则就用姿态控制推进器慢慢往下推。考虑到我们有的是时间，我选择了后者。一来这样安全系数更高，二来在狭窄的海沟内还是不要横冲直撞为妙。想到这里，我轻轻推动操纵杆，"深海二号"慢慢越过了海沟边缘，四个姿态控制推进器全部转向正上方，开始小心翼翼地沿着海沟两侧如刀削般的陡峭崖壁慢慢下潜。

　　后座上的夏诗雨咽了一口口水，声音大得我都听到了，看得出她很紧张。

　　"第一次来到深海感觉如何？"我急忙找话题分散她的注意力。

　　"说实话……很紧张。"她说，"感觉好像到了铁扇公主的肚子里一样，可惜我不是孙悟空，有点害怕。"

　　我笑了笑："其实这才是深海的本来面目，深邃、神秘而又充满杀机。但是正因为是这样，我才迷上了这个地方。"

　　"难道你就是传说中的变态吗？"她说，"心理扭曲？"

　　"随你怎么说……"我撇了撇嘴。

　　"这就生气了？"她换上了一脸无辜的表情。

　　"怎么可能……毕竟我曾经也是学生会的一员啊。"我叹了口气，"不过话说回来，你怎么消失了5年，突然就变成公务员了呢？说实话，这5年我起码有三次试图打听你的下落，不过都失败了。好在你的名字没有在死亡名单上，多少给了我一点安慰。"

　　"你……找过我？"她露出了一丝异样的神情。

　　"不只是你，"我并没有注意到她的表情变化，"学生会的那群人我都找过，菲尔德在洛利当老师，孟飞在新维尔纳做生意，他们两个是我唯一能够联系上的老同学，其他人……大多都在那份名单之上。可是，我却一直没能找到你，在部队的时候通过一个关系不错的上司打听过，到潜水公司之后又通过社会保障部门找过你……可是我没想到，你却突然在这里冒出来了，就像幽灵一样……实在是把我吓了一跳。"

"其实有很多事情……我不愿提起。"她移开了目光,"能够再次遇到你,完全是偶然中的偶然。"

"你为什么不和大家联系?"

"这是我的事情,"她突然有些生气,"请你不要过问!"

就这么被顶回来了,我显然碰了个大钉子。虽然心里有些生气,但是想想这5年来她也许遇到了更多的事情,怒气自然也就烟消云散了。在学生会打杂的日子令人怀念,大学的校园生活留给我的只有甜美的回忆。那时候我的母亲身体还没有现在这么糟,我可以无忧无虑地享受校园生活。可是我注定无法完成学业,在母亲病倒之后,我为了那笔退伍安置费而加入了军队,好歹凑齐了第一阶段的医疗费用。但是,那只是一切的开始而已。即使在宇宙开发时代,人类的医学技术也有无法攻克的堡垒。

舱盖上的影像依然单调,雪亮的光柱在峭壁的岩石上慢慢移动,仿佛是通往光明世界的隧道。但是在这幽暗的深海中并非完全没有光存在,随着深度突破6000米的时候,点点萤火开始在幽深的黑暗中闪烁起来。那是无数生活在深海中海洋生物,这里的生物大多都有发光器官,能够在黑暗中发出微弱的光亮。再往下,热海水带来的上升流使深潜器开始晃动,我不得不启动手动操作才勉强把它稳住。我们差不多已经到底了,下面就是地热活动频繁的海底断裂带,也许再往下几千米就是岩浆湖。

海沟的底部铺满了黑色的灰烬,这些灰烬大概是某次海底火山爆发留下的,也有可能是那些"烟囱"的喷吐物沉积下来的。灰烬中的矿物质反射着探照灯的光芒,好像星空中的点点星辰。

这里的水温异常高,达到了15摄氏度。一般来说,在这样的深海,水温应该是接近零摄氏度的,这样的异常水温说明附近要么有火山活动,要么有海底热液活动区。

我希望是后者。

夏诗雨给的坐标依然在导航面板上闪动着,我紧握操纵杆,控制"深海二号"小心翼翼地慢慢接近。海沟底部并非一马平川,巨大的岩石偶尔会挡住去路,不过绕开它们对"深海二号"来说并非难事。

在一块巨大的岩石后面，探照灯发出的光芒被冲天的"黑烟"挡了回来，只见一大片圆柱形的地热喷泉正像 20 世纪的鲁尔工业区的烟囱一样冒着"黑烟"，只不过这些烟并不是真正的烟，而是混合了大量矿物质的地热水。在这些"烟囱"的旁边，五颜六色的真菌和一些身体透明的甲壳类生物享受着大自然的恩赐，共同构成了一个很奇特的生态系统。在这样的深海中居然能找到这么大一片海底热液活动区，我真是没有想到。

水温又升高了，这可不是个好消息，但是夏诗雨要找的东西貌似就在这一大群烟囱之间，而且看起来好像不太容易接近。我用声呐扫描了附近的地形，但是因为烟囱喷出的地热水和其中矿物质的干扰，声呐实际上并不能发挥太大的作用。

"我们到底要找什么？"我问道。

"一台机器，"她回答，"不过是很久以前放置在这里的，那是一台地质活动记录仪，一种用来记录地壳变动和行星内部变化的机器。"

"很久以前？"我感觉不太妙，弄不好已经被埋在海床下面了。

"不用担心，"她递给我了一台数据终端，"它还在那里，并且还在正常工作，我们只要回收其中的数据就可以了。"

说得轻巧，做起来难。我接过数据终端，把它挂在控制台旁边的卡扣上。屏幕上闪动的坐标显示，那台机器距离我们不足百米，但是要想从这么一大群"烟囱"之间穿过去，没有点技术那真是找死。这么做的危险性特别大，一旦深潜器被热水流弄得失去控制，我们很可能会一头撞在岩石上，要是耐压壳体损坏的话，后果不堪设想。

仔细研究了每一个喷泉的位置，我规划出一条较为安全的路线，然后操纵"深海二号"小心翼翼地进入了危险区。

水流飘忽不定，"黑烟"严重干扰了视线。"深海二号"在我的操纵下摇摇晃晃地缓慢前进，温度计的数值开始直线上升，水温居然达到了 43 摄氏度。突然，金属传感器有了反应，主探照灯自动转了过去，一个半球形物体出现在了光柱中。

那个东西被埋在粉尘状的灰烬中，只露出最顶端的一小部分来，看得出它是个人造物体，钛合金外壳上虽然沾了不少沉积物，但是在探照灯的照耀下仍然能看清上面模糊的字迹。这个球体本身好像就是个巨大的耐压舱，露在外面的部分半径大约 3 米，从外壳的弧度来看，我估计它的实际直径大概在 10 米以上。这么大的东西用"深海二号"可弄不上去，必须使用专用的深水打捞驳船才有可能把它弄出海面。

"终于找到了，"夏诗雨一脸喜悦，"它果然还在这里，真是太好了。"

"这么大的东西我们可弄不上去，"我提醒她，"'深海二号'在深潜状态最多只能携带一吨半的有效荷载，这玩意儿少说也有二三十吨重。"

"我们只要回收数据就行了，"她向我伸出手来，"张波，麻烦你把数据终端给我。"

我伸手把那台数据终端从控制台旁边的卡扣上取了下来，然后递给了她。说实话，我很想看看她葫芦里卖的什么药。

只见夏诗雨在用那台设备发出了某种指令，球体正上方的指示灯立刻亮了起来，它的外壳依次打开，最后一个篮球大小的物体从里面飘了出来。整个过程像变魔术一样神奇，我看得一愣一愣的，不过要带这么个小东西回基地我想没有任何问题。

于是，我把手伸进手笼，紧贴在"深海二号"机腹两侧的机械臂同时展开。灵巧的手臂准确地伸向那个球体，最后轻轻地把它握在手中。

"张波，"夏诗雨突然拍了拍我，"你看那是什么？葡萄？"

我很讨厌别人打断我的工作，但是出于好奇我还是看了一眼她发现的东西。只见一个"烟囱"旁边挂着一串串粉红色的"葡萄"，看起来很好吃的样子。不过我却比任何人都清楚那是什么！那是深海蛟的卵！深海蛟是普罗多Ⅲ上最危险的深海杀手，它有 20 米长，冲刺速度可以达到 40 节！这些大鱼把卵产在海底热液活动区，借助这里的水温使它们孵化，最可恶的是它们还是模范父母，经常回来照看这些卵！

事不宜迟，在深海蛟回来之前最好赶快离开这里。上次罗杰斯博士让我去偷深海蛟的卵，我和"深海二号"险些被那对愤怒的父母一口吞下。

想到这儿，我急忙开始着手进行上浮准备，就在这时，传感器突然发出了警报，七点钟方向有个不明物体正在接近，而且体积相当巨大。真是说曹操曹操就到，模范父母中的一位已经回来了。它回来的真不是时候！

随着铅块从深潜器腹部纷纷脱落，"深海二号"开始垂直上浮，一个黑影从"烟囱"冒出的"浓烟"中蹿出，几乎擦着左舷的二号姿态控制推进器冲了过来，如果是直接碰撞的话，我们当场艇毁人亡的可能性几乎是百分之百。

好险！我的额头上渗出了汗珠，现在的上浮速度是1米每秒，虽然已经算是很快的速度了，但是和深海蛟灵活的身手比起来还是太慢了。

好在海水温差和水中的矿物质对深海蛟的感官也产生了很大的干扰，它可能也跟我们一样无法掌握对手的准确位置。面对这种深海怪兽，我承认以现在的装备是无法对付它的，如果有鱼雷发射器的话，把它轰成肉末易如反掌，可惜的是"深海二号"不是战斗舰艇，它完全没有武装保护自己，现在唯一能做的就是尽快上浮。深海蛟毕竟是生物，它们的身体虽然适应了深海的巨大水压，但是如果压力变化过快的话还是无法承受的，换言之，它们不可能像"深海二号"那样急速上浮。

不过这只是我一厢情愿的想法，传感器再次发出警告，另外一只深海蛟正从一点钟方向接近。因为含有矿物质的海水和地形的干扰，声呐发现目标的时候已经来不及了。巨大的黑影突然从深海中冒了出来，在探照灯的光芒中我甚至能清楚地看到深海蛟口中那1米长的尖牙。

碰撞发生的一刹那，我冷静地偏转操纵杆，勉强避开了正面撞击。但是"深海二号"艇艏左侧的探照灯却成了替死鬼，它被硬生生地从艇身上扯了下来，然后在深海蛟的尖牙利齿之间粉身碎骨。

"张波，注意6点钟方向。另外一只过来了，它就在我们后面。"夏诗雨显得出奇的冷静，我想她大概被吓傻了吧。

"哎呀，不妙了！"我扫了一眼后视镜，微弱的灯光中果然出现了一个巨大的影子。

另外一只深海蛟从后面扑了过来。

"抓紧扶手！"我按下了控制面板上的几个红色按钮，"我们上浮的速度可能会有点快，不过我可以向你保证这艘深潜器不会解体！"

按钮按下的那一刻，"深海二号"顶部的配平物与艇体分离，转眼间沉入了幽暗的海沟，失去前部配重之后，"深海二号"的艇艏高高仰起，逐渐指向海面。在艇艏对准海面的刹那，我猛地将制动杆推到了最大位置，"深海二号"的主推进器全速运转起来，它化为一支离弦之箭向着充满阳光的海面冲去。那只从后面扑来的深海蛟擦着推进器护罩冲了过来，一头撞在了峭壁上。

"深海二号"以 10 米每秒的速度开始急速上浮，我很清楚身后那两位愤怒的家长已经再也追不上来了。在 1000 米深度时，我关闭了主推进器，排空了后部压载水舱内的海水，"深海二号"重新恢复到了水平状态，以 1 米每秒的正常速度开始慢慢上浮。

大约 20 分钟后，久违的阳光照进了封闭的座舱。我不由自主地仰望天空，有那么几分钟，我还以为自己再也见不到这片蓝色的天空了。

五、消失的基地

当"深海二号"回到那片熟悉的海域的时候，闪烁着银光的高塔却没有出现在海平面上。起初我以为导航系统出了问题，但是仔细核对 GPS 坐标之后，我却发现自己的位置没有任何偏差，但是这是不可能的事情啊，那座基地不可能就这样消失得无影无踪。我们又不是到了龙宫的浦岛太郎，重新浮上海面的时候已经过了百年。

我试着扩大搜索范围，"深海二号"以基地坐标为中心绕了一个大圈，但是仍然没有找到任何东西。几小时前我还在基地的食堂里吃早餐，但是几小时后它却消失得无影无踪，这太不合常理了！

就在这时，一个在海面上漂浮的红色物体进入了我的视野。我立刻驾驶"深海二号"飞了过去，平稳地降落在了它附近的海面上，然后操纵机械臂把那个物体从海里捞了上来，这才发现那是一个装垃圾的塑料桶。

为了保护普罗多Ⅲ的原始海洋环境，哨站的垃圾都是集中起来由补给舰带走的，以保证人类活动不会对它造成任何污染。这样的密封垃圾桶是绝对不可能随地乱扔的。很快，另外一个漂流物进入了我的视野，那似乎是个扫描站顶端的巨大球形天线罩的一部分，这个天线罩保护着里面脆弱的引力计，为了减轻重量，它是用比水轻的泡沫钢制成的。

　　连普罗多Ⅲ上最强风暴都无法撼动的天线罩居然在这个风和日丽的日子里变成了碎片……这也太超出常识了！我清理了一下思绪，把所有的线索联系到了一起。那一瞬间我突然意识到，哨站可能沉入了海底！

　　我跳回座舱，把声呐设置为扫描模式，一条巨大的裂缝出现在了屏幕上！它很长而且很深，似乎是不久之前刚刚形成的。在裂缝的中央横着一个棒状物体，我不清楚那究竟是什么，但是只能潜下去看个究竟。

　　我扫了一眼后座上的夏诗雨，她正全神贯注地解析回收回来的资料，完全没有意识到我们陷入了空前的危机之中。现在最好还是不要打扰她为妙……想到这里，我做好了下潜准备。随着海水涌入主压载水舱，"深海二号"开始慢慢下沉。因为之前抛弃了压载物和配平物，此时的"深海二号"实际上已经不具备深潜能力。为了减小自身浮力，我不得不往耐压艇体内的备用压载水舱里注水，这样才勉强下潜成功。不过因为失去了艇艏的配平物，潜水时艇首有些抬高，操纵的时候稍有不便，还好影响并不太大。

　　深蓝色的海水包围着深潜器，粼粼的波光在一片蓝色的幕布上荡漾着，各种各样的浅海鱼类成群结队地游荡在巨大的普罗多浮萍之间，组成了一幅美丽的浅海画卷。但是，声呐很快锁定了一个很不和谐的目标，对这样一道巨大的海底裂缝来说，我们的基地像一段原木一样横在其上。这条深不可测的大裂缝有100多米宽，正好摧毁了基地的地基，直接造成了它的沉没……

　　看起来，这一切都发生在不久之前，一场地震刚刚发生在这片海域。

　　我操控着潜艇小心地接近目标，虽然失去了一侧的探照灯，但是在这浅海中并不太需要什么照明。基地看起来还算完好，一串串气泡正从微小的裂缝中不断地冒出来，它显然刚刚沉没不久。但是我很清楚，基地内的人不可能生还,这里的深度为 140 米,已经超过了人类裸体潜水的极限深度,在没有器材保护的情况下没人能活着浮上海面。

基地的毁灭意味着我们失去了所有赖以生存的物质资料,在这片巨大的海洋上,我们没有淡水、没有食物、也无法呼叫救援。仅凭两个人和一艘深潜器,想要在普罗多Ⅲ这颗海洋之星上生存下去是不可能的事情。想到这里,我感到非常气馁,但是又无可奈何。如果我注定命丧于此,至少我的保险金够我妈治病了。

"我们遇到麻烦了吗?"夏诗雨的声音打断了我的思绪。

"何止麻烦……"我叹了口气,"简直是被判了死刑!而且这个死刑还比较漫长,过程也非常痛苦。我们不可能在这里活下去,而且还无法呼叫救援。'深海二号'的通信系统根本不可能进行星际通信。"

"这可真是很糟糕呢……"夏诗雨反倒比我还冷静,"这艘潜艇的通信范围有多大?"

"我说了,不能进行星际通信。"我顿了一下,然后回答了她的问题,"不过在大气层内部以及卫星轨道上还是可以进行有限的通信联络,但是轨道上并没有飞船。"

"但是,有卫星啊。"夏诗雨说,"同步轨道上不是有好几颗气象卫星吗?我们可以利用它们进行远程通信。"

"即使如此,信号也不可能传到星系之外。"

"但至少可以叫来救兵,"她显得很有自信,"据我所知,有一艘巡洋舰正在附近执行任务,不出意外的话,我们可以联系上它。"

"啊?巡洋舰?"我愣了一下,军方的巡洋舰跑这儿干吗?虽说不是主力舰,但是这些大型军舰出航也是要消耗不少燃料的,况且是来这么偏远的地方,一定需要很多燃料。最重要的是,夏诗雨怎么知道有艘巡洋舰在附近呢?宇宙舰队一向奉行神秘主义,除非相关人士,几乎不可能得知他们会把战舰派到哪儿。

"总之,我们先浮上去……哇!天哪!"夏诗雨突然发出一声惊呼,我也被她这一嗓子吓了一跳。我急忙转过身来，只见一张扭曲的脸正飘在透明舱盖外面，而一只巨大的伞膜乌贼正在用它长满利刺的伞状触须撕咬他的下半身。

是罗杰斯博士！不过他现在已经变成了一具尸体，而且有三分之一似乎已经进了他的研究对象的肚子……

就在这时，另外一只伞膜乌贼出现了，开始和先前那只一起撕咬尸体，鲜血和碎肉在清澈的海水中四散开来，场面相当血腥。

在夏诗雨吐出来之前，我急忙偏转操纵杆，"深海二号"迅速离开了那具尸体，开始向海面上升。我扫了一眼后视镜里的夏诗雨，只见她脸色苍白双唇紧闭，看起来正和自己的胃作斗争。这也难怪，突然目睹了如此惨烈的情景，任何人都不会若无其事。几分钟后"深海二号"回到了海面上，我开始着手进行卫星通信的准备工作。

"深海二号"的通信系统很简单，基本上奉行了"够用就行"的原则，民用产品大多都是这样，这次真希望上帝保佑这个系统性能"够用"……幸好现在晴空万里，没有什么能够阻挡无线电波的传输，我很快跟气象卫星建立了链接，然后那颗该死的卫星让我输入管理员密码。

"你知道密码吗？"我愁眉苦脸地扭过头去。

"密码？"夏诗雨思考了一秒钟，说出了一串数字。

我微微一愣，密码随口就来，这也太快了。她到底还有什么事儿瞒着我，即使是老同学，等下我也得问个清楚。

她见我没反应，就重复了一遍，然后问道："我的脸上有什么东西吗？"

"不，没有。"我输入了密码，"只是有些惊讶。"

敲下回车键的刹那，卫星接受了我的控制，虽然我看不到，但是我也能想象一颗飘浮在泛着蓝光的大气层外的卫星展开主通信天线的情形。

"将通信天线指向坐标 EG88CS，"她说，"我要发送一条信息。"

"信息？"我问，"就发 SOS 不行吗？"

"至少要表明身份，否则他们不会来的。"说着，她把数据终端接入了"深海二号"的系统，一堆被加密的乱码立刻出现在了我面前的屏幕上。

看着信息开头的导引码，我突然觉得似曾相识，拼命翻找记忆之后，我猛然想起，这不是军方加密通信的题头吗？虽然各军种的加密方式稍有不同，但是开头的导引部分基本上都大同小异。不过内容我就完全看不懂了，毕竟我不是解码机。我越来越觉得不太对劲，夏诗雨怎么可能会使用军方的加密通信？按理说小小一个公务员不可能知道这么多东西。

就在我胡思乱想的时候，信息发送完毕，卫星顺便还给我们发来了天气预报，预报显示，一小时内一场大型风暴即将袭击我们所在的海域。

六、胎动之星

当海面上风暴肆虐的时候，水下一百米的地方却没有一点风暴的感觉，这里很平静，平静得让人无法联想到头顶百米处发狂咆哮的巨浪。那些巨大的普罗多浮萍大多也下潜到了这一深度，跟我们一起躲避巨浪和狂风的侵袭。为了节省能源和燃料，我把"深海二号"锚泊在一块浮萍上，一旦风暴结束，这些大块头就会自动上浮到 10 米的深度，简直像装了天气预报系统一样准确。

夏诗雨仍旧在全神贯注地分析她的资料，但是我很清楚她早已得出了结论。沉默笼罩着狭窄的座舱，但是我们似乎都刻意不去打破它。平静的假象默默地维持着，但是我可以肯定她的心里也和我一样思绪万千。我们需要交流一下，可惜的是我们都不是那种可以随时随地袒露心声的类型。只有一点我可以确定，虚假的平静必须被打破，也必定会被打破。

"你到底在为谁工作？"我开口了。

她愣了一下，慢慢地抬起头来，从后视镜里，我们的目光交会在了一起，但是那一瞬间她却移开了目光。

"我为政府部门工作，"她假装平静地回答，"现在是公务员。"

可惜的是，从大学时代开始，她就没有说谎的才能。

"为什么不说实话呢？"我叹了口气，"有些东西你没有必要对我隐瞒的，而且你也隐瞒不了。军方的加密通信，这可不是任何人都能发送的。"

谎言被识破，她却变得更加冷静了："你什么时候注意到的？"

"也许在你递给我支票的时候就注意到了，"我说，"不过我并没有特别注意这件事情，也没有特别在意被你利用。既然你有求于我，我本不想多问，但是现在的情况却让我无法保持沉默。"

"因为不安吗？"她问。

"是的，"我点了点头，"从一开始你就在骗我，但我并不介意。不过我大概猜到了，你可能在为军方的某个部门工作，具体是什么部门我就不太清楚了，不过有一点可以确定，你签保密协议了吧？"

"没错。"她点了点头，这可真是不打自招。

"我只想知道我们现在的处境有多糟糕？"我说，"地震摧毁了基地，我想知道还有没有更糟的事情在等着我们，你在餐厅里曾经跟我开玩笑说这颗行星会爆炸，但是我却觉得你说的可能是真话。"

"那的确是个玩笑。"她移开了目光，"不过我们现在确实很危险。张波，听我一句，不要再继续追问了。等下到了巡洋舰上他们会把你关起来，这样你就什么都不会知道，也不必像我一样陷入这件事情无法自拔。"

"你到底陷入什么麻烦了？"我问，"我在军方上层有些朋友，也许可以……"

"没用的，"她摇了摇头，"我陷入其中已经太深了，而且我是自愿的。"

"为了解开你父亲的真正死因吗？"

"不，"她摇了摇头，"是为了复仇。"

话音未落，海水突然波动起来，旁边的普罗多浮萍摇摆不定，在被它撞到之前我立刻解除了锚泊。"深海二号"动力全开，迅速离开了那个大家伙。红外传感器突然有了反应，有效感应范围内的海床上裂开了数条巨大的裂缝，岩浆正从裂缝中不断地涌出来。一时间，红色的巨龙开始在海底游动起来，紧接着海底火山也开始爆发了。

这下真的不妙了！我伸手依次按下控制面板上的紧急排水按钮，压缩空气在几秒钟内吹尽了主压载水舱内的海水，"深海二号"以最快速度开始上浮，在冲出海面的一瞬间，海面上肆虐的风暴几乎把我们掀翻。不过几秒钟之后一切都恢复了平静，机翼顺利展开，主引擎启动，"深海二号"变形成为地效滑行模式，贴着海面向远处飞去。

夏诗雨被窗外的景象吓坏了，乌云中游荡的闪电刹那间将巨浪滔天的海面照得雪亮，狂风卷着巨大的雨点劈头盖脸地砸在舱盖上。这样的景象对她来说实在是太刺激了一点。但是我很清楚，如果不跑得足够远，当海底火山全面爆发的时候，我们肯定会变得跟烤炉里的巴西烤肉一样。

就在这时，身后的海面出现了新的变化，一块巨大的海床被顶出了波涛汹涌的大海，普罗多Ⅲ总算有了块货真价实的陆地，不过仅仅过了几秒钟，那块新大陆就土崩瓦解了。我突然意识到，海底的地壳正在隆起！难道这就是陆地的诞生吗？炙热的岩浆冲出了海面，在黑暗中闪着暗红色的光芒，可就在这时，一个巨大的火球突然从破碎的地壳下直冲云霄，把天上的乌云硬生生地捅开了一个圆洞。

随着更多的地壳碎片被掀起，火球一个接着一个飞向天空。我真怀疑这颗行星是不是真要爆炸了！

眼前景象简直像是世界末日！虽然世界末日并不是天天都能碰到的事情，但没人会希望自己能碰到。一声声古怪的咆哮从海面下传来，很奇怪它为何听起来有点像鲸鱼的声音，我试图看看下面到底有什么，但是暴雨却模糊了我的视线。只有一点我很确定：距离还不够远！但是，不管将要发生什么事情，我们都已经没有时间逃得更远了！

"张波，你听我说。"夏诗雨突然开口了，"我们现在的位置正好在'茧'的正上方，接下来它将冲破地壳进入宇宙，我们很可能也被带上去。"

"你说什么？宇宙？'茧'？"可是还没等我多问，重力突然发生了变化，我顿时感觉自己的身体好像变轻了，紧接着又觉得天空和大地翻了个个儿。

周围的许多东西开始飘浮起来，包括那些被抬出海面的普罗多浮萍，它们像一艘艘战舰一样从海中升起，看起来好像是一支出征的舰队。我突然意识到，夏诗雨没跟我开玩笑，不管下面有什么东西要出来，它正在干涉行星的引力！

"我们真的要去宇宙了吗？"我大声问道。

"是的，"她点了点头，"我没想到它会这么快就准备'羽化'了，这样下去我们会跟'茧'一起被带到宇宙里去，一同飞上去的还有大量行星物质。"

"那到底是什么东西？"我咆哮道。

"某种生物。"夏诗雨说，"就是它的同类摧毁了赛拉波尔……"

一切的谜底都被揭开了，夏诗雨知道一切，但她却什么都没告诉我，也许她这样做是为了保护我，但至少在最后一刻她说了实话。不过这样下去很糟糕！"深海二号"毕竟只是艘潜艇，虽然有密封的座舱和坚固的耐压壳体，但是却没有抵御宇宙射线的装备！就这样飞上太空的话，那些在宇宙空间来回穿梭的高能粒子足以杀死我们！

究竟该怎么办呢？我绞尽脑汁试图寻找一条生路，但却一无所获。

"张波！"夏诗雨突然问道，"燃料电池使用的液氢和引擎冷却剂还有多少？"

我扫了一眼仪表盘，回答："液氢还有 160 升，冷却剂存量百分之八十五。"

"我们到海里去，然后释放它们。"

"这会把我们冻成冰块的！"

"但是我们别无选择！"她说，"冰可以帮我们抵挡致命的宇宙射线，再加上深潜器本身的耐压壳体，我想应该能在太空里漂流一段时间。"

不愧是我大学时代的学生会会长啊，对宇宙的了解果然远胜于我这个土包子。我操控着"深海二号"重新潜入海中，然后打开了紧急释放开关，液氢储存罐从机舱内弹了出来，我看准时机，操纵机械臂一把将它们捏爆。液态氢像爆炸了一样在海水中扩散开来，凡是接触到它们的海水瞬间变成了晶莹的冰块。几秒钟之内，"深海二号"就被冻了起来。

一切看起来都很顺利，但是就在我以为我们抓住了一线曙光的时候，耀眼的光芒却突然从正下方传来，那个生物的本体出现了！

在剧烈的冲击中，我的脑袋和仪表板来了一次亲密接触……

七、尘世巨蟒

当我再次恢复意识的时候，失重的感觉让我很不适应，这到底是怎么了？深潜器里漆黑一片，我摸索着启动了备用电源，控制面板和全景显示器才慢慢启动。外面的景象让我大吃一惊，普罗多Ⅲ泛着蓝光的大气层外漂浮着无数大小不一的碎石和冰块，而"深海二号"正好被冻在一大块冰里面，只有尾部的航行灯还露在外面。

向远处望去，我被吓了一跳。这颗行星表面大概六分之一的部分消失了，形成了一个可怕的大洞，隐约还能看到洞底流淌的红色熔岩！扩散的大气和冰结的海水漂浮在破洞附近的太空里，此外还有许多零散的地壳碎片飘来飘去。不管行星会不会解体，普罗多Ⅲ上的生物们都算是完蛋了，这场灭顶之灾足以摧毁海洋生物圈。

就在这时，有什么东西挡住了阳光，我抬起头来，只见一个巨大的球体正漂浮在我们正上方的位置。它的身上布满了无规则的灰色条纹，显得格外诡异。由于缺乏参照物，我无法估计它的大小，但是从行星上被它挖出的大洞来看，这玩意儿的直径少说也有1000千米。我实在无法想象一个如此巨大的生物会存在于我们的宇宙中，而且它好像还没有完全成熟，用夏诗雨的话说就是没有"羽化"。但是光目睹这个巨大的"茧"，我的灵魂都被它震撼了，它诞生的代价是一颗行星的毁灭！在它面前人类是如此渺小。

"夏诗雨！"我摇了摇后座上的她，"快醒醒！那东西就在我们头顶上！"

她很快苏醒过来，看起来和我一样没有受伤。但是，当她看到那个巨大的"茧"的时候，瞳孔却突然缩成了一点。是恐惧！夏诗雨的眼中只剩下恐惧，她显然已经不是第一次目睹这个东西了。在她发出叫喊之前我果断地关闭了全景显示器，座舱内顿时陷入了一片黑暗，只剩下仪表板在我们身边闪烁着微光。

"没事吧？"我关切地问。

"还好，"她用力点了点头，"我们这是在哪儿？"

"大概在卫星轨道上吧？"我苦笑了一下，"不知道你说的巡洋舰什么时候能来，看起来我们要在这里漂流一段时间了。"

她沉默了一会儿，说："我不想死……"

"我也不想，"我试图安慰她，"别想得太多，现在深呼吸，然后平静下来，我们的氧气还能使用 20 个小时左右，至少暂时不会有问题。"

夏诗雨照我说的话做了，几次深呼吸之后她逐渐平静下来。我在我的座位上坐下，然后扣好了安全带，通信系统正在持续不断地发出求救信号，一切看起来都还算不错。但是，被扔在宇宙里孤立无援，任何人都不可能保持平静，我的心里早已乱成了一团，只好用那笔保险金来安慰自己。至少我死了不算白死，还能留下足够我妈治病的保险金。

可是我真的不想死，我还想做很多事情……

就在这时，"深海二号"突然震动了一下，接着我听到冰块破碎的声音。怎么回事？我们撞到什么东西了吗？谜底很快解开了，一个轻浮的声音出现在了耳机里："嗨，伙计！要搭便车吗？"

"是谁？"我问道，"不管你是谁，快来救我们！"

"我已经抓住你们了，"那个家伙说，"女巫中队一级飞行员卡列琳娜·霍德中尉随时为您效劳！"

女巫中队！我的天！她们怎么会出现在这里？我的脑袋顿时嗡了一声，传说这群无法无天的突击艇飞行员能把登陆部队送上设防最严密的星球，但是被送去的部队十有八九要全军覆没。她们在军队里恶名远扬，犹如死神一样令人敬而远之。但是现在突然遇到了她们中的一员，我却感动得一塌糊涂。突如其来的加速度证明我们开始移动了，我看了一眼后座上的夏诗雨，她的脸上也露出了一丝久违的笑容，不管怎么说，我们好像得救了。

接下来的一小时让人很不愉快，先是漫长的飞行和不平稳的着陆，接着又有人粗暴地弄碎了冰块，然后强行撬开了"深海二号"的舱盖。我被两名身材高大的宪兵从座舱里揪了出来，不由分说架着就走。他们两个整整比我高了一截，胳膊比我大腿还粗，头盔上写着醒目的"MP"，我被他们架着活像一只待宰的小猪。

"我说伙计们，"我尽量弄出了点笑容，"你们准备把我弄到哪儿去？"

两名宪兵不约而同地瞪了我一眼，我立刻意识到保持沉默绝对是个好主意。夏诗雨跟在我们身后，而另外两名宪兵则跟在她的身后，其中一位抱着我们从深海中弄上来的那个金属球，他是个黑人，又瘦又高，抱球的动作活像 NBA 球星。

至少，他们并没有对她动粗。

装甲舱门自动开启，我被宪兵们带进了舰桥，一位身穿深灰色将校制服的高级军官已经在这里等候多时了，他看起来跟普通的军官不太一样，这里所有的军人都跟我印象中的不太一样。他们的制服上多了一个徽章，徽章上是一面银色盾牌和两把交叉的利剑。

"张波中士，"他友好地向我伸出手来，"欢迎来到'南十字星号'，我是舰长罗伯特·赫辛中校。"

赫辛这个姓可不多见，我敢打包票，这位中校大人的祖先里一定有位叫凡·赫辛。

"你好，"我尽量装出一副傻乎乎的样子，"不过我已经不是中士了，我早就退役了。"

他冲我笑了笑，不过那好像是冷笑，然后转向夏诗雨："上尉，你干得很出色。"

"谢谢您，长官。"夏诗雨还以一个严整的军礼，我终于找到她身上那种不协调的感觉来自何处了，是那种军人特有的气质！

她看了我一眼，一脸歉意，然后对罗伯特说道："长官，张波是我的同学，我们只是偶遇而已，而且他不知道任何事情。"

"是吗？"罗伯特故作惊奇，然后打了个响指，那个巨大的"茧"立刻出现在了舰桥内的主屏幕上，"现在他可是什么都看到了。"

这家伙真是太狠了，我暗中咒骂，看起来想要脱身不太容易了。

"我看了你的资料，中士。"他转向我，"你很优秀，是难得的人才，在救援触礁沉没的潜水战斗母舰'海神号'的时候，你表现出的冷静和果敢让我惊讶和敬佩。如果可能的话，我希望亲口听你说说那件事。"

虽然救援沉没的"海神号"让我立了个一等功，是我军旅生涯中的光辉一页，但是我现在真希望他不知道这事儿。不过貌似现在装傻已经没有什么用了，我不得不收起那张傻乎乎的面具。

"你们到底属于哪支部队？"我问，"我并没有见过你们的徽章。"

"内务安全部第九对策处，简称内务九处。"他微笑着说，"这个名称你可能没听说过，不过这也难怪，我们毕竟是不存在的部队。"

内务安全部！这些人是特工！我顿时觉得大事不妙了，他们如果想把我"处理掉"的话，能让我消失得连渣儿都不剩。

"我们内务九处成立的目的就是为了对付这玩意，"他指了指屏幕上的"茧"，"虽然没有正式的名称，它的存在也处于保密状态……但是如果你愿意的话，你可以称它为'约尔曼岗德'——尘世巨蟒——用这种北欧神话中的怪物来形容它倒也勉强合适。当毁灭时刻到来时，它会激起可怕的波涛。"他扫了我身旁的夏诗雨一眼，后者的脸色变化不定，"我们这支部队存在的目的，就是为了让赛拉波尔的悲剧不再重演。你也看到了，中士，这种生物对我们人类来说是个巨大的威胁，它们寄生在行星内部，用行星的物质构造自身，最后还摧毁了它。你应该很清楚它有多么危险，它们必须被消灭！"

我点了点头，但没有正面回答任何问题。

就在这时，四艘战列巡洋舰突然跃迁到了我们旁边，紧接着，一艘更大的飞船出现在了它们中间。它由两个修长的舰体并列组成，中部看起来好像是个仓库。

我认得这种飞船。这是一艘轨道轰炸舰！用来对行星地面目标进行高轨轰炸的致命武器，同时它是可以用来投掷黑洞炸弹的，目前也只有这种飞船能够投掷黑洞炸弹。

"你们要丢黑洞炸弹？"我问。

"难道还要我们用舰炮轰吗？那怪物是寻常武器能伺候得了的吗？"他反问道，"没关系，只要一发就能将它消灭得干干净净，质量兵器的威力有多大，你应该很清楚吧，中士。"

"等一下！黑洞炸弹不是被联盟最高议会禁止使用……"话说到一半我突然觉得自己很傻，这支部队本身就是"不存在"的，那些议员和法案又怎么可能约束得了他们？

"长官，"一名技术军官报告，"资料解析完成了。"

"很好，"罗伯特转向他的副官们，"我们还有多少时间？"

那名技术军官犹豫了一下，如实说道："我们恐怕没有时间了。"

话音未落，屏幕上的"茧"突然发生了异变，强大的重力波动向四周扩散开，吹飞了那些环绕它的冰块和岩石，当它到达我们身边的时候，整艘战舰都剧烈地摇晃起来，不少人摔倒在了地板上。情况看起来真的不太妙，我瞅了一眼身旁的夏诗雨，虽然她没有摔倒，但神色却凝重得吓人。

"要开始了。"她小声对我说道，"它即将'羽化'。"

我一时没弄明白她的意思，但是第二轮重力波紧随而至，那些刚刚站起来的人又有不少重新跌倒在了地板上。人类的战舰就像暴风雨中的一叶孤舟，在巨浪之间忽上忽下，在那个巨大的生物面前，我们实在是太渺小了。

舰桥内乱成一团，罗伯特不再理我，大声指挥他的手下准备战斗。看得出他是一名能力很强的指挥官，仅仅过了一分钟，战舰的主炮就全部对准了目标，在罗伯特的指挥下，整个舰队开始进行炮击。密集的反质子束瞬间划破了宇宙永恒的黑暗，疯狂地轰击着"茧"的外壳。但是这场面虽然很壮观，但好像对目标的破坏并不大。

就在这时，"茧"黑色的外壳突然裂开了一道口子，令人目眩的光芒从裂口中泄出，好像整个宇宙里的颜色都在其中一样！紧接着，更多的裂缝出现了，几秒钟内，整个"茧"都被这奇幻的光芒所包围。但是，这美丽的光景背后却暗藏杀机，更强的重力波动不断冲击着我们的战舰，舰体结构发出了刺耳的悲鸣，好像某些部分已经开始扭曲破碎。更加糟糕的是，"茧"里面的东西即将破茧而出！

"发射黑洞炸弹！"罗伯特的声音震慑了慌乱的人群，"通令所有舰艇在黑洞炸弹发射后分散脱离战斗区域！在 CT234DE 坐标重新集结！"

副官很快传达了他的命令，随后我看到一个巨大的物体从那艘轨道轰炸舰的弹舱内飞了出去，是黑洞炸弹！

作为人类目前掌握的最强大的毁灭武器，普通人很难一睹它的尊容。球形黑洞发射器的前端加装了导引设备，后部装上了推进器，看起来活像一枚巨大的迫击炮弹。这枚超级炸弹长达 120 米，质量 1000 万吨，必须用专门改造的大型战舰才能运送。它一旦被激活，人工黑洞在完全蒸发前产生的重力波会在几秒钟内将一颗行星撕成碎片！

黑洞炸弹开始加速，但是相对于它巨大的质量，尾部的推进器显得力不从心。其他战舰开始跃迁，它们一艘接着一艘地跳进了亚空间，在一片光芒中消失得无影无踪。

"南十字星号"是最后一个进行跃迁的战舰，跃迁驱动器被激活的同时，窗外的星辰瞬间变成了流动的光线，而后形成了一片炫目的光影。

所有人都松了一口气，坐在 CIC 里的年轻士官们开始小声谈论这次死里逃生，看得出刚才发生的一切令他们心有余悸。罗伯特转向我，他看起来很得意，要知道没有什么东西能从质量兵器的攻击下逃脱，他圆满完成了任务。现在他终于能腾出手来处理我了。

"我们继续刚才的谈话吧，中士。"他微笑着望着我，我顿时觉得自己变成了一只被蛇盯上的青蛙。

"好吧，好吧。"我举手投降，"我会签署保密协议的。"

"这好像已经不是一张保密协议能搞定的事情了，"他向我走来，保持着笑容，"中士，要不要重新加入军队？"

这个提议听起来不错，但是我知道绝没有那么简单。

"我想你可以重新服役，然后加入我的部门。"他说，"内务九处很需要你这样的人才，我们现在还真没有一个能开潜艇的家伙，要知道'约尔曼岗德'通常寄生在水资源丰富的行星内，我们非常需要专业潜水员和深潜器驾驶员，你正好符合我们的要求。"

"我能得到什么？"我觉得应该讲讲条件。

"一份长期医疗合同，由军方最好的医疗设施执行。"他说，"不过那不是给你的，而是给你母亲的。"

我的天，他调查了我的一切，这样的条件我根本无法拒绝。我望了一眼身后的夏诗雨，她的眼神闪烁不定，里面有欣慰，但更多的却是歉意。

"我接受你的条件。"我对罗伯特说道。

他点了点头，一副打了胜仗的表情，如果说他的手下都是棋子的话，那么我显然是一枚很有用的棋子。能得到一枚好棋子怎么说也是一件能让棋手高兴的事情，看着他心满意足地走出舰桥，我的心情简直复杂到了极点。

"对不起，"夏诗雨突然小声对我说道，"我没想到最后会弄成这样。"

"这不是你的错。"我试图安慰她，但是却更像是在安慰自己。

就在这时，"南十字星号"结束了跃迁，重新回到了正常宇宙，望着无尽的星辰，我突然意识到自己的下半生将和这种被称为"约尔曼岗德"的生物紧紧地联系在一起。

也许这就是命运吧。

索何夫 ————————● 二人谋事
智慧有时也会成为一种毒药

三人不能守密，二人谋事一人当殉。

———东亚古谚

一

当表示"安全带未插好"的红色警示灯亮起之后，苏珊娜·塞尔准尉松开了已经被焐得发烫的操纵杆，像猫一样将双臂抵在面前两尺外的风挡上，在穿梭机狭窄的驾驶室里伸了个长长的懒腰。尽管从理论上讲，这是严重违反驾驶规定的，但在眼下，至少有两个理由允许她这么做：首先，对任何一位在这个容积不到 20 立方米的罐头盒子里与 3 个散发着难闻气味的男人一起待了整整 30 个标准小时，而且一直在不眠不休地驾驶穿梭机的女性而言，暂时的放松是极其必要的；其次，就她所知，那些有权查阅她的驾驶记录的人已经不会再因为这点儿小问题而扣除她飞行执照上的点数，或者因为"涉嫌危险驾驶"而把她扔进基地的禁闭室了。

因为他们全都死了。

仅仅在几天之前，死亡对苏珊娜而言还是一个陌生而抽象的概念：虽然她已经在被公认为死亡率最高的邦联太空军舰艇部队服役了整整 9 年 7

个月，但在这段时间里，她的名字总共只从运输司令部的名单上消失过短短 8 个星期——那还是因为训练司令部的人手因为一次交通事故而出现了暂时性短缺，才让她临时去指导那帮初出茅庐的菜鸟怎么操作地面模拟器。在其他时间里，她的工作岗位一直在交通艇、运输机与穿梭机上来回跳转，与那些可能危及生命的暴动、冲突与动乱之间隔着的距离远得可以用光年来计。

但是，在最近的几个月里，那种她熟悉的、规律但却平淡无趣的生活已经一去不复返了——自从奉调来到这颗编号为 MG77581A3 的类木行星后，她首先见证了大自然那毫无理性的恐怖暴力，随后又有幸成为那些以往只存在于流言与传说中的壮丽奇观的目击者。而在那之后，她又目睹了另一种更加令人不寒而栗的暴力——来自她的同类、试图置她与其他无辜的人于死地的暴力。也正是因为这种暴力，她才不得不开始履行另一项使命：在这个危机四伏的风暴世界中为那些死难者寻求正义。

当穿梭机的碰撞警告系统又一次发出一连串凄厉的哀鸣时，苏珊娜以最快的速度将手放回到操纵杆上，同时下意识地将眼角的余光投向机翼下波涛汹涌的黄褐色云海。万幸的是，引力场探测器提供的全息模拟图表明，这一次的危险来自上方——那不过是又一块被这颗行星强大的引力从围绕它的环带中扯下来的硅酸盐碎块，纯粹遵循着牛顿三定律而运动，它们没有意识，更没有恶意。

——但仍然足以致命。

在匆匆瞥了一眼机载计算机估测出的目标运动轨迹后，苏珊娜立即灵活地拉动辅助操纵杆，开始驾轻就熟地调整起拖曳着穿梭机的两面充气风帆间的夹角。经过近半年的练习，她现在已经能像控制自己的身体一样，熟练地操纵这种最初由追求刺激与冒险的"追风者"所设计、专门用来在类木行星大气层中飞行的特制穿梭机了。正如她预料中的那样，仅仅几秒钟后，灰色的碎块就悄无声息地掠过穿梭机的右舷，拽着一条炫目的等离子尾羽径直在数百千米下的氨冰云层中钻出一条狭长的隧道。五光十色的电光仿佛灵动的游蛇般窜过云团的表面，然后在尾焰的残迹周围纷纷炸裂、消散，宛如昔日地球上盛大节日庆典中施放的绚丽焰火。

"准备收帆，在两分钟内把时速降低到 450 千米以下。"就在由那块陨石最后的残迹被重新聚拢起来形成的云层被彻底抹去的同时，坐在副驾驶座上的男人用低沉的嗓音对苏珊娜说道。他的声音干涩而沙哑，就像在重压下碎裂的枯叶。霜雪般的鬓发与皱缩干枯如羊皮纸般的皮肤再清晰不过地表明了他的年龄。尽管从理论上讲，他对穿梭机上的另外三人并没有直接指挥权，但在这一小群幸存者中，没有人会质疑他的权威——这种权威一半是属于富有经验长者的天然特权，而另一半则源于他所拥有的知识与能力，以及他的同伴们对他的信任。"我们离他已经不远了。"他说。

"老天有眼！我们马上就能抓住那个浑蛋了！"还没等苏珊娜开口，坐在后排座位上的一名乘客已经情不自禁地吼出声来。这个长着一张粗犷大众脸的男人只是镍星基地的一名普通警卫，对最近发生的一切都知之甚少。他现在所想的仅仅是为那些不幸的同伴讨回公道——但这已经足够了，"到时候我一定要。"

"别急，"老人摆了摆手，"请允许我解释一下，我刚才说的'不远'，只是平面距离而已。如果我没弄错的话，他很可能和我们并不在同一高度上。"说罢，他那双蜡黄色的眼睛转向了苏珊娜，"准尉，预热 1 到 4 号主推进器。我们要到下面去了。"

"下面?！"这个看似平平无奇的词就像一根尖锐的冰针，戳得苏珊娜不由自主地打了个寒战：在她脚下，无穷无尽的冰冻云团正在气态行星那种特有的永不休止的飓风驱策下狂暴地相互盘绕撞击着，含硫的云层碎屑如同炼狱群魔伸向天空的爪子，不断从划过云海的闪电之间探出。"下面多远？"她问。

"不超过 80 千米，在液氢海面以上。那儿可能有点儿小风，不过我认为应该没什么大碍。"

"80 千米?！可我们的机体强度——"

"至少比'无惧号'要好。"老人挥手打断了她的话，"既然他能下得去，我们当然也能。"他对苏珊娜露出一个勉强可以算是微笑的表情，"相信我。"

"当然。"苏珊娜叹了口气，开始从充气风帆中抽出填充在高密度薄膜内的惰性气体，银光闪闪的风帆迅速皱缩成两个连在细长绳索尽头的小球，然后被收进了位于机首两侧的舱室中。事到如今，他们已经成了一堆过河卒子，唯一的道路只有继续向前……同时祈祷能在这趟旅程的尽头找到正义。"我相信你。"她说。

穿梭机身子一沉，像扑向水面的翠鸟一般冲入张牙舞爪的云层之中。

二

就像许多类似的故事一样，这个故事开始于一个微不足道的小小光点，由一套微不足道的监控系统投射在一幅微不足道的二维平面图顶端的一个微不足道的角落之中。

一开始，这个小点出现在行星晨线的北极点附近，从北极圈逐渐向南移动，一路上与其他的小点逐一会合、共同行动，就像一个在雪地中越滚越大的雪球。当这个"雪球"最终抵达行星的赤道时，它的体量已经膨胀到了镍星基地的执勤人员无法将其忽视的地步。于是，在这一天凌晨（当然，基地里的"天"是与旧地球而非这颗类木行星的"天"同步的。毕竟，除了真正的饭桶之外，没人愿意每过6.5个小时就吃一顿晚餐），当苏珊娜·塞尔准尉从标准睡眠程序中被唤醒时，她惊讶地发现，自己醒来的时间比预设时刻早了整整两个小时，而且她的视网膜读出装置上也多出了一份任务简报。

在不情不愿地爬出睡眠舱后，苏珊娜用了10分钟时间阅读任务简报、打理个人事务并进行飞行器的必要准备，而等待乘客登上停在航空港内的"好奇号"——它是镍星上的八架穿梭机中最新也最结实的一架——并将它从双层气密闸门里开出去，则花掉了几乎2倍于此的时间。在跃出气闸的一刻，一股强烈的上升气流如同传说中北海巨妖的爪子般紧紧地攥住了"好奇号"，险些在这架穿梭机开启引擎之前就将它砸碎在镍星坑坑洼洼的灰色表面上。值得庆幸的是，经过一番挣扎之后，苏珊娜最终成功地让她的宝贝穿梭机摆脱了那只无形的巨手，开始沿着导航系统自动规划的航线盘旋下降。

"注意到了吗，准尉？"就在苏珊娜专心致志地操纵穿梭机躲开一处危险的湍流时，这架航天器上唯一的乘客突然开口问道，"这次任务的路线与以前的不太一样。"

"嗯，没错。"苏珊娜心不在焉地答道，同时略微调整了一下机翼的迎角，以便降低穿梭机下降的速度。在大多数时候，她的乘客们通常都不怎么和她说话，仿佛她不过是一台套着人类外壳的自动驾驶仪，但这一位却有些不同：作为镍星研究基地的主任，吕锡安教授一直以健谈和性格开朗而著称。这位有着东方血统的天体物理学家可以报出基地里近百名工作人员中每一个人的名字，并与其中至少三分之一的人都结下了某种程度的友谊。尽管这个数字看上去并不算惊人，但相对于他那些一心扑在研究课题上的同事而言，这已经是个不折不扣的奇迹了。"我们的目标离基地太近了，我现在都还能用肉眼看到它的影子。"苏珊娜说。

"的确，"吕锡安下意识地挠了挠下巴上稀疏的白色胡楂儿，"这还是我们的观察对象头一次大量集中在离行星赤道这么近的地方。按照过去的观察记录，它们通常不会越过南北纬16度25分——也就是行星的南北回归线，这也是我们当初选择镍星作为基地的主要原因之一：在赤道上空设立基地可以最大限度地远离我们的观察对象，从而将对它们日常活动的干扰降到最低。"

太空军准尉点了点头，没有答话。尽管在邦联科学院的不动产清单上，镍星基地一直被算在"空间站"那一栏下，但事实上，这座科研基地的外观与人类所建造过的任何一座空间站都截然不同：如果将镍星基地的全息影像与主要物理学参数摆在一个不明就里的天文学系毕业生面前，那么他多半会指出，这颗看上去活像是一个被烤焦的马铃薯的小天体是一颗典型的、环绕类木行星环带内侧运转的周界卫星，有着极不规则的外形和紧贴行星大气层的低矮轨道。在被告知它的化学成分之后，这位毕业生或许还会做出进一步推断：这颗卫星极有可能是一颗类似于水星的类地天体被行星引潮力撕裂后残留的固态铁镍核心碎片之一，并且正沿着一条螺旋形轨道无可避免地坠向它所绕转的行星表面——就像它那些早已踏上这条不归路的同胞兄弟一样。当然，事实也的确如此。

不过，与MG77581A3拥有的其他几十颗卫星不同的是，镍星上存在着生命——在这颗最大直径不足2000米的小卫星内部，龙造寺建筑株式会社的施工队挖掘出了超过12万立方米的空间，并为这些空间安装了高强度混凝土内壁、废物回收系统、空气循环系统与能够维持平均0.9G重力的重力场发生装置，而阿纳斯塔修斯精密仪器有限公司则为基地提供了绝大多数研究设备与通信装置。在这颗小卫星上，定居着超过四十名科研人员和同等数量的后勤人员，外加一个班的警卫、他们的三只宠物猫和一名邦联行政官——后者存在的唯一意义是宣示这里是邦联的神圣领土。只不过，邦联对这里的主权不可能维持多久：由于轨道过度接近行星表面，镍星很可能会在未来的一到两个世纪内最终给它所绕转的行星一个致命的拥抱，当然，这颗卫星上的居民现在暂时还不怎么担心这个。

由于类木行星通常被认为"缺乏研究价值"，邦联科学院极少向这类天体派遣科考人员，更遑论派人长期驻扎了，但MG77581A3却是个彻头彻尾的例外：10年前，一名曾在邦联军队服役的生态学家若望·罗孚特教授在考察类木行星大气表层的硅基微生物群落时，偶然来到了这颗尚未命名的类木行星，随即发现了一个惊人的事实：因为某种不为人知的原因，那些看似漫无目的地游荡在这颗行星表面的气旋——至少是它们中的一部分——竟然拥有某种可以称得上是意识的东西。这些气旋能够通过改变自身各部位的电位差与物质密度，有目的地进行运动，能够对主要以无线电与微波信号为主的外界刺激做出有条理的反应，甚至还表现出了某种程度上的逻辑能力！尽管罗孚特教授本人在不久之后就不幸死于一场事故，但他的发现已经引起了邦联科学院的兴趣，并最终促成了镍星基地的建立。

"目标已经进入肉眼可见范围。"当一系列硕大无朋的阴影宛如传说中的擎天巨柱般从地平线上慢慢浮现时，苏珊娜又例行公事地检查了一遍仪表读数——大多数现代航天器都采用更方便的人机互联操作，甚至是纯人工智能控制，但这架穿梭机是军方提供的，因此它的操纵系统在本质上仍然与它那些活跃于20世纪末的鼻祖颇为相似。按照设计师的说法，之所以采用这种设计，是因为传统操作界面更加"可靠"，能够"将意外受损导致事故的概率降到最低"。但苏珊娜怀疑，这更可能只是因为那些家伙的脑子仍然停留在 5 个世纪前的缘故。"雷达扫描结果与同步卫星传来的航拍图像完全吻合，目标总数为 171 个，包括 119 个 C 级、39 个 B 级、10 个 A 级和 3 个 A+ 级，运动方向全部是东南偏南，速度 40 节上下。"

"看来今天是钓大鱼的日子。"吕锡安轻描淡写地评论道，"重力场探测器启动了吗？"

"计算机正在生成读数……！"当几行闪烁的数字从那台古董级的显示屏上跳出时，苏珊娜下意识地咽下了一口唾沫，"教授，目标的平均质量……有些不太正常。"

"的确，"在盯着显示屏看了几秒钟后，吕锡安点了点头，"纯粹的氢、氨冰和甲烷的密度绝不会这么大……选定一个目标，生成精细密度图像。"

"好的。"苏珊娜修长的手指像弹琴般在操作屏上来回跳动了几秒，"成了！这就是离我们最近的目标的密度影像。"她指了指副驾驶席前的一块显示屏。在狭窄的屏幕上，一道巨大的、不断运动着的旋涡状物体足足占据了三分之二的空间，看上去活像是某种有生命的后现代主义雕塑。就像人类体温图一样，这道气旋的不同位置按照密度差异分别以不同的颜色标出：构成它"躯体"绝大部分的都是海水般的湛蓝色，间或夹杂着少量的草绿与淡黄色，但在接近其顶端的地方，一块代表高密度区域的显眼红色就像阴燃的煤炭般闪烁着，而且正以极快的速度来回移动着。"我不知道这是怎么回事，教授，"苏珊娜的语气中带上了一丝惊慌，"但我从没见过这样的情况！这根本不像是自然的——"

"这当然不是自然现象。"吕锡安朝着穿梭机的风挡伸出了一只鸟爪子般枯瘦的手，"看仔细了，准尉。"

"该死的，又是那个混账小子！"当苏珊娜沿着吕锡安手指的方向重新抬起视线时，一抹混合着好几种不同情绪的酡红立即出现在了她的脸颊上：在离那座巨型气旋只有咫尺之遥的地方，一个轻巧的银色身影正敏捷地在气旋边缘搅起的碎云间来回穿梭，就像一只逗弄着巨龙的飞鸟。与她驾驶的"好奇号"一样，这架穿梭机也有着经过强化、适合在高密度大气中飞行的倒"V"形机翼，但它的体积更小一些，而且没有打开充气风帆——显然是担心被卷入狂暴的风暴之中。早在多年以前，镍星基地的人们就已经发现，这颗行星上的风暴似乎有着一种摧毁它们所遇到的任何人造设备的倾向，尽管用于直接勘探工作的一线穿梭机现在都已经安装了被称为"隐形斗篷"的防护设备，但接近到如此近的距离仍是近乎自杀的举动。

"嘿，史蒂夫！"苏珊娜打开了一个通信频道，"今天没有你的飞行任务，你跑下来搞什么鬼？！喂！该死的，你听得到吗？"

"史蒂夫先生不在这儿，准尉，"一个细声细气、听上去似乎有些没精打采的男子声音从扬声器里传了出来，"'无惧号'上现在只有我一个人。"

"洛佩斯博士？！"在听到这个声音的一刹那，苏珊娜下意识地挑起了细长的眉毛。奥古斯特·米格尔·洛佩斯博士是镍星基地里最重要的科研人员之一，而且恰好也是他们中唯一一个拥有穿梭机驾驶资格的人。就苏珊娜所知，这位沉默寡言、不善交际的科学家对独来独往有着一种特殊的爱好，而且从不注意他人的感受——她自己就曾经不止一次因为洛佩斯不打招呼就擅自开走"好奇号"而与他发生过争执，"你来干什么？"

"很抱歉，我不认为我有义务向一个没有接受过必要的专业训练的人解释我的具体研究活动。很明显，即便我做出解释，你也未必能够理解。"洛佩斯的声音仍然软绵绵的，但却带上了几分令人厌恶的自以为是的味道。与此同时，那个银色的影子突然从环绕气旋的盘旋飞行中猛然冲出，如同一支离弦之箭直奔云霄，"我想我应该回基地去了，代我向吕锡安教授问好，准尉。通信完毕。"

"你这该——"苏珊娜下意识地张了张嘴，想趁着结束通信之前再为对方送上几句"祝福"。但就在这时，另一件事却吸引了她全部的注意力：她原本以为，刚才重力探测器上出现的反常高密度区域不过是"无惧号"穿梭机的存在所造成的干扰，但事实却并非如此——在"无惧号"离开仅仅几秒钟后，那个高密度区域又一次出现了，虽然比刚才看上去小了一些，却也更不规则，但这个物体的体积和总质量仍然颇为惊人，更重要的是，在短短几秒钟后，它突然开始沿着气旋的内缘螺旋上升，就像一枚被火药燃气推动的枪弹，骤然冲上了云霄！

"这……这怎么可能?！"透过嵌有防辐射隔层的气泡式座舱壁，苏珊娜目瞪口呆地注视着那个在转瞬之后就已经没入铺满天穹的暗色调云层中的小点——虽然只是短短的一瞥，但她的经验使她在第一时间就意识到了那到底是什么：在过去 9 年中，她曾经无数次在行星系内的例行飞行中见到过这种东西。无论在哪个行星系中，这些天体家族中的小字辈看上去都是一个样子：不规则、坑坑洼洼、色调阴暗，一副灰头土脸的蠢模样。

这是一颗小行星，一颗陨石，一个由数千吨——也许是上万吨——硅酸盐、水冰与金属构成的丑陋混合体。它被 MG77581A3 的重力井捕获，然后又落入这些"有头脑"的气旋手中，而现在却又被重新抛向了它们来时的方向。

仿佛听到了某种号令一样，就在这道气旋将陨石掷出后不久，它的同伴们也争先恐后地开始了行动——把它们肚子里的"存货"抛向了空中。这场怪异的烟火庆典持续了差不多 10 分钟，数百颗体积大同小异、外形千差万别的硅酸盐碎块在彤云密布的天穹下划出一道道近乎相同的轨迹，朝着同一个方向奔去。

虽然苏珊娜并没有让机载计算机测算这些丑陋的大石头的轨道，但她相当清楚，它们的目的地只可能是一个地方。

"噢，不，"苏珊娜听到自己喃喃自语道，"这下我们麻烦大了……"

三

情况比预想的还要糟糕。

尽管作为一颗被撕裂的大型卫星残块，镍星在理论上与那些围绕恒星运转的普通小行星没有任何不同之处，但任何人——只要他的观察能力还没差到不可救药的程度——都能轻而易举地分辨出二者之间的差别：由于"年龄"不大，再加上外侧的行星环带已经吸收了大多数不安定分子，镍星的表面并没有"真正"的小行星特有的那种由撞击形成的坑洼和裂痕，至少就苏珊娜看来，这颗周界卫星看上去更像是地球上那些被冰川切削下来的碎石，分明的棱角和光滑坚固的表面透着一种特有的几何美感。

不幸的是，这一切现在已经成了过去时——当苏珊娜提心吊胆地驾着"好奇号"穿过破损严重的外部气闸，驶进位于装卸区外侧的航空港时，所见到的一切充分证明了她在归途中的担心绝非杞人忧天：那群该死的气旋以一种足以令人类战争史上任何一名防空部队指挥官都为之惊叹的准头狠狠地打击了这座悬浮在大气层边缘的科研基地，至少有两颗直径超过50米的石块命中了航空港出口处的装甲气闸，在将近半米厚的强化装甲板上留下了两处几乎一模一样的巨大凹痕；另一颗更大些的陨石则光顾了基地上方的远距离通信塔，使这座建筑物从它原来所在的位置上干净利落地蒸发掉了。除此之外，苏珊娜还数出了至少一打陨石撞击后留下的痕迹，它们的狂轰滥炸扫荡了镍星差不多四分之一的地表，放射状的陨击坑中央仍然闪烁着明灭不定的暗红色幽光，就像一只只隐藏在阴影中的不怀好意的眼睛。

"我们总共遭到了二十二次撞击！"半个小时后，当苏珊娜和吕锡安脱下散发着不良气味的飞行服，坐进基地的会议室里时，镍星上的首席工程师长谷川宽秀用这个令人不安的统计数字替代了惯常的寒暄，"基地的对外通信已经瘫痪，两台在基地表面工作的维护机器人被毁，外部气闸受损。除此之外，由于撞击导致的震动和星体变形，基地内部的设施也遭到了一定程度的破坏，我们失去了三分之一的能源，各处管线与通道都发生了故障，在B2、B4两个区检测到轻微辐射泄漏，三条维护通道因为闸门变形而不能开启。更糟的是，我们缺乏必要的设备与物资来修复这些损伤——我早就说过，为了节约空间而把维修备件仓库放在外面，实在是个馊主意。"

"幸运的是，人员伤亡不大。"基地的医官接过了话头。像往常一样，这个长着一张长马脸的男人保持着无动于衷的神色，仿佛他汇报的是另一颗天体上的伤亡情况，"我们只有四个人受伤，其中一个人重伤，但没有生命——"

"行了。"吕锡安挥了挥手，打断了对方的话，"我现在只想知道，基地是否有可能恢复通信能力？我们的研究目标在今天表现出了与以往截然不同的行为模式——它们不但在使用工具，而且表现出了拟订计划并组织集体行动的能力。这一发现将完全改写我们之前做出的大多数研究结论，同时也意味着我们必须重新考虑眼下的处境。"他意味深长地将目光投向一个又一个与会者——如果这次仓促的集会也能算是场会议的话，"但无论我们打算做什么，远距离通信能力都是至关重要的。"

"恐怕不行。"在短暂的沉默后，总工程师深深地吸了口气，仿佛要靠这种办法将他矮胖的身躯里的勇气集聚起来似的，"毁掉主通信塔的那次撞击释放出的能量超过了 1000 吨 TNT 当量，整个建筑结构都被汽化掉了，要修复它的唯一办法，只有重新再造一个。"他停顿了一会儿，"当然，穿梭机上的超空间通信系统也能派上用场，但它们的抗干扰能力有限，要进行长距离通信，必须先离开行星的洛希极限以避免重力场干扰。"

"那需要好几天时间才行。"苏珊娜插话道，"难道没有别的办法吗？"

"功率较小的备用通信塔也许还有可能修复，我们可以用它联系新特奥蒂瓦坎殖民区的救援飞船。我们可以利用现有的设备自行制造必需的部件，只要再花上 50 个标准时……"

"请原谅我打扰一下，恐怕我们已经没有 50 个标准时可以浪费了……"还没等总工程师把话说完，一名个子矮小、有着焦糖般的深色皮肤和一头深褐色短发的男子突然走进了会议室。

"此话怎讲，洛佩斯博士？"一名科学家问道。

"各位，如果基地的损害评估系统提供的数据没错的话，我们现在还剩下不到 18 个标准时。严格来说，是 17 小时 44 分钟，误差不超过 ±300 秒。"洛佩斯将语速刻意放得很慢，似乎是要确定每个人都能听明白这句话，"计算显示，刚才的撞击已经改变了镍星的轨道，它将在 10 个标准时后由行星外层大气进入大气中层的水冰和氨冰云层，由此增加的阻力会进一步加速它的下坠。到 16 个标准时后，镍星会进入压力超过三十标准大气压的内部大气层。此时的气压差和摩擦产生的巨大热量会使基地内的任何逃生设施——无论是穿梭机还是火箭式逃生舱——都无法使用。"

随之而来的沉默持续了足足半分钟，所有人的目光都在其他人身上来回移动着，似乎正在就由谁说出那个不得不说的事实而进行一场无声的投票。最后，坐在会议桌首位的吕锡安开口了："没有挽救的办法吗？"

"就目前的情况而言，没有。"在盯着天花板看了几秒钟之后，长谷川宽秀低下头去，将视线转向了自己的双脚。

"既然这样，"吕锡安点了点头，"我提议启动紧急撤离程序。出于安全起见，所有人必须在 12 小时后登上穿梭机，随后在同步卫星轨道上等待科学院派来的补给船队——按照计划，他们下周二就能抵达这里，穿梭机能够携带的补给应该足以让我们生存到那个时候。还有谁有异议吗？"

没有异议，但也没有人立即表示赞同，哀伤的气氛就像驱之不去的无形浓雾，沉重地压在会议室的每一个角落中。这哀伤并不仅仅源于对基地本身的感情，更是因为他们即将付出的代价——在座的所有人都清楚，放弃镍星对他们的研究工作将造成何等重大的甚至是无法弥补的损失，但却没有一个人能够否定这冷酷的事实。

最后，所有人都很不情愿地举起了手，向可憎的命运承认了自己的失败，只有几名基地警卫露出了一丝释然的神色。接着，所有人都匆忙地走向了会议室的出口，希望能在这剩下的最后半天时间里尽可能地让他们不得不付出的代价略微减小一些。

接着，苏珊娜也站了起来。

当人群中的大多数都已经离开会议室后，她突然抢上一步，拦在了走在队伍末尾的那人面前。"我有几个小问题得请教您，洛佩斯博士。"苏珊娜看似不经意地抬起一只胳膊，撑住了一侧门框——同时也"恰好"挡住了对方离开会议室的路。

"尽管问吧。"洛佩斯耸了耸肩。在这个梅斯蒂索人遗传自卡斯蒂利亚先祖的高鼻梁上方，那对印第安人的黑色小眼睛中既没有透露出半点儿惊慌，也看不出恐惧或者心虚的痕迹。他只是将粗短的双手交叉在胸前，好整以暇地等待着对方的提问。

"我希望您能明确告诉我，今天上午，当'好奇号'执行观测任务时，您到底在干些什么？"苏珊娜字斟句酌地问道，不给对方留下任何可以故意曲解的漏洞，"如果我没记错的话，'无惧号'穿梭机当时并没有得到起飞许可。"

"哦，我不得不承认……怎么说呢？你说得确实没错，准尉。"洛佩斯的嘴角弯曲了一下，似乎苏珊娜问的是一个愚蠢至极的问题，"但别忘了，有些机会稍纵即逝，为了避免白白贻误时机，在某些情况下打破规则是必要的。"

"但'好奇号'当时正在执行相同的任务，而所有穿梭机上的科研设备都是按照相同标准配置的，"苏珊娜立即指出，"换句话说，您所需要的数据我们都会为您带回来的。"

"我自有这么做的理由。"

"能解释一下吗？"

"我会尽量试试的。"年轻的梅斯蒂索人露出一丝讥讽的神色，"我相信你也注意到了，这些气旋今天的活动十分反常：在平时，它们的行为模式更类似于老虎或者大白鲨这样的独行掠食者，几乎从来不会集体行动，更没有表现出任何能够实施有组织行动的征兆，而这与它们两个小时前的所作所为——组成一支拥有数百个体的队伍，有组织、有计划地摧毁预定目标——格格不入。虽然我对它们这么做的动机一无所知，但毋庸置疑的是，做出这样的行为，必须通过持续不断的沟通以实现协调，而这恰好属于我的专业范围。"

没错，那确实是你的专业。苏珊娜咬了咬嘴唇，没有说话。在十年前的最初几次接触中，若望·罗孚特教授就已经发现，由于不像正常生物一样拥有感觉器官，这颗行星上的气旋依靠接收周围的温度差与无线电脉冲——偶尔也包含一小部分微波的波段——来感知周边环境，或者在相互之间进行一定程度上的沟通与互动。而使得镍星基地的研究得以进行下去的"隐形斗篷"技术正是基于这一原理发明的：由于 MG77581A3 上的气旋对一切人造设备都有着原因不明的强烈攻击倾向，要想接近它们，唯一的办法就是通过安装在穿梭机上的无线电欺骗装置将自己伪装成它们的同类，而发明并负责改进这套设备的人正是米格尔·洛佩斯。

"当然，你完全有理由质疑我的做法。"洛佩斯继续说道，"没错，我的行动没有得到执行委员会的授权，但我必须这么做。众所周知，我们过去很少拦截到这些气旋之间的通信信号，有时一整年也只能截获几十个 KB，对于一个显然具有比大猩猩甚至南方古猿更高智力的社会性智慧群落而言，这样的信息量明显是少得过分了——而造成这种情况的原因很简单，那就是我们过于保守的研究策略！就像人类之间的沟通更多是靠悄声细语而不是大喊大嚷一样，这些气旋之间的大多数交流都是依靠低功率信号进行的，要接收这些信号，你就必须凑到它们身边才行。"他举起右手，比画了一个"靠近"的手势，"当然，我并不是在质疑执委会制定的安全守则的合理性：由于对研究目标相互间的交流模式缺乏了解，'隐形斗篷'目前还很不完善——我们可以远远地伪装成打招呼的陌生人，但要是凑得太近，遇上了仔细盘问，那可就得露馅了。正因如此，执委会才专门通过决议，禁止一切穿梭机接近到距气旋五千米之内的地方。"

"没错。"苏珊娜说。

"但这么一来，我们在确保安全的同时也束缚了自己的手脚——我刚才查过'好奇号'的记录，你们在 40 分钟里录下了多少有意义的通信？只有不到两千比特！"洛佩斯的声音陡然升高了八度，"也许这么做确实避免了潜在的风险，但从科学的角度来看，这却不啻最恶劣的犯罪！我在一个小时的冒险行动中截获的信息是我们过去 10 年中全部收获的 20 倍以上！一旦我们的研究工作恢复正常，我就可以——"

"你的意思是，你当时只是在接收信号？"苏珊娜追问道。虽然她的理智告诉她，洛佩斯的解释相当有力、完全符合逻辑，但她总觉得有什么地方不对劲——这种感觉就像是品尝一杯跑了气儿的可乐，虽然味道没多少问题，但就是有什么地方不对劲，"没干别的？"

"当然。"洛佩斯答道，随后他又补充了一句，"要是不相信我的话，你为什么不去看看'无惧号'的飞行记录？"

"记录是可以伪造的，而你有能力——"

"够了！"一直坐在会议桌旁的吕锡挥了挥手。他的声音虽然不大，但却带着一种不容忤逆的权威，"我已经检查过了洛佩斯教授截获的信息和航行记录，那里面没有任何问题，继续在这种话题上浪费时间是毫无意义的。"他的语气略微舒缓了一点，"准尉，我认为你有些疲劳过度了，最好去睡眠舱休息几个小时——这是命令。"

"遵命，先生。"苏珊娜不情不愿地放下胳膊，让洛佩斯离开了会议室，在擦肩而过的一刹，她似乎隐约看到了梅斯蒂索人那双棕色小眼睛里闪过的阴暗笑意——这也许只是她的幻觉，也许不是。"我这就去。"她说。

四

毁灭的脚步声正在朝这里逼近。

就像走向绞架的刽子手一样，这声音的频率并不快，也算不上响亮，但却令人无法忽视。厚重的气密门能够有效地封堵住空气这一声音传播的主要介质，但当它本身也开始在无法抵御的强大力量面前颤抖时，这种可怜的封锁就失去了意义。很快，保护着苏珊娜的住舱的气密门就被撕裂了，跳动的橙色火焰在门口的裂缝中闪烁了片刻，旋即寂然无声，接着，一个庞大的黑色形体出现在门外。

这是一个冰冷的、充满暴虐气息的形体，是来自太古洪荒的最原初的愤怒与狂暴浓缩而成的精魂。它有智慧，却没有灵魂；它有理性，却毫无人性——气旋就像爬上豌豆藤顶端的杰克遇到的巨人一样，带着病态的兴趣打量着被逼进死角的猎物。

她想要做点儿什么，但身体却仿佛套上了无比沉重的锁镣，潜伏在人类基因中的生物本能——在无法逃脱也无法抵御的强敌面前保持静止以避免被发现的本能——无情地限制了她的行动，让她只能继续面对这个无情而又不可捉摸的魔鬼。与此同时，整个舱室也突然暗了下来，仿佛某个黑暗之神刚刚抽走了所有的光和热，只留下了绝望与虚空。

接着，魔鬼开始发生变化：狂暴涌动的气体逐渐塑出了人类的五官——苏珊娜惊讶地发现，米格尔·洛佩斯的脸正注视着她，扭曲的笑容让他看上去就像是一个充满恶意的掠食者，正在打量着到手的猎物。冰冷的气流从两排由冰晶组成的利齿之间来回穿梭啸叫，听上去既像是苦笑，又像是哭泣。

苏珊娜想要说点什么，但她的舌头和声带似乎都已经冻成了冰，甚至连一声最细微的喘息也发不出来。在不属于人类的尖锐笑声中，巨怪将一道由阴影构成的爪子伸向了她，一股强烈的寒意就像海蜇的螯针，无情地穿透她的皮肤，钻进她的肌肉与骨骼，同时又像一柄弯刀一样将她的感官从这个世界上生生剥离开来。

她在无尽的黑暗中坠落，在寒冷与恐惧共同形成的泥沼中无助地越陷越深……

苏珊娜重重地坠回了现实。

一组幽蓝色的数字在睡眠舱内侧的仪表板上跳动着，告诉她时间已经过去了 5 小时 11 分钟——这相当于超过 10 个小时的常规睡眠。按理说，深度睡眠过程中预设的脑波调谐程序应该让她在醒来之后精力充沛、情绪平稳，但事实却并非如此：尽管噩梦已经退去，但那种如同附骨之疽般的寒意却并没有消散。

苏珊娜摸索着找到了睡眠舱的温度调控面板，将内部温度调到了 33 摄氏度的上限，但这并没能让她的感觉变得好些，这种难以言喻的寒意并非来自周围的空气，它直接源自她潜意识的最深处，源自那种无法抑制的不安与焦虑。

在睁开眼睛的刹那，苏珊娜还看到了别的东西：一行由视网膜投影设备投射出的文字在她的眼角跳动着，提示一封新邮件刚刚发到邮箱里。她打了个呵欠，打开个人终端，但奇怪的是，那封没有署名的邮件却怎么也打不开——事实上，无论她想用什么办法打开它，能看到的都只有这么一行字：

本邮件已设置定时开启／加密程序，将在 100 个标准时后自动开启。在此期间，不能被删除、修改或移动。

"噢，见鬼。"苏珊娜嘟哝了一句，翻身从铺在睡眠舱里的软垫上坐了起来。负责控制室内环境的人工智能程序意识到了她已醒来，立即让柔和温暖的鹅黄色灯光洒满房间的每一个角落。她一边揉着眼睛，一边习惯性地朝床头柜伸出手，但只摸到了一个空空的杯子——直到这时，她才后知后觉地想起来，宿舍里的自动咖啡机两个星期前就坏掉了，至今还没有修好。

苏珊娜无奈地摇了摇头，披上外套走出了舱门，准备到办公区俱乐部去碰碰运气。

在狭长的走廊里，一盏盏照明灯伴着她的脚步陆续亮起，在末日将至的时刻最后一次恪守它们的职责。走廊两侧的大多数办公舱舱门都开启着，到处都能看到基地的居民们在进行撤离准备时留下的痕迹：没有用处的纸质文件与表格像旧纪元中的廉价街头广告一样散落在办公室的地板上，价格昂贵的实验设备被匆匆塞进包装箱里，与从厨房和食品仓库里拿出的一箱箱浓缩食品一道摆在走廊两侧。许多抽屉与储物柜都被翻得乱七八糟，它们那些平时丢三落四的主人显然刚花了不少功夫试图从里面找出某些不知去向的重要物品；还有几个舱室里仍然亮着灯光，后勤人员正在巨细无遗地整理清点他们能找到的每一件东西，并裁定它们的命运：被带上穿梭机，还是留在这里与镍星基地一同毁灭。

镍星基地唯一的俱乐部位于办公区走廊的末端，恰好处于这颗小天体的正中央。说是俱乐部，其实不过是当初设计这座基地的建筑师因为一系列阴差阳错而留下的几座相连的冗余仓库。出于物尽其用的原则，基地执委会在这些舱室里安装了立体音响、全息放映设备和感官游戏接口，以及其他一些可以在普通的小酒吧里发现的玩意儿——事实证明，在提供地方让那些百无聊赖的基地警卫和换班的后勤人员消磨时间，以免这些精力过剩的家伙惹出乱子这一点上，俱乐部确实起到了不可替代的重大作用。

俱乐部的第一间舱室是一间舞厅，色调艳俗的彩灯和塑料做的假藤蔓纠缠在一起，从天花板一直延伸到墙角的两台廉价音响上。在舞厅的一角放着一台饮料机，苏珊娜一边打着呵欠，一边打量着饮料龙头上的字样，随即沮丧地发现这玩意儿只能供应她最不喜欢的碳酸饮料。她摇摇头，转身打开与第二个舱室相连的门，但就在气密门沿着滑槽退入墙壁的瞬间，一个沉重的东西突然从门的那边掉了出来，就像一只被缺乏敬业精神的邮递员随手扔出的包裹一样，砰的一声倒在她的脚下。

那是一个人。

一个已经死去的男人。

这位不速之客的出现完全出乎苏珊娜的意料，在随后的几秒钟里，突如其来的惊吓与一直盘踞在她脑海中的那股驱之不去的寒意汇成了一道冰冷彻骨的洪流，只差一点就彻底压垮了她的理智。值得庆幸的是，多年服役生涯所培养出的理性很快就重新占据了上风，苏珊娜左右环顾片刻，以最快的动作从一个标有"紧急"字样的箱子里取出一把消防斧和一个手电，将雪亮的电光射向门后的黑暗之中。

与被布置成舞厅的第一个舱室相比，第二个舱室的容积还不到它的一半，因此，负责改装的那些家伙把它变成了一间小型酒吧。在长长的木质吧台上，几只快要见底的酒瓶还摆放在顾客最后一次放下它们的位置上，一旁的玻璃杯仍然盛着半透明的小麦色酒液。从放在吧台后的椅子数量来看，不久之前很可能曾经有两个人在这里对饮。在她的脚下，那个扎着马尾辫的矮小男人就像被献祭给山神的印加木乃伊一样蜷缩成一团，缀在卡其色袖口上的银色工程师领章表明了他的身份：镍星基地的总工程师长谷川宽秀。

狭小的酒吧间里看不到其他人的踪影，凶手显然从一开始就不打算用待在案发现场的方式为自己的行为负责。长谷川的身上没有明显的外伤，他的瞳孔扩散、脸色青紫，嘴角流出的白沫散发着一股淡淡的苦杏仁味儿——苏珊娜曾经在紧急救护讲座上听说过氰化物中毒的症状，但她还是头一次看到实例。

冷静，必须冷静。苏珊娜强迫自己深呼吸，然后在尸体旁蹲下，开始翻检死者的随身物品。长谷川宽秀的个人物品数量颇为可观，简直足以用来开设一座小型博物馆。在他身上，苏珊娜找到了数目繁多的各种卡片、证件、钥匙、钱币、挂饰和小工具，当然，还有她真正想要的东西：一块大小和形状都与旧纪元的怀表颇为类似的、表面刻着一个银色工程师标记的圆盘。

在强忍住想要呕吐的冲动后，苏珊娜掰开已经去世的总工程师的下巴，用指甲从他的口腔里刮下了一些活性细胞，然后将其涂在了代表工程师的"扳手与锤子"标记中央。就在她做完这件事的同时，一道毫无热度的幽蓝色光束从圆盘中倏然射出，在她面前的空气中勾勒出一块全息影像的操作界面。让苏珊娜始料未及的是，长谷川宽秀的个人终端使用的是一种完全不同的操作程序——很可能是为工程师专门设计的。在光束投射出的操作界面上，近百个操作图标就像门捷列夫元素周期表里的元素符号一样密密麻麻地排列着，里面没有一个是她熟悉的。在这些杂乱无章的图标下方，她发现了一个被最小化的对话框，上面用醒目的红色箭头显示着一个正在跳动的倒计时器显示着 00：00：11。

这是什么的倒计时？苏珊娜用手指戳了戳对话框，一张由倒计时器组成的图表立即填满了整个界面。令人费解的数字规律地跳动着，显示出的剩余时间从 10 秒到 5 分 40 秒不等，但却没有一个倒计时器带有文字说明，"系统，解释倒计时的目的。"她说。

"无效访问，需要合法的授权码。"终端用那种愚蠢透顶的欢乐语气说道，与此同时，第一个倒计时器终于跳到了"0"，"D-7 封锁准备就绪，开始紧急封锁——"

"封锁什么?！"

"紧急封锁完成。"第一个倒计时器消失了，它下面的那个立刻像压在弹匣里的子弹一样顶了上来——还有 10 秒，"D-6 封锁准备就绪——"

"这是搞什么鬼?!"苏珊娜嘟哝了一句,胡乱按下了一连串图标。大多数标志都没有任何反应,但位于界面右下角的一个圆规按键却让她看到了想要的东西:一幅镍星基地的三维结构图。在这张结构图上,所有舱室的气密门都以两种显眼的颜色标示出来,其中三分之二已经成了表示密封的红色,三分之一仍然是绿色。

上一道变成红色的门正是 D-6——而如果这幅结构图没有弄错的话,酒吧间的门的编号则是 D-5。

D-5 的倒计时还剩下 5 秒钟。

"天杀的!"苏珊娜一把抓起那台个人终端,以她这辈子达到过的最快速度飞奔起来。就在她冲过几米之外的气密门的一刹那,巨厚的合金板就像一柄巨型铡刀般从滑槽中悄无声息地落下。如果她的动作再慢上半拍,这玩意儿多半会像切土豆一样把她拦腰削成两段。

"终止程序!"她一边跑向俱乐部的出口,一边朝捧在手里的终端扯着嗓子大喊,"马上终止程序,把所有门都给我打开!这是命令!"

"命令无效,需要正确的授权码。"合成电子语音扬扬得意地答道,"重复,终止紧急封锁程序需要正确的授权码。"

苏珊娜当然不知道什么是正确的授权码,而她也不打算冒险瞎蒙:从理论上讲,一次性蒙对标准授权码的概率大约是十的十七次方分之一,而只需要三次错误就会启动安保程序,使得个人终端被完全锁死。她咬了咬嘴唇,重新调出全息地图:谢天谢地,编号为"E-1"的主要气密门——它是由办公区前往装卸区的唯一出口——目前仍然被标示为绿色。苏珊娜很清楚,这道门一旦也被封锁,整个办公区都会成为一条死胡同,而那些被堵在这道门后的人将只能像被困在沉船上的老鼠一样,无助地陪伴着这颗注定灭亡的小卫星坠入万劫不复的冰冷深渊之中。

她还有 39 秒的时间,而她离那道门的距离是 240 米。

不知是不是由于正在执行的封锁程序的缘故,曾经充溢着整条走廊的柔和光线已经全部熄灭了,取而代之的是昏暗的红色应急灯光。几个尚未撤离办公区的后勤人员正聚在一间堆满杂物的办公室里,惴惴不安地交头接耳。"快跑！"苏珊娜在接近办公室时朝他们吼道，"这儿不安全！跑！快跑！"

那几个人不知所措地对视了片刻，随即如梦初醒般地朝办公室的门口冲去。

有那么一瞬间，苏珊娜欣慰地以为这些人得救了，但就在最前面的那个男人即将冲出办公室时，大门的指示灯突然变成了刺眼的猩红色。

苏珊娜只救出了一只被齐腕削断的手掌。

由于气密门良好的隔音效果，苏珊娜没能听到垂死的伤员撕心裂肺的哭喊声。她既来不及再打开那幅全息地图，也没时间关心剩下的时间到底还有多少，存留在她脑海中的念头只剩下一个：跑！为了自己的生命而跑，为了能够活下来找出这件事的幕后元凶而跑，为了不被困死在这块活见鬼的大石头里而跑。现在还有多少时间来着？ 15秒？ 10秒？这些都不重要。她已经能看到那扇通向装卸区的大门了，现在需要做的只是再加把劲——还有不到50米了，不，还剩下30米，不，20米，最多还剩20米了。只要再……

随着一阵刺耳的蜂鸣声如同催命丧钟般骤然响起，厚重的气密门在离苏珊娜不到10米的地方冲出了滑槽，以迅雷不及掩耳之势将办公区与装卸区分割了开来！

有生以来第一次，无法抑制的绝望彻底击垮了苏珊娜的心理防线，她无力地在这扇大门前跪了下来，脑海中一片空白，剩下的只有无底寒潭般深不可测的绝望。苏珊娜很清楚，这扇门再也不会打开了，她曾经离逃出生天只有一步之遥，但现在却注定将要永远埋葬在千里之外暗无天日的黑暗世界中，直到……

"嘿！你还在磨蹭什么？"就在泪水沿着脸颊落下的一刻，她突然听到了一个熟悉的声音——是的，这不是绝望中产生的幻听，而是真实存在的声音！

"动作快点！我们没时间了！"

五

那扇门并没有完全关上。

当苏珊娜动作笨拙地翻过那堆因为闸门的重压而扭曲变形的废金属时，她认出了这玩意儿曾经是什么——在基地的装卸区里，大多数搬运与装卸工作都是由这些棱角分明、蠢头蠢脑的 HC-21 多功能机器人完成的，而眼前的这位，显然也曾经是它们中的一员。即便已经被沉重的闸门挤压变形，但苏珊娜还是能分辨出那些坚韧的机械臂，以及那台酷似昆虫复眼的光学传感器。尽管有着足以抵御轻武器打击的坚固外壳，但气密门关闭时的重压仍然彻底摧毁了它——它的壳体被压得凹下去一大块，里面的部件也全部毁于一旦，熔融的金属与燃烧的塑料散发出的味道混在一起，令人恶心欲呕。值得庆幸的是，它的自我牺牲至少成功地让气密门留下了一条缝隙，一条足以让一个人钻过去的缝隙。

"谢天谢地！"还没等苏珊娜的双脚在装卸区的复合材料地板上站稳，一只枯槁的手已经轻轻地落在了她的肩上，"走廊里还有其他人吗？"

"没看到。"苏珊娜摇了摇头。在装卸区外侧的停机坪上，基地的八架穿梭机中只有六架还停在原地，她知道"探索号"正在大修，但另一架失踪的穿梭机……是"无惧号"吗？它又去了哪儿？"他们都被困在办公室和仓库里了。"

"真是不幸……"吕锡安下意识地朝那些并排停放着的穿梭机群看了一眼，"好在你逃出来了，否则我们谁都别想活着离开这儿。"

这话倒没错。苏珊娜心想。在偌大的装卸区里，她总共只看到了三个人：吕锡安本人、一名航空港警卫和一位值班的机械师，后面两位此刻正站在航空港的武器库门口，将一大堆火力强到足以推翻一个旧纪元小国的武器装备往"好奇号"的货舱里搬。但除了她之外，这里没有任何人知道怎么驾驶这玩意儿。"其他人呢？到底出了什么事？"苏珊娜问。

　　"刚才发生了可怕的事故……"镍星基地的负责人语气沉重地说道,"基地的自动安保系统出了故障,它认定整座基地正在遭受着烈性生物武器侵袭,于是启动了自动封锁与防疫系统!"他停顿了片刻,看了看站在他身后的那名机械师,"如果不是刘钢先生应对及时,命令装卸机器人堵住了装卸区入口的气密门,我们俩恐怕都没机会逃出来。"

　　"我们还能救出其他被困者吗?"

　　"很抱歉,办不到。"名叫刘钢的机械师双手一摊,"针对烈性生物武器袭击进行的封锁是永久性的,门锁的控制系统在锁定后就会被自动熔毁。除非实施定向爆破,或者干脆用焊炬把它们切开,否则不可能打开这些门。"

　　"除此之外,一旦封锁完成,防疫程序就会开始对所有被封锁区域逐一实施最高级别的消毒,以杜绝生物武器蔓延的可能性。"吕锡安补充道,"所有被判定为遭到感染的舱室都会经受大剂量持续性辐射照射,直到里面的每一个蛋白质大分子都被高能射线烘烤得外焦里嫩为止,没有任何病原体可以在这样的环境中生存下来——人更是不行。"

　　"但这不可能啊,"苏珊娜倒吸了一口凉气,"这种级别的措施只能针对无人设施使用!"

　　"而所谓的'人'指的是活人,如果系统判定被困人员已经死亡,那它就完全可以这么做。"吕锡安说道,"而不幸的是,这似乎正是安全系统的想法——至少,当我试图命令它终止程序时,它就是这么告诉我的。"

　　一连串令人不寒而栗的画面开始浮现在苏珊娜的脑海中,让她不由自主地打了个寒战:成群没有面孔的人被困在无法逃离的囚笼内,成为原本用来保护他们生命的消毒程序的牺牲品。他们就像一群被困在沸水中的活虾,被迫在意识清醒的状态下体验缓慢而又不可逆的毁灭过程:骨髓和血液被破坏,神经系统功能渐渐紊乱,皮肤因为血管壁细胞的大量坏死而逐渐被内出血涨成可怕的殷红色,就连临终前的每一次呼吸都会成为一种可怖的刑罚……

　　"无论如何,"吕锡安长长地叹了口气,"我必须对这场可怕的意外负全部责任,一旦回到科学院……"

"不，教授，我不认为这是意外，"苏珊娜从口袋里掏出总工程师的个人终端递给对方，"我想，有人蓄意策划了这一切。"

"这么说，你认为正是那个谋杀长谷川宽秀的人冒用他的身份入侵了安全系统，并发布了生物武器威胁的假警报？"当"好奇号"载着基地仅有的四个幸存者缓缓驶出扭曲变形的航空港气闸时，吕锡安用穿梭机上的机载电脑向基地的中央控制系统输入了最后一段密码——几分钟后，为镍星基地供能的主反应堆就会变成一个小号核火球，苏珊娜由衷地希望，这么做至少能让那些落入死亡陷阱的人在临终前少受一点儿痛苦。

"我相信是这样。"苏珊娜来回调整着辅助发动机喷口的角度，试图让穿梭机在一连串狂暴的湍流冲击中稳定下来。尽管在目前的高度上，她暂时还不必担心那些危险的大型气旋，但强烈的对流活动制造出的紊乱气流仍然足以把那些过分粗心大意的傻瓜送上不归路，"虽然我和长谷川先生接触不多，但我并不认为他有理由谋害我们或者自杀——他是个好人，教授。"

"没错，他当然是个好人，而且还是个虔诚的基督徒。我宁愿相信邦联科学院的院长能当上下一任邦联主席，也绝不相信他会自寻短见。"吕锡安说道，"那么，这件事只剩下一种可能——虽然我仍然不愿意相信这是真的。"

"您的意思是——"

"准尉，你知道科学院当年为什么要花费巨资建造镍星基地吗？"吕锡安突然问道。

"嗯，据我所知，建造镍星基地的目的是研究这颗行星上的气旋——整个宇宙中独一无二的、具有自我意识的气旋，而且这里也能成为一个绝佳的天文观察点和天体物理实验中心。"苏珊娜猛地向后一拉操纵杆，避过了一个正在迅速朝"好奇号"接近的放电云团，不断探出暗橙色云层周围的闪电让它看上去活像一只怒气冲冲的大水母，"至少公开的官方说法是这样的。"

"哦，没错。而且从技术层面上讲，这种说法确实是真的——虽然并不是全部真相。"当穿梭机在云团上方重新转入平飞时，吕锡安继续说道，"别忘了，邦联议会除了那点儿关税和出售勘探特许证之外，没有任何财政收入，科学院的运行经费绝大多都得靠大公司赞助——议会给我们的拨款连给科学院总部的清洁工们发工资都不够。"

"这我知道。"苏珊娜回答。

"换句话说，科学院不会进行没有经济回报的研究——至少不会为了那种项目花掉 2000 多亿资金。想想看，对一颗远离人类定居点，甚至几乎没有人听说过的气态行星上的气旋的进行研究，能为资助研究的企业带来哪怕半毛钱的利润吗？当然不能！但事实是，几乎每一个邦联科学院的赞助企业都为这次看似无利可图的研究买了单——你觉得这又是为什么？"

"我——"苏珊娜正要开口，她面前的透明风挡突然变成了灰暗的茶色：就在刹那之前，一道来自镍星基地方向的强烈闪光刚刚照亮了天际，将周遭方圆数百千米内的一切都笼罩在炽烈的光辉之下。随着闪光开始消退，位于机尾的摄像机自动将画面传输到她面前的显示器上：这颗正在坠向行星表面的小卫星从中央被炸成了两截，闪烁着橙色光泽的高温等离子体从星体表面的每一道出口、每一条裂缝喷涌而出，形成了一座座耀眼的喷泉！在冲击波的作用下，火焰与烟尘就像一群咆哮的炼狱巨兽般高高地跃入昏暗的天穹，基地内那些尚未在爆炸中被完全摧毁的设备——燃烧的穿梭机、损毁的装卸机器人、被撕裂的闸门碎片和集装箱——与镍星的碎块一道四散坠落。就在这些东西坠入云海的同时，数以百计的气旋如同嗅到血腥味的鲨鱼般蜂拥而至，疯狂地撕裂、压扁、碾碎这些人类的造物。

"愿我主安抚他们的灵魂。"坐在后座上的警卫脸色铁青，用颤抖的手指在胸口上画了个十字。

"这些东西，"苏珊娜憎恶地看着那些正在争先恐后地摧毁人造设备的气旋，"它们为什么这么恨我们？"

"这并不奇怪，"吕锡安说道，"因为这就是它们存在的目的。"

"目的？"正坐在他身后检查后备厢里的行李袋的刘钢突然冒出一句，"自然现象是不需要目的的。"

"但生命却是有目的的。"吕锡安解释道，"而这也正是生命进化必然趋向智慧的原因所在——对于一切生命而言，它们的首要目的是自我复制与增殖，而智慧的产生则是达成这一目的最有效的手段：有了智慧，生命就可以对抗自然、征服自然，最终迫使自然服务于它们的首要目的——人类的历史已经证明了这一点。但这些气旋呢？它们要智慧又有什么用？！它们不需要对抗掠食者，不用担心疾病与伤痛，用不着因为一点儿气候变化就担惊受怕，更没有生儿育女的需求——"

刘钢工程师摇了摇头，说："可是查尔斯·陈博士已经证明了，这些气旋的自主意识有可能是自然形成的。"

"从理论上讲，没错。但这仅仅是一种'可能'而已：你也可以把一堆切割好的石料扔在大不列颠的荒原上，然后等着一阵足够强的风'恰好'把它们吹起来，从而'自然形成'巨石阵——这在理论上也是'可能'的。"吕锡安猛地朝着舷窗外一挥手，"在旧纪元，地球上的科学家也许有理由坚持这种说法，因为在那个蛮荒时代，'智慧设计论'很容易被愚昧的民众曲解为'神创论'。但作为更加文明开化的现代人，我们完全应该接受这样的现实：在这个宇宙中，曾经存在过许多比现在的我们更加高超的智慧，有能力创造出我们暂时还不能创造的东西——而这与辩证唯物主义并不矛盾。

"当然，这种判断并非毫无根据：想想看，为什么它们要不分青红皂白地袭击一切接近这颗行星表面、完全不会对它们造成任何影响的穿梭机和飞船？唯一能说得通的解释就是，它们的存在本身就是某种防御措施，它们的创造者赋予了它们意识、对外界的感知能力和对一切外来入侵者的憎恨，以此来保护隐藏在这颗行星上的秘密——与其他防御措施相比，这种手段更加隐蔽，也更加安全：一艘被高能激光束拦腰斩断的飞船几乎肯定会引来一大群调查者，但谁会意识到一架'意外'撞上气旋的穿梭机，遇到的其实并不是一场事故呢？事实上，如果当年若望·罗孚特教授没有在最后一刻以生命为代价发回他的研究报告，我们恐怕永远都不会意识到这些'事故'背后的玄机。"

"所以说，邦联科学院真正想要的，是藏在这颗行星上的'秘密'，对吧？"苏珊娜总结道，"但那到底是什么呢？"

"我不知道。不过那极有可能是某个远古文明的遗产，而且肯定非常宝贵、极具价值——否则，它的创造者为什么要如此大费周章地把它藏在这儿？还有一些社会学家根据某些已经退化了的地外文明——比如奥鲁恩族或者茨纳尼亚人的传说进一步推测，所谓的'宝藏'或许是某种类似于资料库的东西：创造它的种族将他们的文明成果储存在这个万无一失的保险箱里，以备不时之需。但出于某种原因，他们再也没有回到这里……"镍星基地的前主任耸了耸肩，"总之，这一切都只是推测，没有任何直接证据可以证明或者证伪这些观点。如果我没猜错的话，在所有在世的人之中，恐怕只有一个人知道这个问题的答案。而不幸的是，这个人显然并不打算和其他人分享他的发现——因为他很清楚，他的发现意味着远远超出绝大多数人想象的财富，甚至是某些连财富也无法换取的东西。正因如此，当这个秘密被我和其他一些人发现后，他就意识到自己正面临着一个两难抉择：要么将它拱手让出，要么……"他轻轻摇了摇头，没有继续说下去。

尽管已经猜到了答案，但苏珊娜还是忍不住问了一句："谁？"

"我们亲爱的朋友和研究伙伴，"吕锡安语带讥诮地说道，"奥古斯特·米格尔·洛佩斯教授。"

六

就像地球海洋深处的无光带一样，覆盖在浓密云层之下的气态行星表面是个黑暗阴冷的世界。在液态的氢氦海洋与隔离了一切阳光的低垂云层之间，极高的密度使得空气变得像树脂一样黏稠滑腻，而"好奇号"则像一只在行将凝固的琥珀中挣扎前行的小飞虫，一边竭尽全力向前蠕动，一边祈祷着在下一秒不会落入万劫不复的深渊。在浓如墨汁的黑暗中，唯一的光源只有偶尔出现的球状闪电，这些色调惨淡的光球三五成群地在云层下方无声地徘徊，宛如一群无家可归的孤魂野鬼。如果冥王哈德斯或者地狱之后赫尔莅临此地，大概会有种宾至如归的感觉，但这种黑暗带给"好奇号"上的乘客的恐惧——这是人类最原初的、无法抑制的恐惧，是人类对于未知的本能恐惧。每当苏珊娜将视线投向风挡之外那片无边无际的黑暗时，这种恐惧就会像冰冷的毒蛇般游进她的血管，缠住她的心脏，迫使她不得不重新将视线转回搜索雷达与导航计算机绘制出的图表上，小心翼翼地保持着航向。

"距离目标 32 千米，朝东北方向转向 30 度。"吕锡安一边吸吮着味道甜腻的流质高热量食物，一边向苏珊娜发出新的指示——就在一天之前，苏珊娜还不知道镍星基地配备的每一架穿梭机上都安装有一套额外的、隐秘的追踪设备，而只有基地里的少数几位领导才有权启动它们。如果放在平时，这种对飞行员的赤裸裸的不信任肯定会让苏珊娜勃然大怒，但现在，她却不知道该对此做何感想：毕竟，正是靠着这台秘密追踪器断断续续的信号，他们才得以一路追踪米格尔·洛佩斯来到这里。

"好，现在向西北方向转向 30 度，保持巡航速度……唔，有意思，看来他已经到了。"吕锡安说道。

"到了？"苏珊娜诧异地问。

"三角定位的结果显而易见：'无惧号'已经停止移动，"吕锡安用指节敲了敲副驾驶座前老旧的仪表板，"这只能说明一件事：洛佩斯教授已经找到了他想找的东西。"

"但'无惧号'也许只是坠毁了……"机械师刘钢忧心忡忡地朝舷窗外瞥了一眼——由于气压已接近机体材料可以耐受的压力极限，舷窗的多层强化玻璃表面肉眼可见的微小裂纹越来越多。每隔几秒钟，穿梭机线条优雅的三角形机翼就会像帕金森病患的双手一样剧烈地抖动一阵，似乎随时可能断裂，"毕竟这里的气压已经超过——"

"不可能，"吕锡安答道，"追踪器是从穿梭机引擎里获取能源的。如果穿梭机已经被摧毁的话，信号也会自动消失——他就在那儿。"他看了一眼追踪器上的读数，紧锁的眉头略微舒展了一些，"20 千米。很好，我们应该很快就能看到他的降落地点了。"

苏珊娜不置可否地耸了耸肩，没有接话——在搜索雷达提供的三维图像上，前方 20 千米处没有传来任何反射信号，就连重力探测仪和高灵敏度磁异探测器在一片虚无中也没发现半点儿异常。她甚至开始怀疑，也许他们从一开始追逐的不过是一个错误、一个影子、一个老人疯狂的幻想……

但这些想法只存在了短短几秒钟。

就像旧纪元中大名鼎鼎的大卫·科波菲尔的魔术一样，在片刻之前还是一片黑暗与虚无的地方，一座体积庞大的岛屿骤然出现在苏珊娜的视野之中。

尽管周围没有任何光源，但这座岩石岛屿的表面却笼罩着一道薄纱般的清冷光泽，这道光泽不仅照亮了岛屿本身，也照亮了周围冰冷的液氢海洋。尽管四周怒号的阴风已经达到上百千米的惊人时速，但岛屿附近的海面却在行星强大引力的束缚下保持着平静，只在岛屿边缘时不时地泛起轻微的涟漪。这座寸草不生的岩岛上，布满了大大小小的陨击坑、裂谷、山丘和深色的洼地，看上去就像一颗普通的岩石卫星——而从重力探测器获得的数据看，事实的确如此。

"这……这怎么可能？"在看到显示屏上跳出的一行行扫描数据时，苏珊娜的下巴惊讶得差点掉下来：数据显示，眼前这座"岛"确实是一颗岩石小行星——它的直径在 600 千米上下，恰好高于可以保持流体静力学平衡的最低标准，密度则和地球相当。但在大学里学到的常识告诉她，眼前这一幕应该根本不可能出现才对：没错，气态巨行星确实经常吞噬周遭的卫星和小行星，但绝大多数牺牲品——比如镍星基地的"母体"——在落入大气层前就会被强大的引力撕碎，要么变成环绕行星的光环，要么化为碎屑并湮没在浓密的大气层之下，绝不可能在坠入大气层底部时仍旧完好无损。

"这当然有可能——因为它本身就是事实。"吕锡安答道。尽管出现在他眼前的奇景足以让任何一个具备起码的物理学常识的人脑筋短路、肾上腺素浓度飙升，但他却既没有感到惊讶，也没有流露出一丝一毫的喜悦。事实上，现在的他比任何时候看上去都更像一个精疲力竭的普通老人，一心只希望能尽快回到舒适温暖的老房子里好好休息。"除非你有证据证明这不过是个幻象，否则我还是建议你相信它为妙。"吕锡安说道。

苏珊娜耸了耸肩，问："我们现在怎么办？"

"下降，让导航电脑制定登陆航线。"吕锡安捻了捻下巴上花白的胡楂儿，然后通过那台古董级的终端，将一系列数据敲进计算机，"我们的目标就在这儿。"一幅由外部摄像机拍摄的低分辨率二维图像被投射在驾驶座的平面显示器上：一座位于一处环形山的中央、直径半千米上下的圆形平台，显然是某种停机坪；附近还有一座类似蚁丘的建筑物，看上去应该是航管中心或者地下通道入口。不过，真正引起苏珊娜注意的，还是位于图像边缘的那团不规则黑影——虽然看不太清楚，但她敢用自己的穿梭机驾驶员资格打赌，那可能是舱门开启、机翼处于折叠状态的"无惧号"。

"他是怎么做到的？"苏珊娜费了不少劲儿才把又一句"不可能"从嘴边咽了回去，"基地的穿梭机上应该没有装备增压服才对啊。"当然，这话其实不大确切：在如此接近一颗气态巨星核心的地方，即便是穿梭机特制的高强度外壳也已经到了崩溃的边缘，想要只凭薄薄的一件增压服抵挡住近万个大气压的可怕压力，更是无异于痴人说梦。但事实是明摆着的："无惧号"不仅在这座"岛"上着了陆，而且还打开了全部的舱门——而她可不认为洛佩斯大老远跑到这儿来只是为了自杀。

"你很快就会知道的。"吕锡安的声音仍然一如既往的平静。

但不知为什么，这种平静的声音却让苏珊娜心中一阵发怵，"是的，我们很快都会知道。"她说。

在苏珊娜不算漫长的一生中，她曾经见识过各色各样的走廊：其中既有镍星基地里那种明亮宽敞，但却毫无个性的标准化通勤走廊，也有达兰尼亚废弃矿坑里阴暗压抑、遍布流浪汉涂鸦的低矮隧道；在新色雷斯，当地的高级度假旅馆将悬挂在巨型石笋柱之间的全透明观景走廊作为卖点之一，而圣提奥多罗斯的活体建筑群里的走廊则完全是用活生生的藤本植物构建而成的。但是，眼下她置身其中的这条走廊，却与她的所有经验都格格不入：它是固态的，但看上去却像是某种被困住的液体；它是沉默的，但却似乎有无数声音像溶洞中的水滴般随时随地从四周的墙壁中渗出、在她耳畔悄然低语。诡异而冰冷的流光从弧度微妙的墙面下滑过，光和影仿佛有着自己的意志般任性地混杂交错。

就连时空本身似乎也在这里发生了令人难以理解的变化：有时候，从一条弯道走向另一条弯道所花费的时间会长得让人感觉仿佛过了一个世纪；有时候，穿过一条长得几乎望不到头的路却似乎只需要一眨眼的工夫。事实上，这里唯一"正常"的只有气压和引力——出于某种苏珊娜完全无从想象的原因，这里的气压一直保持在略高于一个标准大气压的水准上，而重力则只有区区 0.9G，不到 MG77581A3 表面重力的二十分之一。尽管苏珊娜在心底对这一切都充满了好奇，但这一次，她明智地没有提出任何问题：这个处处充满反常的地方已经完全超出了她理解能力的上限，即使吕锡安能够回答她的问题，他给出的答案多半也只会让她陷入更深的困惑之中。

"我说，这鬼地方可真有点儿邪门。"当这支小小的队伍第十四次拐过一条弯道之后，走在队伍最前面的刘钢突然说道，"我们怎么会走到这种地方来？"

"又怎么啦？"苏珊娜用力咬紧嘴唇，竭力压下一股想要举枪乱射的无名怒火——之前的长时间疲劳驾驶已经差不多磨光了她最后一点耐心，而更糟糕的是，当"好奇号"降落之后，吕锡安甚至不容许她休息哪怕一分钟，就粗暴地把她赶下了穿梭机。在这位前任上司的指挥下，他们先对已经人去机空的"无惧号"来了一次彻头彻尾但却徒劳无功的大搜查，然后又马不停蹄地钻进平台附近的地下通道入口，继续追捕那个该杀千刀的米格尔·洛佩斯。在背着一支 AG-34 针弹枪和一把多功能军刀，外加总重超过 20 磅的备用弹药、水壶、轻型护甲和标准急救包跋涉了好几里路之后，苏珊娜觉得自己身上的肌肉仿佛已经变成了一坨坨结冰的糨糊，双腿酸疼得活像是钻进了一窝发疯的火蚁，而积聚在心头的火气更是足以活活烤熟一头大象。"该死的，我们到底走到哪儿了？"她的语气中透出火药味儿。

"这……"机械师下意识地舔了舔干裂的嘴唇，然后将手里捧着的一台砖块大小的仪器递给对方——这是他从被洛佩斯抛弃的"无惧号"上拆下来的中微子定位仪,"我刚刚用这台定位仪和轨道上的同步卫星连上了线。但这上面的读数表明,我们现在的位置……呃……已经接近这颗星体的正中央了。"

"正中央?!"苏珊娜脱口说道,"这鬼东西的直径有差不多 600 千米!而我们从降落到现在也才刚走了半个小时而已,"她摇了摇头,"你的仪器肯定出问题了。"

"不,"刘钢的神色变得更加紧张了,"我们真的走了这么远!我刚才试着用个人定位装置联系'好奇号',结果它告诉我,我们与它的降落位置之间的直线距离已经超过 200 千米。"他咽下一口唾沫,"我想……呃……我们最好还是回去吧。这鬼地方多半是个要命的陷阱,我可不想下半辈子都被困在这种地方。这里说不定还有……有……"

"有人!"

如果不是警卫及时出声提醒,苏珊娜很可能压根儿不会注意到那个从走廊另一端一闪而过的人影——尽管只是匆忙中的一瞥,但她还是可以肯定,那人正是米格尔·洛佩斯。"站在那儿别动!"她举起针弹枪,厉声喝道,"不然我就开枪了!"

洛佩斯的答复是整整一个弹匣的刺钉弹!就在他的身影消失在走廊前端的同时,这些呼啸而来的金属尖钉像刀尖撕碎纸片一样轻而易举地穿透了刘钢的前额。在死神造访的瞬间,这名瘦小的亚裔工程师猛地颤抖了一下,然后才慢慢屈膝跪倒,俯卧在散发着幽蓝色光芒的地板上——看上去仿佛正在进行某种源自古老东方的祭祀仪式。

"浑蛋!"同伴的死亡点燃了那名基地警卫的怒火。这个高大的黑人挥舞着手里的爆能步枪,像发起冲锋的古代祖鲁武士一般怒吼着追了上去。还没等苏珊娜来得及制止这种鲁莽的行为,他就已经冲到了洛佩斯消失的岔道附近——片刻之后,一道如同太阳般耀眼的光芒突然照亮整条隧道,然后像一个致命的情人般紧紧地拥抱了他。

我还不知道他的名字。不知为什么,这是苏珊娜脑海中浮现出的第一个念头。我还不知道他叫什么。

"待在这儿别动，教授。"在回过神来之后，苏珊娜朝跟在身后的吕锡安做了个"隐蔽"的手势，然后紧贴着走廊的墙壁，以标准的隐蔽前进姿势蹑手蹑脚地接近那个隐蔽的死亡陷阱，直到离警卫的尸体只有几米远才停下脚步。正如预料中的那样，她的这名同伴身上只有一处十分显眼的致命伤：一个位于胸口上方、直径足有成年人拳头大小的焦黑孔洞。

离子钉！苏珊娜深吸一口气，强迫自己将目光从警卫的尸体上移开。与其他那些平时储存在基地的武器库中，用于防备可能发生的恐怖袭击或是其他突发事件的枪支弹药不同的是，IC-75等离子束切割器——也就是俗称的"离子钉"——其实并不算是严格意义上的军用装备。这套设备由一台高能等离子生成装置与一套可以将等离子体在短时间内"塑造"成各种形态的强力约束磁场发生器构成。虽然离子钉在大多数情况下仅仅被用来拆卸报废的机械设备和金属废料，但只要花上一点儿时间重新设定控制程序，并安装上与之配套的热能／光学自动寻的系统，它也可以成为一种极其有效的自动防御装置。

但它远非无懈可击。

在一番摸索之后，苏珊娜终于从弹药携行袋里找出了自己需要的东西：一粒指尖大小的黑色圆球——虽然分配给镍星基地的军火大多是些老掉牙的过时货，但这种塞壬式多功能诱饵弹却是其中极少数的例外之一。在被苏珊娜抛出几秒钟后，这粒小球立即分解成数以千万计的纳米诱饵机器人，然后按照预先设定的参数在几米之外聚拢、发热，形成一个与一名蹲伏着的成年人类几无二致的热能信号源。

一发炽热的离子弹立即击中了它。

3秒。

苏珊娜在心中默念了一遍这个数字——这是离子钉在内膛的磁场中生成下一发弹药所需的最短时间。她瞥了一眼针弹枪的保险，确定它已经被拨到了精确短点射的位置，随即以最快的速度从墙角一跃而出。

2秒。

苏珊娜的目光与米格尔·洛佩斯相遇了——后者正蹲坐在为离子钉供能的一排超导电池组后，动作笨拙地将一个新弹夹装进那支迷你射钉枪中。从放在其脚下的那个弹药包装盒来看，他显然并没有提前准备好备用弹夹，因此不得不费时费劲地将盒子里的散弹一发发地填进打空的弹夹——若非如此，他方才完全有机会用这件武器抢先向苏珊娜开火。

1秒。

惊讶和恼怒的目光同时从洛佩斯褐色的瞳孔中闪过。与此同时，离子钉的自动寻的系统也捕获了苏珊娜的位置。它的发射器开始在支架上缓缓转动，只待下一发弹药形成，就可以向她发出无法逃避的致命一击。

就在扣下扳机的一刹那，炽烈的强光让苏珊娜的眼前只剩下了一片黑色。

七

"他还活着吗？"

"我不知道，教授。"苏珊娜用衣袖紧紧地捂住鼻子，试图减缓塑胶材料燃烧产生的呛人烟雾钻进呼吸道的速度。由于刚刚受到的强光刺激，她的视野中仍然充满了奇形怪状的阴影与色块——幸运的是，至少那场爆炸并没对她造成什么大碍，"我必须靠近点才能看清楚。"

在几米之外，那台离子钉的残骸上的余烬尚未熄灭，它的超导电池组和自动寻的装置被炸得稀烂，扭曲的发射管歪斜着搭在被烤得漆黑的三脚架上，活像一件后现代主义艺术品：在束缚它们的磁场被针弹摧毁的瞬间，那些重获自由的高压等离子体释放出来的破坏力不仅毁掉了这件设备，也波及了它原本的主人——措手不及的米格尔·洛佩斯先是被爆炸的冲击波迎面撞了个正着，然后又被远远地抛了出去。现在，这个矮个子梅斯蒂索人就像一只断线的木偶摔在岔道之外，鲜血从他的上臂和前额的创口缓缓渗出，在地面上汇成了一道细流。

不，这里根本就没有什么地面。苏珊娜立即纠正了自己的想法。从岔道入口极目望去，映入眼帘的并不是另一条散发着诡异光芒的隧道，也不是任何房间或者厅堂。她看到的只有一片虚空，一片浸透了璀璨光芒的虚空。在这片仿佛无止境地向每一个方向延伸的空间中，唯一能被称为"地面"的，不过是一条看不到头的透明薄带。亿万条同样透明的岔道从隧道的尽头向着每一个象限、每一个方向延伸，一直通向那些静静地悬浮在这片广袤空间中的星星——假如那些明灭不定的亮点真的可以被称为"星星"的话。在这里，就连最后一丝物理法则的存在痕迹也已经消失得无影无踪，苏珊娜觉得自己仿佛可以从这里一直看到无限远的地方，周遭星星的数量是如此之多，它们分布得如此之密，以至于她完全无法辨认出任何星座或者星团，无穷无尽的群星最终汇成了一片浩渺闪烁的星海，放射着比她曾经见过的任何一种光源都更明亮、却又柔和得多的光芒。

尽管刚刚经历了一场生死攸关的战斗，但眼前的这一幕仍然在眨眼之间就吸引了苏珊娜全部的注意力：这片璀璨的星海仿佛带着传说中塞壬的魔咒，让人无法抵御凝视它的诱惑。很快，在某种难以言喻的力量的引导下，苏珊娜的注意力逐渐集中在了其中的一颗星星——或者更确切地说，在虚空中闪烁着的光点上，她的意识开始变得模糊，但同时却又变得极度亢奋而清晰，这种感觉有些像是吸食兴奋剂的结果，但却没有任何兴奋剂能让她将这个世界看得如此……透彻。在近乎病态的欣喜之中，她觉得自己仿佛无所不在、无所不知、无所不能。在这一刻，日月星辰在她面前像微不足道的沙砾一样渺小至极，就连世间万物也仿佛只是她掌握中的区区玩物。

——但这仅仅是个开始。

随着意识的不断延伸，她第一次认识到了那些星星到底是什么：它们并不是真正的恒星，也不是任何一种存在于现实中的天体，它们仅仅是通向真正宝藏的钥匙与目录——每一颗"星星"都是一个入口，通向一份数量庞大的知识目录，而每份目录又包含着成百上千的子目录、子目录的子目录，以及链接在这些目录末端的无数具体信息。苏珊娜突然意识到，这座知识之海的广阔程度其实已经远远超出了她所能理解的极限，甚至就连整个人类文明古往今来的全部成果与之相比也不过是沧海一粟。是的，这确实是一座宝藏，一座挑战人类想象极限的宝藏：它的每一个最不起眼的角落都足以让世界上最优秀的学者穷尽毕生的精力，它的一丁点儿碎片都能让一个文明获得全面而彻底的飞升，轻而易举地取得他们做梦都不敢想象的伟大成就……

"你……你也看到了……"米格尔·洛佩斯颤抖的声音突然从苏珊娜身后传来，将她从方才那种超然的兴奋中骤然拉回枯燥逼仄的现实。让她略感惊讶的是，尽管已经被失血与疼痛折磨得气息奄奄，但这位科学家仍然保持着平静的神色，"你现在知……知道这玩意儿有多诱人了吧？"

"根据《邦联紧急状态法》赋予军事人员的临时执法权，我宣布，你的人身自由现在处于暂时受限状态。"苏珊娜打开背包，翻出从"好奇号"上带来的急救包，在洛佩斯身边蹲了下来，但她很快发现，对方的伤势已经完全超出了她能够处理的范围：他的腹部就像一只被当成靶子射击的皮囊一样破了好几个大口子，脊椎在腰间盘上方折断了。超过半数的肋骨和它们保护着的脏器都遭到了重创，内出血的迹象从胸腔一直延续到腹股沟的位置——事实上，这个男人现在还能活着，本身就已经是个奇迹了。

"从现在起，你所说的每句话都将在刑事法庭上被视为证词，如果愿意的话，你可以保持沉默。"苏珊娜咬了咬嘴唇，硬着头皮说完了这段话。

梅斯蒂索人痛苦地咳嗽着，一小团半凝固的血渍从他的嘴角滴下，落在那层看不见的"地面"上。"告诉我，你凭什么逮捕我？我的罪名是什么？"他艰难地发问。

"谋杀！"苏珊娜答道，"我们有理由认为，你很可能要对镍星基地全体人员的非正常死亡负责。"

"镍星基地的全……全体人员？！"洛佩斯的嘴角露出一丝讥讽的笑容，"我看未必。"

"什么？"

"镍星基地里的人员可没有'全体'死亡，亲爱的。至少对那个谋杀他们的人而言还没有。"梅斯蒂索人露出一个诡异的微笑。接着，他冷不丁地抽出一直藏在背后的一只手，用一件闪烁着金属冷光的黑色物体指向苏珊娜的脸，"因为你还活着。"

一切都发生得极为突然，直到看清楚对方手中到底握着什么时，苏珊娜慢了一拍的脑子才意识到自己犯下了多大的错误——而她已经没有时间补救这个错误了。随着压缩空气喷出枪管的轻响，一枚尖锐的物体擦过了苏珊娜的鬓角。

爆炸。

尖叫。

焦灼的气味。

痛苦的呻吟。

"噢，天哪……吕锡安教授?！"当苏珊娜下意识地转过身去时，她的大脑几乎变成了一片空白：镍星基地的前负责人正在她身后几米远的地方痛苦地挣扎着，他的一只手被炸得粉碎，好在碳化的伤口同时也封住了创面，因此他暂时还没有失血过多之虞。一支被炸成废金属块的 P-127 迷你手枪就落在吕锡安的身边——而摧毁它的，正是由另一支相同型号的武器射出的爆破飞镖。

"没错，你还活着。"洛佩斯无力地松开了手，任由那支 P-127 手枪从他的指间滑落，"他失败了，你还活着。"一丝胜利的微笑出现在他的嘴角。

"你的意思是——"苏珊娜惊讶地看着那支被炸烂的手枪。她可以确信，吕锡安刚才像她一样没能识破洛佩斯的伪装，没有发现洛佩斯暗藏的小手枪。而这也就意味着，他显然不是为了保护她，才拿着这件武器悄悄来到她身后的。

"他想要你的命，就像他干……干掉其他人那样。"洛佩斯语气平静地说道，仿佛只是在谈论今天的天气似的，"如果不相信我的话，你可以问他。"

苏珊娜的目光回到吕锡安身上。

老人虚弱地点了点头。

"但是……为什么?"苏珊娜问道。

"因为他不希望其他人知道这个地方的存在。"洛佩斯替吕锡安回答了这个问题，"他一直试图隐藏我们的发现，但不……不幸的是，他的努力失败了。作为补救措施，他决定为基地里的所有人安排一次恰到好处的'事故'——毕竟，只有死人才能够永远保守秘密。"

"什么?!"

"这可就说来话长了。"梅斯蒂索人说道，"我倒是想知道，吕锡安先生在骗你们来这儿之前，到底都告诉了你们什么?"

"镍星基地存在的真实目的，还有关于远古文明遗产的事……"苏珊娜用力按了按自己的太阳穴，希望能把脑子里的一团乱麻稍微理清楚些，"他说是你发现了这里，但你打算独占这里的——"

"我? 打算独占这里?"洛佩斯突然爆发出一阵歇斯底里的大笑，"没错，确实是我发现了这里——也只有我才能找到这里。但我唯一希望的仅仅是让这里的一切造福于人类文明! 我坚信，保存在圣地中的每个比特的信息，都是全人类的共同财富! 每一个人都有权利使用这种财富，而且这样的权利也应当得到保障!"

"圣地?"

"这是那些气旋对这儿的称呼——至少我认为可以翻译成这个意思。但我更愿意管它叫奥林匹斯，诸神聚会之地。"洛佩斯解释道，"你听说过周期性灾难理论吗?"

苏珊娜点了点头。她当然知道这套就像旧纪元的牛顿三定律或者墨菲定律一样广为人知的理论——它也是古老的费米悖论已知唯一的正确答案：每过数万到数百万地球年的时间，一次性质不明的大规模灾难就会横扫所有发达的文明种族，将他们打回原始状态，而人类正是在上次大劫难结束后不久发展起来的第一批幸运儿。尽管还存在着诸多不明确之处，但到目前为止，至少在邦联已经探明的宇宙空间中，这套理论都还没有受到任何挑战。

"在建造这座信息库之前，那个种族已经意识到不可抗力的灾难即将降临，他们的文明将会遭到重创。因此，他们决定将文明的火种妥善保存起来，"洛佩斯继续说道，"他们挖空了这颗行星的一颗岩石卫星，将它改造成了奥林匹斯，藏匿在这颗气态巨星的浓密云层之下，然后又为它创造出了一批冷酷无情的守卫者——那些游荡在这颗行星表面的、拥有自我意识、对一切外来者都抱有强烈敌意的气旋。但他们却未承想到，恰恰是这些无比忠诚的守卫者为我提供了发现这里的线索！"

尽管面色已因失血过多而变得像蜡一样苍白，但洛佩斯仍然露出了骄傲的笑容——在他短暂的一生中，这或许是最令他感到自豪的成就了。重伤的他继续竭力陈述："在过去，人们习惯于将这颗行星上的气旋视为一群只有最低智力与意识的野兽，一群狡猾而冷酷无情的破坏者。但我的研究表明，这种看法并不准确：虽然大多数'新'气旋的确不太'聪明'，但那些最古老的——它们很可能直接出于这个种族的创造者之手——却像我们一样有情感、有交流的需求。我花了近一年时间窃听它们的'谈话'，最后终于通过那些语焉不详的传说确定了奥林匹斯——也就是它们所谓的圣地——的具体位置，并且亲自发现了它！"

"那你为什么不把发现告诉其他人？"苏珊娜问道。

"你忘了吗，准尉？按照邦联科学院的规定，任何与古代地外文明有关的发现都应该在第一时间上报地外文明研究委员会，在此之前则必须保密，以免遗迹失窃或者遭到破坏。"梅斯蒂索人不耐烦地摆了摆手，"但是，在我交出第一份详细报告之后，科学院却一直没有答复，随后的几份报告也全都石沉大海。这显然不对劲儿！没错，也许科学院里办事的浑蛋们都是些该死的官僚，但就算是最无可救药的官僚也不会对他们花了1000多亿信用点，并且找了10年的东西无动于衷！我原以为是通信出了问题，但那几天基地里的其他通信都没有受到任何干扰，而这意味着造成这种情况的只有一种可能——"

"没错，是我截留了那些报告。"还没等洛佩斯继续说下去，吕锡安就承认道，"在基地，只有我才有秘密检查和拦截通信的权限。"

"没……咳咳……没错……"由于过度激动，洛佩斯又一次痛苦地咳嗽起来，"准尉，我想你现在应该已经看清楚了，到底谁才打算把这里据……咳咳……为己有！在最初提交报告的努力失败之后，我又使用其他人的账户向科学院发出了同样的报告，结果还是毫无用处——他从一开始就做好了隐瞒真相的准备！"他用一只沾满血迹、不断颤抖的手指着吕锡安，"我不敢向任何人透露这一点，因为我不知道基地的人有多少和他沆瀣一气，又有多少人像他一样对奥林匹斯生出了觊觎之心。但我更不能选择袖……袖手旁观。因为我知道，他一定会在 12 个月的轮换期结束前设法除掉我这个知情者。

"无奈之下，我只能采取权……权宜之计：利用过去几年里分析出的语言代码，我成功地将镍星基地的位置透露给了奥林匹斯的守卫者们，并诱使它们对这里发动了进攻。当然，这种攻击远不足以摧毁基地，但我事先篡改了基地的损害评估程序，让它做出了过度夸大的损害评估报告，迫使其他人决定立即放弃基地——而在这之后，系统会将我撰写的关于奥林匹斯的详细报告以加密文件的形式发给基地的每一个人，一旦我们返回任何一颗邦联下辖的行星，这些文件就会经由你们的个人终端发送给邦联科学院！"他叹了口气，"我原以为这是个完美的计划，我原以为他绝不可能在十几个小时内阻止这一切。但我错了——为了独吞这里的财富，几十条人命对他而言根本不算什么！"

"我不否认这些指控，"吕锡安语气平静地答道，"只有一点除外：我之所以这么做，并不是因为贪婪——我只是在履行自己的职责。"

"荒谬！"洛佩斯大喊。

"荒谬？"老人用仅存的一只手支撑着身下看不见的"地面"，艰难地坐了起来，"你说荒谬？米格尔，难道你忘记了我们的职责是什么吗？没错，我们确实曾经发过誓，要尽一切努力为科学的进步做贡献。但我们的首要使命是帮助人类文明规避风险——尤其是那些披着诱人的伪装，但却可能让我们遭受灭顶之灾的致命陷阱！"

"灭顶之灾？"苏珊娜下意识地咬了咬嘴唇，"可这里只有——"

"没错，这里只有海量的知识，以及搜索与使用这些知识的方法——我必须承认，这是人类历史上最大的一笔财富。"吕锡安神色凝重地遥望着四周的星海，用诵经般低沉的声音缓慢地说，"但它同样也可以成为致命的毒药。"

"危言耸听！"洛佩斯愤怒地啐了一口带有血丝的唾沫。

"是吗？"吕锡安问道，"你会把一支打开保险的爆能步枪交到一个3岁孩子的手上，然后告诉他该怎么扣下扳机吗？当然不会！他随时都有可能为了一颗泡泡糖就轰掉自己朋友的脑袋，或者把逼着他睡觉的母亲射个对穿！在旧纪元里，整个人类文明曾经在链式反应原理发现后的一个多世纪中一直处于自我毁灭的边缘，仅仅是因为他们中的大多数个体仍然保留着19世纪的思维方式，而储存在这里的知识领先我们现有水平的程度比区区一个世纪要多得多——只要我们成功地运用了其中的哪怕百分之一，交给800亿个3岁孩子的，就不只是一支步枪，而是不需密码就能随时使用的核按钮！"

"但孩子总……总会长大的，"洛佩斯说道，"知识可以推动文明的发展——"

"但知识并不等于智慧！"他的前上司打断道，"你可以告诉一群石器时代的食人族怎么冶炼金属、制造工具，但这并不会立即让他们成为文明人——你只会让他们从拿着石斧的食人族变成拿着铁斧、杀人效率更高的食人族！你们难道真的相信，那些花费巨资赞助我们研究工作的大企业会妥善地使用这些知识？或者邦联政府能够在如此诱人的财富面前做出真正理智的决定？不，他们根本做不到，就像鱼缸里的金鱼永远无法拒绝鱼饵一样！只需要一次利令智昏的错误决策，整个人类文明就会万劫不复！"

"但并不是所有人都像那样……"

"没错，确实有那么一些人——那些最睿智的科学家、哲学家和思想家——有可能知道该如何面对这笔危险的财富，但别忘了，邦联可不是柏拉图的理想国！只要认真分析邦联的行政与立法机关在过去的决策模式，我们就不难发现，他们在奥林匹斯问题上做出错误决策的概率几乎是百分之百！"吕锡安叹了口气，"我的祖先有一句老话：三人不能守密，二人谋事一人当殉。我并不希望伤害任何人，但不幸的是，事关人类文明的生死存亡，我没有别的选择。"

"也许你是……是对的……"在沉默良久之后，洛佩斯艰难地开口道，"也许不是，但这些都不重要。现在，决定一切的不是你，也不……不是我。"
他将视线转向苏珊娜，"准尉，现在只有一……一个人能够决定奥林匹斯的
归属。"

"我知道。"苏珊娜紧张地绞着手指，"我知道。"

"所以你必须相信我！"吕锡安说道，"没错，我对你撒了谎。但我对
奥林匹斯的评估是绝对正确的——它最好的归宿就是继续在这里待上一万
年！相信我，人类有能力自己闯出一条路来，我们不需要这些危险的馈
赠——"

"我相信你，"苏珊娜迟疑地说道，"我当然相信你。但我必须履行我的
职责——作为太空军的人，我有义务向上级如实报告我在任务中的一切所
见所闻。很抱歉，教授。"

在他的一生中，洛佩斯最后一次露出了笑容——这是一个无力却满意
的微笑。接着，那双黑色眼睛里的光芒暗淡了下来。

"我们走吧，"苏珊娜朝吕锡安伸出一只手，"这里的事已经结束了。"

"结束了？我看没有。"老人说道，"你可以坚持你的职责，准尉，但
我也有我的责任，"他用烧焦的右手指了指不远处的一颗"星星"，"请
把我带到那个信息节点上去。我想，你应该不会反对我采取某种折中方
案吧？"

八

它要找的东西就在那里。

尽管没有任何可以感知光线的视觉器官，也不存在真正意义上的听觉、
嗅觉或者触觉，但它仍然轻而易举地捕捉到了那颗从远方的地平线上冉冉
升起的岩石卫星的踪迹：在气态巨星表面一片嘈杂的背景辐射之中，这颗
岩石圆球就像一个袖珍黑洞，贪婪地吸收着它能够触及的一切能量，无论

它们的载体是无线电、微波、可见光，还是别的什么东西。它知道，这些零散的能量将在短暂的转化过程之后变成这颗人造天体能源的一部分，从而为推动它继续加速，并为最终摆脱行星引力提供源源不断的动力。

与那些更多地依靠本能行事的晚辈不同，它很清楚自己从何而来，也知道自己存在的意义：作为它们的造物主在这颗行星上留下的第一批作品之一，它从"诞生"的那一刻起，就与造物主最宝贵的财产——那座承载着文明精华的圣地紧紧地联系在一起。在长达百万年的光阴中，它日复一日地在整颗行星的表面巡逻，耐心地守护着这个秘密，用一场又一场"意外"将那些误入此地的入侵者埋葬在层层彤云下的液氢海洋之中。

但这次却是个例外。

作为所有守卫者中最年长、最睿智的一个，它在数百千米之外就已经发现了那架正在飞离大气层顶端的穿梭机——在过去，仅仅是发现这样的一架飞行器就足以唤起它最强烈的攻击欲望，但现在，它所感到的却只有……茫然。它曾经是一名忠心耿耿的卫士、一位无比虔诚的仆人，但它所守卫、所侍奉的东西却在不久之前不复存在了。通过与造物主遗产之间的联系，它可以感同身受地了解到在那里发生的一切：五个制造了这种飞行器的生物——都是这个宇宙中最常见、数量最多的中等体型的碳基生命体——在不久之前进入了圣地，其中的三个死于某些因为它无法理解的原因而发生的相互攻击中，另一个则留了下来。但出乎它意料之外的是，这个选择留下的个体竟然成功地启动了造物主设置的最后防御措施：随着这道措施被激活，圣地将会在几百个时间单位内离开原有的藏身之地，进入这个恒星系中唯一的一颗主序星内部。在那之后，除了造物主自己，将再无人能够触及这座伟大的宝库。

当然也包括造物主的子孙们。在"目送"着圣地消失在黑暗的星际空间中的同时，它哀伤地思考着在离去之际，造物主曾向它透露过他们处心积虑创建这一切的真正目的：为熬过某场必将到来的大劫难的后代，保存文明复兴的火种。但时至今日，造物主所预言的劫难早已过去，但它却从未见到它所等待的那些人——他们是被那场劫难消灭了吗？抑或是已经放弃了返回这里的努力？它不知道，也无从知道。

在一阵愤怒的呼啸中，它带着无数疑问离开了这里。这些问题已经困扰了它千万年之久，而在今天之后，直到它望不到边的生命最终走到尽头之前，它仍然会为此继续困扰下去。

它只知道，它的职责于焉终结。

"这里是镍星基地穿梭机 Ns-06'好奇号'，我是一级飞行准尉苏珊娜·塞尔。我已离开行星洛希极限。穿梭机状态良好，补给品储备充足，机上人员只有我本人，暂无生命危险。"苏珊娜清了清喉咙，又补充了一句，"没有发现其他幸存者。"

"收到，塞尔准尉，我们正在确定你的位置。"远在半个秒差距之外的救援船船长用公事公办的语气说道——对他而言，这仅仅是又一次寻常的救援任务，就像他平时执行的所有同类任务一样毫无特别之处，"请尽可能不要离开现在的位置，我们将在 18 个标准时后赶到。还有别的情况要报告吗？"

苏珊娜下意识地抿紧了嘴唇，片刻后回答道："不，没有了。我会直接向邦联科学院提交报告，通信完毕。"

虽然"好奇号"的座舱风挡拥有自动屏蔽过量光辐射的功能，但当苏珊娜从控制面板上重新抬起目光时，她的视网膜仍然被涌入瞳孔的强光刺得一阵发痒。尽管隔着两个半天文单位的距离，但 MG77581A3 绕转的那颗 A3 型主序星的亮白色光辉仍然占据了她的大半个视野。在一片光芒中，奥林匹斯化成的细小黑点正渐渐沉入恒星稀薄而炽热的光球层中，看上去就像是坠入一桶铁水中的一粒微尘。苏珊娜知道，她的三位同事就长眠于这粒尘埃之中——他们都是忠于职守的好人，但却极其讽刺地死于彼此之手，而她的另一位同事与合作伙伴现在很可能仍然活着。按照吕锡安的说法，即便是炽热的恒星，也奈何不了保护着奥林匹斯的古老技术，用不了多久，他就会成为人类历史上第一个活着进入恒星核心的人，并在那里度过自己的余生。

　　"折中方案"——吕锡安教授用这个词来描述他的决定，而他之所以这么做，仅仅是因为他不愿意放弃自己的职责。苏珊娜很清楚，即便在厚达数万千米的炽热恒星物质庇护下，奥林匹斯落入人类之手仍然只是时间问题：不是现在，也不是几年或者十几年之后，但终有一日，会有人找出克服障碍的办法，到那时，奥林匹斯的秘密仍将会毫无保留呈现在每个有意于利用它的人面前。她只能祈祷，届时的人类已经足够成熟，足以甄别出隐藏在这座宝藏中的危险。

　　"那就这样吧……"苏珊娜叹了口气，抱起放在一旁的折叠式睡袋离开了驾驶舱。在成为全邦联所有媒体聚光灯下的宠儿之前，她还有18个小时不受打扰——这或许是她这辈子里最后的一段清闲时光了。

　　"该死的，我算是受够了……"她嘟哝着钻进了睡袋。

　　两秒钟后，穿梭机的电脑发现驾驶舱里已经空无一人，于是它忠实地执行自己的职责，放下风挡后的遮光板，然后把舱内的灯光关掉了。